夜宿炳灵寺

焦玉洁 著

敦煌文艺出版社

图书在版编目（CIP）数据

夜宿炳灵寺 / 焦玉洁著. -- 兰州 ：敦煌文艺出版社，2023.1（2024.1 重印）
ISBN 978-7-5468-2318-8

Ⅰ. ①夜… Ⅱ. ①焦… Ⅲ. ①散文集－中国－当代②诗集－中国－当代 Ⅳ. ①I217.2

中国版本图书馆 CIP 数据核字（2022）第 250763 号

夜宿炳灵寺
焦玉洁 著

书名题写：焦玉洁
摄　　影：侯奇志
责任编辑：李　佳
装帧设计：李中安

敦煌文艺出版社出版、发行
地址：（730030）兰州市城关区曹家巷 1 号新闻出版大厦 23 楼
邮箱：dunhuangwenyi1958@126.com
0931-2131601（编辑部）　　0931-2131387（发行部）

三河市嵩川印刷有限公司印刷
开本 710 毫米 × 1020 毫米　1/16　印张 20　字数 270 千
2023 年 4 月第 1 版　2024 年 1 月第 2 次印刷

ISBN 978-7-5468-2318-8
定价：72.00 元

序

枕波听涛且吟哦

趙如智

我最向往的生活是，居住在不大不小的地方，拥有一个不大不小的书屋，整日读读书，吟吟诗，写写文章，累了出去走走，不拘远近；沉闷了放声朗诵，不惮扰邻；孤寂时邀三五好友推杯换盏，不觉天上地下：生活平淡却自由自在，无所事事却不用为稻粮谋……当然一直以来这只是梦想而已！但焦玉洁先生却拥有着这样生活状态，为此，我羡慕不已。

永靖县城是一个很有特点的地方。它像兰州一样，黄河穿城而过，县城沿河而建，河之两边高山耸峙，山上照例寸草不生；不同的是，永靖县城紧挨着著名的刘家峡水库，水库大坝之东的峡谷，万顷碧波，一直延伸到炳灵寺，大坝之西，黄河缓缓流淌，由于有水库的沉淀，黄河之水一年四季是碧绿的。这些年，永靖县依托刘家峡水库、炳灵寺、太极岛等景点大力发展旅游业，把一个过去不知名的小县城打造成花团锦簇的旅游胜地，这其中穿城而过且碧波荡漾的黄河为之增色最多。

生活在这样的地方的人一定是幸运的。日日涛声依旧，年年游人如织；喧闹却宁静，孤寂又激越。而这就是玉洁先生生活的地方。他居住的楼房紧挨着黄河，他的书房名曰“枕波楼”。就是在这栋楼里，玉洁先生枕波听涛，时时吟哦，读书、写作、挥毫泼墨，把一个文化人的梦想编织得精巧雅致，令人向往。

在我的印象里，玉洁先生是一个地道的文人。他长得瘦高，和气，说话慢声慢语又风趣幽默。他早年在银行系统工作，退休之后，就开始了纯正的文人生活。他之为文，题材多是周遭山川人物，炳灵寺、雾宿山、吧咪山、金花娘娘，以及与他交往熟知的书画家。他写景，观察细致，行文细腻入微，读了使人如临其境，《夜宿炳灵寺》对月光的描写，《明月清风吧咪山》对云雾的渲染，无一不体现了他的风格。他的散文，还特别注重意境的构建，使得每篇文章都韵味无穷，如四篇怀乡情思文章，每一篇都把景、情、人融为一体，凝结成或怀旧或感悟的意境，引人入胜。读了他的散文，可以深切地感受到他对生于斯长于斯的家乡的挚爱，可以感知他浓浓的乡土情怀。玉洁先生还写了一些文言散文，不论是赋，还是序跋，或者碑文，都文脉深沉，字字珠玑。

玉洁先生还擅长写古典诗词。他才思敏捷，文化底蕴深厚，每首既出，不仅意趣盎然，而且用字词精当，合辙押韵，读起来韵味十足，朗朗上口。他在这方面用力较多，成果也很可观。内容既有四时感怀、风花雪月，也有天涯行旅、迎风而歌，还有因事怀远、悲喜随性，等等，不一而足。但都书写的是真情景，抒发的是真情怀。他的诗词中也有少量的唱和之作，其中有一首是与我之间的唱和。记得有一年春天，我应他之邀去永靖春游，面对春天美好景象，我有感而发，随口吟出几句“打油诗”相赠：

春入太极川，
花妍柳色青。
山高土厚重，
水阔河清凌。
红崖佛寺旧，
白墙客舍新。
亲朋游兴浓，
主人雅意深。

送玉洁先生后，他沉吟不久便和出一首：

清波浮双凫，
群鸥啼群禽。
斜径留杂花，
长杨绿成林。
芳草乡关道，
村舍追童心。
行踪未处留，
异碑苔间寻。
野蔌饷佳客，
村醪频对斟。
何日更重逢，
草窗酬知音。

写景抒情、嵌词用字比我的打油诗要有味道得多。

玉洁先生的文人性情还表现在，平时老成持重，一副淳厚长者模样，一旦酒酣耳热之际便又活泼可爱，或朗诵自己的诗作，或用纯正的临夏话“漫花儿”，那悠长高亢、循回往复的韵律让在座的客人听得如痴如醉，心驰神往。诗酒人生，对一个文人来说酒是必不可少的。他的诗中就有写饮酒、醉酒的。如，《浣溪沙·小品展前小聚》：“漫步黄叶寻村巷，日暮归鸦接翅翔，小聚旗亭传飞觞。土灶鸡豚留佳味，青唐薄酒送远香，一席翰墨滋味长。”书法展览之前，三五书友相聚，吃的是农家土鸡，喝的是青唐薄酒，而席间谈论的却是书法艺术。何等素朴，又是何等清雅！难怪主人感叹“一席翰墨滋味长”。又如《醉酒口占》：“酒阑人散复夜半，新桥长索绾逝川。梦断酒渴推南窗，饮断长河润燥田。旧情漫漫百年事，心路悠悠五更天。尚思携杖阡陌上，杏花春雨七尺船。”把他醉后神态、心态表现得淋漓尽致。

文人在当今社会颇为一些人不屑：既无权又无钱，给自己办不成事，给别人办不了事，一副穷酸模样。然而，并不是谁都可以做文人。文人要有真才实学，文人要有清雅的境界和悲天悯人的情怀，文人要有“富贵不能淫、威武不能屈”的风骨，文人还要有坚定不移的人生价值追求。玉洁先生作为一个典型的文人，居僻地，守清静，以读书写作为乐，日积月累，佳作盈箧。现在他把自己的吟哦结集出版，既是对个人创作成果的展示，也必将赢得读者的共鸣，影响社会大众的思想行为，为社会主义精神文明建设发挥积极作用。

玉洁先生的新作《夜宿炳灵寺》出版之际，他邀我作序。我才疏学浅，实难担此大任。但作为相识已久的老熟人和读者，又不能推托，便写了以上的话语，以示祝贺。

2022 年 10 月 8 日

目录

白话散文

文言散文

古体诗词

白話散文

夜宿炳灵寺

人生有许多遭际，多的是旋过旋忘，过眼烟云。而有些却如篆刻一般，碎石飞溅处，刻痕深深地留在了自己的记忆中。丙申夏日的炳灵寺之行，在我就是一次终生难忘的遭际。

那次是应炳灵寺文物保护研究所的朋友邀请，为商讨《炳灵寺石窟篆刻书法集》出版一事，我们三位作者与出版社编辑若雨女士来到炳灵寺，忙了一整天，细节尚未敲定，只好留宿在招待所。

所里的房间很干净，也很普通。和别家不同的是，这些房间都有一个落地对开玻璃门，出门是公用的硕大平台。走出去，便可尽览炳灵寺峡口一带的风光。这里是炳灵湖上游，如今正是丰水期，眼前黄河流水聚集，碧波回荡，一峡清幽。东边峡口被称为万笏朝天的数里石壁阻截，嶙峋苍翠，仿佛是挽臂并肩，河水没有了去路。西边峡口，黄河从有观览亭的奇峰下挤出来，草木茂密，郁郁葱葱，并不见来处。北面正是被称为中国六大石窟的炳灵寺，站在平台上只能看到高耸的姊妹峰，还有姊妹峰底飞檐伸出绿树梢的炳灵寺门楼。南面是一个叫鲁坪的小村落，十来户人家，绿树掩映中参差而居，田舍远近相接。却是乘着一脚山坡伸过来，把湖水逼向北去，曲成河湾。这些山山水水聚到了这里，便自成体系，像是一池盆景。而稳居在湖中的小村庄，似乎就是盆景中间的一处点缀物。许多游客走进这片土地，都由衷地赞道：“多么宁静而又美丽的地方！”细说来，这里更美的应该是月色中的炳灵寺，鸟鸣声中的炳灵寺，花草香气里的炳灵寺。

那天晚饭后，和所里的朋友们说完事情，天已经很晚了。我回到房间，猛地一惊：屋内同白昼，明亮的月色，溢满屋子的角角落落。每一件摆设都散发着梦幻，上面浮着水样的月光。揭帘望去，一轮璧月怔怔地遥视着，我蓦地记起，今晚是农历十六，明天就是夏至啦！岁月如梭，还记得刚刚踏青来着。想到这里，我的思绪涌动翻滚，毫无睡意，便轻轻地推门走上平台。想不到若雨女士也在这里伫立眺望，只听得一声叹息，像飘落的一缕轻纱，幽幽地从她口里送来：“睡不着，太安静了。”怀着同感，我们不再说话，悄悄地立在月光下，向四周瞭望，仿佛置身于亘古的荒原，抑或是深邃的洞穴，万籁无声，安静得让人不知所措，且无所适从。山水屋舍，草木鸟兽，一切都浸在月华波光中，那些附着灌木的奇峰，那些披着细草的长坡，那些排着庄稼的条田，还有那些举着高树的村落，都在月光中洗荡。山峰被月光洗出了皱褶，层层叠叠地，增加许多底蕴；长坡被月光洗出深浅，凸凸凹凹地横在那里，平添出这么多的界格；条田被月光洗出薄厚，深碧浅绿地躺着，让人理出不同庄稼的明明暗暗；最是那些村落，被月光洗出了幽静，三三两两的灯火，若有若无地，在那里时明时灭，闪烁着梦境般的安详与闲适。许久，若雨又一声轻问，如逸出深涧的薄雾：“这里自古就是这么安静吗?”我是当地人，耳濡目染，自然清楚地知道，历史上这里并不安静。从晋代开凿洞窟，修建寺院始，两千年间，这里曾经发生过许许多多的战争和杀戮。朝代的更迭，民族的冲突，其间有过多少烽火突起，有过多少腥风血雨……那些被焚毁的重阁和栈道，那些被击碎的塑身与熏黑的壁画，分明都在默默地诉说着那一次次的兴建和一次次的毁坏。只有这峻峭奇秀的群峰叠嶂，伴着草木冬眠夏醒，而且历劫不磨，活生生地矗立在远山长河间，坦然地面对人类哀乐。还有经天纬地的明月，夜夜来相顾，到这山峰环绕，略无阙处的寺沟峡，静静地俯视着这山、这水、这碌碌于世间的人们。仿佛是那尊在悬崖旁沉默了千年的大佛，慈悲地凝视着人间的兴衰沧桑，让来客仰望那舒展的眉宇和深邃的目光，对命运遭际，对宇宙本原发挥各自无穷无尽的思索与想象。

怕误明天的事，午夜时分，我和若雨道别后，匆匆返回房间，稍事洗漱便躺在床上。思绪依然是那样清晰，与失眠抗争了一会，终于似睡似醒地进入了梦乡。如水月光里，几次辗转，几回梦断。恍惚间，像是在枕旁，闯入一声脆脆的鸣叫，就在我愣怔时，耳际传来如涨潮般的鸟啼。我循声走去，晨光已经大显，月亮尚未落下，月光伴着晨曦，极其清亮地照彻着万物。群山无处不苍翠，坡地无处不碧绿，才四点半时分，峡口远近，一派清越。屋檐上的鹌鸽和知更鸟，崖头的山雀和草百灵，树梢上的画眉和灰喜鹊，还有那些知名不知名的鸟雀，用自家声调，高高低低地啼叫，且彼此呼应着；又与邻家儿女争奇斗妙，卖弄着曲调，远近起伏地争唱着，山川显得极其清越。间或从晨露垂叶的长坡田间送来几声圆润的杜鹃的长鸣短啼，那么熟悉，那么亲切，仿佛是从遥远的江南带来了久违的消息，轻拂着儿时的田园梦想。此时，我忘却了身边的一切，也不知道自己置身于何方。伴着这一曲天籁的协奏，只听得自身的灵魂在奔走，思绪在起伏。不知在平台上立了多久，一条若雨的短信把我引回了人间："醒了没？在干吗？"我抬头看到拿着手机愕然的若雨，宛然一笑："我醉了。"若雨颇解佛理，只欣然笑道："利禄场的酒，只能醉却身体；佛域的醍醐，最能顿悟灵魂啊！"好一个佛域！我们在平台上说起东晋高僧法显在这里修持，西秦高僧昙摩毗在这里奉佛，以及近代的班禅大师嘉木样活佛来这里朝拜……不觉之间，思绪集聚到一起：这些美妙的鸟鸣是继承了炳灵上下寺清亮的钟磬音和法号声，还是钟磬与法号模仿了清亮的百鸟和鸣，抑或是鸟鸣原本就是钟磬与法号的绝妙伴和，生来只为拨动世俗信众心灵的智阀，助其大彻大悟，成了炳灵寺佛音中不可或缺的那缕天籁之音律。

说好所长带我们去晨练，敲门时才知道，昨夜他们一直在加班。无奈中，我只好带着若雨，踩着晓露，推开山门，走进史书上称作唐述谷的山谷。谷口即是炳灵寺，佛像庄严，佛窟俨然，果然是"十万佛域"。站到这里，奇奇怪怪的峰岭扑过来，幽幽静静的沟壑迎过来，这些峰岭、沟壑在晨曦的轻雾缭绕中，各显奇形异姿，绝无一点相同。似乎在印证造物对万物创造的微妙匠心，构建大千世界的万般心境。从这里回目望去，目光回落处，峰岭肩怀上，草木枝柯纷披，千层苍翠。沟壑平野里，杂榛柔条繁茂，一谷葱绿。间或有几树杂花，粉粉白白地摆动着晨风，数簇草花，红红黄黄地捧举起露珠，展示着它们在翠谷里的逍遥活法。才看清山崖上的花树，早有浓郁的花草香驾着晨风，回旋而来，拨动飞舞，沁人心扉。毕竟，若雨自是生活在都市的女子，习惯了化妆品的香味，但是这香味又怎能和自然界的花草清香比拟呢？她在勃郁香风里儿童般欢呼跳跃，还轻声哼起小曲，末了，边走边嗅，问道：“这是什么花草香啊？”我反问道：“是指哪个沟壑的香气？”望着困惑的她，我说道：“唐述谷里有珍奇的沉香、檀香等树种，远志、贝母等近百种中草药。这些草木团聚集居，含香播芬，采药人正是沿着各自不同的香味来寻找的。”若雨若有感受：“怪不得前面沟里多的是红花，这个沟里又是黄花多些。”是啊，数公里的山谷里，奇峰穿插回旋，将一湾湾灌木茂草隔绝出不同的天地，让连片的花草在自己的世界吞吐芬芳。似乎整个夏天都是那些略带辛味的荆芥花，那些略带甜味的秦艽花，还有那些略带苦味的苍耳花，以及那些略带辣味的薤白花的盛开期，昼开夜放，蕴足香气，等待着山风的到来。近处的花草香笼罩着，它是一幕潇洒的细雨；远处的花草香飘荡着，它是一段遥远的幽梦。到了这里，花草香醉却的不仅仅是游客，更多的是飞舞在花丛中的蝴蝶，忙碌在花蕊上的野蜂，还有跳跃在花旁枝头的山雀。我颇有感触地和若雨说道：“花草香使人清醒，使人从善。”历史上那么多人为了给炳灵寺献一瓣心香，千里跋涉，前来供奉。而大自然却悄悄地酿成万种馨香，千百年来供养着佛神，供养着世人，做得若无其事一般。若雨拿一朵蓝花回眸微笑，恰是拈花一笑啊。

从炳灵寺回来的路上，我突然想到：洗过了夜半月光，醉过了清晓鸟鸣，舞过了满谷花草香，我们才领略到了完美的炳灵寺。虽然，我在炳灵寺旁边的小县城居住了数十年，因为工作关系，也曾常来这里搞接待，但是，以往看到的只是烈日下游客如织、喧闹的炳灵寺。若非这般遭际，我这一生大半与炳灵寺的美妙失之交臂了。

2016 年 9 月

明月清风吧咪山

几次山中归来，我不由得去想：吧咪山确实是一场茫渺的梦幻，有那么多的神奇故事在那里传说；吧咪山确也是一曲美妙的乐章，还有那么多天籁在这里奏响。往后悠长的岁月里，自己时不时地喃喃着，这是一方何等清净的土地啊，竟让那么多的人在此流连，为此神往！

都说吧咪山是宝山。但人们心里所指并非只是数里外的吧咪山峰，而是包含山峰环绕、长河萦带的这方沟底谷地。其北边是黑山，即吧咪山主峰。千百年来，数座并峙，直插云天，阻断了南侵的沙尘。东边的玉兔岭与西边的象鼻梁，北来南下，直逼河口，拦住了古狄道逸出的腥气和从青唐城飘来的膻味。而其南边是自安多滚滚而来的洮河，两岸更是峻峭石壁，隔绝了弥漫在省城四周的无边闹市俗氛。奇特的峰岭沟壑，仿佛天造地设般呵护着这方神秘的地方，让她在人们的想象中漂浮游荡。

最初漂浮在我的心中的是吧咪山的云雾。吧咪山树木茂盛，杂草葱茏，地气阴湿，潮气回荡。这里常见的就是清晨的雾气，她们悠悠荡荡地从沟壑溪边艾蒿上吐出升起，在山坡的榉榛上蔓延飘逸，恍惚间就把偌大的吧咪山谷地遮个严严实实，最后又和山峰缝里逸来的白云衔接，只留下三五个峰尖浮在云海之上，孤零零地簇拥着，犹如仙界闲置着的顶锅石。此时的吧咪山谷地又是怎样一番景色呢？这里的一切都在朦朦胧胧中，一切都是湿漉漉的。朦朦胧胧的砂路，向湿漉漉的林间隐去；朦朦胧胧的山雀，在湿漉漉的树梢啼叫。漫游在这里，直叫人感到，连山外缥缈的歌声，眼前朦胧的花香都是湿漉漉的。雾气太浓了，从此凝成露珠，再滴作小溪，曲曲折折地汇入神泉下，潺潺涓涓地流出山外去。未至中午，雾气逐渐散去，云阵渐渐退远，只留下几抹长云，飘带般的在峰壑间盘绕出没，越发显得吧咪山谷的安逸与幽静。

那回，同行的张君提议去登山，于是，我们几个人披着浓重的雾气，摸索着走向叫作三重台的盘山道，一步一喘地朝黑山顶攀去。山道是顺着悬崖凿成的，悬崖特别陡峭，山道也极为险峻。雾气在脚下勃郁，就像是野烧时缭绕在身边的白烟。我们几经挪移攀爬，才登上一重台，向下看去，山间坡上丛生的野杏树、野丁香树已经远去，只剩下雾气破处时隐时现的一丛丛红绿相间的点缀。山势更加陡峭，大家攒足劲向笼着白云的二重台登去，这里是雾气与白云衔接处，脚下是弥漫的雾气，头顶是翻滚的白云，山风呼啸着，硬是顶出一层透明的空间。在这里，我们惊讶地发现，原本在山下当作岩缝里的榛梢，走近才看清楚是一棵棵树干粗壮、枝梢古拙的崖柏，在那里掠风拦云地生长着。还有那些脚下沟壑深涧中参天的松树林，多年的苔藓蓑衣样挂在枝干上，处处显示着这里就是人迹罕至的绝境。我们一边欣赏景色，一边小心翼翼地挪动脚步，突然间，从悬崖那畔传来走在前面的同伴的尖叫，大家冲过去救助，才知道是一位进香的青年妇女独自在山岩后面静坐休息，荒山野岭里，云雾缭绕处，猛地撞见，倒把毫无思想准备的大男人吓出了声。大家擦拭着好像流不尽的汗水，定下神来，向四面望去，只见峰岩嶙峋，沟壑纵横，树木凝立，鸟雀呼风，只有玉带般的白云，悠然自得地在峰壑间飘荡。

游荡在我心中，一直抹不去的还有吧咪山的明月清风。我经常在书法篆刻作品中读到一句话：方悟明月是前身。明月是不是自己的前身，我真的不清楚。但明月确实叫人莫名地感到亲切。挂在树梢的明月，让人读出疏朗与妩媚；悬在波涛上的明月，让人看到遥远与辽阔；而凝视着吧咪山的明月，让我悟出透彻的空灵与无边无际的宁静。这次住在吧咪山时值仲秋月初，因为激动，夜半三点多我便起床走出，坐在安放茶桌的梧桐树下，独自解读夜空中的吧咪山。只见一片凉月，久久地挂着黑山诸峰前，夜空极为清净，水蓝水蓝的，似乎是一张湖蓝色的画纸，等待着明亮的月色来渲染。这里，到处都是朗朗的光亮，刻画着险峰悬崖的高峻奇特，摇曳着斑斑驳驳的树影。叫身临其境的我来思索，只能是吧咪山的月光。如此片月，在城市里，烟尘弥漫，还能看见什么呢？而吧咪山的明月，爽爽朗朗地照耀着亘古群山，让那些白日里忙碌的人们，喘一口气，静下心来；让蛰伏的动物在清光中能够繁衍开来，生存下去。正是吧咪山的明月，坦坦然然地面对着世事沧桑，使人们明白突然兴起的繁盛和轰然而至的衰败只是人间的张弛之道。也是吧咪山的明月，慈慈悲悲地迎送着千秋人物，使那些在大喜大悲中高歌狂舞或伤心欲绝的人们感到生命的凝重和岁月的悠长。

想到这些，我毅然伴着唐君，向夜色中的东池岘攀去。东池岘没有三重台那样险峻，这里拓有平整的山路。处在阴山里，杂榛山榉森森地罩着山路，好在有清风，我们能够从遍野的荫翳处觅到忽隐忽现的路面。路面上印满了晃动着的枝叶碎影，耳边响动着窸窸窣窣的枝叶摩擦声，似乎在攀登山路，却如同驾舟行驶在长满浮萍菱藕的河道里，总是担心水草中找不出掩藏的水路，戚戚地在那里漫游。又如同是在雪地林中，素白的旷野上落下的清晰树影，横横斜斜的影子，交叉迭落在四周，任凭人们踩上去，跨过来，只是担心磕到躺在地上的树木躯干一样。随着山势升高，夜风逐渐猛烈，寒意逐渐强烈，狂舞的榛树枝条似乎有阻拦我们前往的势头，顶着明月清风，不觉间，我们登上了东池岘岭头。从这里望去，视野极为宽阔，四周是黑黝黝的群山，静悄悄的，除了吧咪山池庙大殿内外寥若晨星的灯火，一切还在清风明月下沉睡。在清风的陪伴下，顺着折来折去的山路，我们下山走向池庙。渐渐下行，风势转弱，寒意转凉，我们静静地回到了谷地。

天犹作夜色，在池庙众多的殿宇的淡淡灯光里，在梧桐的落落疏影中，我感受着，也回味着一直伴随在身后的清风。这是一股来自雾宿山麓的山风啊，她沿岭直下，带着秋色微绯的塞草边情，籽实饱满的蓬草凉意，翻山越岭，到了碧波荡漾的太极湖，混同些微微的鱼虾腥，然后，掠过庄稼半熟的秋田和苔藓与地衣相间的荒滩，夹杂些许泥土味，浩浩荡荡地来到白云长封的吧咪山谷口。谷口的杨柳滤去了那缕鱼虾腥，遍野的榉榛洗清了那股泥土味。到此，山风收进些满坡氤氲的野沙葱花味，遮沟掩壑的艾蒿野香，再夹带上更多象鼻梁逸来的半岭松柏清气，从此山风变得更加清澈，更加通透，仿佛是天外的琼浆玉液，慢慢地倾泻在这里，明亮亮地充满这苍岩净土，碧色绿草的吧咪山谷。如此的清风，最能吹醒人们的沉梦，也最能拂去世间的俗尘。然而她并不稍歇，一意前行，吹进谷口巍峨的山门，在巨大的匾牌下，人们似乎能够听见风阵里整齐的脚步声；吹过漫长的山道，让人感到塞草隐隐的缭乱碎影；吹过山道旁三五个山亭，山亭显得格外玲珑。清风越发精神抖擞，几经飘荡，便来到狮象把门的牌楼前，迎着第二道联匾，悄然跃入大殿群中，在楼台亭阁间穿行，向伫立的树群中漫行。没有一片落叶飘零，也没有一茎枯草横陈；向安静的大殿走去，带不起些许纤尘，更没有一丝烟尘。何等清澈的山风啊，她们长久地在这里徘徊流动，仿佛读遍了匾联，参透了神佛，带着一身的坦然，一身的愉悦，走出池庙，在黑山群峰、象鼻梁、玉兔岭之间回荡飘动。最后，排作长阵，迎着晨曦，盘旋数匝，越岭而去，将无尽的花草香气飘散在翠绿谷地，轻拔在嶙峋山峰。

兹时，已是拂晓时节，如约而来的晨雾已开始在草尖树枝上酝酿，如约而来的白云在峰壑间布阵，吧咪山渐渐洗漱罢，重新隐入混沌之中，只留给世人那些茫渺神秘的传说。

2016 年 11 月

一枝斋北堂

大凡文人的书斋多是建在纸上，其实并没有那么些别墅书房在城中郊外，我也一样。虽然后来也有那么几处房产，作为书斋的只有一枝斋北堂和一枝斋枕波楼。其余的一枝斋东阁、一枝斋南楼、一枝斋西厅只不过是聊以度日的几处商铺而已。朋友们都说我的枕波楼书斋好，但在我看来，留下近乎铭心记忆的书斋却只是一枝斋北堂。

北堂是我在生活最困难时候修建的。那时，我刚刚把父母亲从农村老家接来，一家六口借住在没有围墙的两间油毡房顶的土坯房里，熬着奇寒酷暑的日子。我对一家人，特别是操劳了一辈子的父母亲深感愧疚。故此，我决心修建一处属于自己的房子，哪怕举很多的债，吃许多的苦。几年后，在亲友的帮助下，我终于建成了一处有小院的平房，就是大家都熟悉的一枝斋北堂。

北堂坐落在雾宿山北麓近城的山坡上，地势高，且向阳。东西侧是两道向南平伸去的大山余脉，背后两道山梁间有一渠清水穿过，中间是块山梁环拥，清波曼绕的平地，就是我自赞作“一水带绕萦旧梦，两峰翼开护新诗”的北堂地界了。步入山湾，便可看到我家：山湾正中处坐落着五六间平房，三四畦花圃菜地，红砖围墙，清清净净的一处小院人家。北堂建成之日，正是我第一次拥有书斋之时。给父母亲及子女安排了各自的住房后，我把一间大房子用作卧室兼书斋，东墙立个书架，临南窗置个大书案，环顾再三，得意之心悠然荡来，便自名为一枝斋，取“鷦鹩巢林，唯栖一枝”

的意思，从此便自号一枝斋主。后来有了几处房产，为了方便称呼，就把山庄别称为一枝斋北堂。

北堂小院内西南角有棵百年老枣树，夏日是一角浓荫，秋天是一树深红。近主房阶下，是我移植的那棵硕大葡萄树，大半年荫门蔽窗，很是清凉。小院东南角是春天开花最早的一棵樱桃和两棵麻香轻飘的花椒。早春时节，樱桃枝梢花蕾微红时，我和妻子就开始经营自己的园地。起初，我们把菜地扩展到最大，除留阶下一抹花圃外，其余的全部培垄筑埂，辟作菜地，用来种植萝卜、辣椒、茄子、豆角等蔬菜。整个春夏秋季，我们时时抽空，忙着施肥浇水，掐芽搭架，乐此不疲地劳作在地里。后来，随着年龄增长，琐事多了，人也懒了，花圃便逐年扩展，牡丹、月季、芍药、紫藤，也就依次移入。我虽然多的时间在写字读书，但稍有闲暇，会不由得穿梭其间，剪枝培土，锄草除虫，劳作的兴趣依然很浓。菜地呢，却只剩一抹，单种些小葱、香菜、蒜苗，且在厨房旁，边吃边摘，倒也顺手。小院东墙外，是一径碎砂铺就的山路，斜斜地伸向远处，连接到矮榛丛生的山坡和遍是艾蒿的荒地，正是我闲暇时带领子女去踏青拾翠的那一片旷野。

说来，北堂最适宜读书创作。因为不在街市，前边又有一排排楼房，几层层绿树，隔去了许多喧嚣，所以这里特别安静。些许的响动，唯有偶尔排洪时，从远处刘家峡大坝传来若有若无的瀑流声。除外，最喧闹的时段，要数春晓了。东方的晨曦刚刚显露，不知道哪里飞来那么多的鸟雀，从后山的悬崖外，两侧的野坡旁，到庭前院外的树梢头，还有檐前墙角处，远远近近，高高低低的一片啼叫。细听去，有画眉的婉转，有百灵的清唱，还有鹳鸰的快鸣，最多的自然是红腹山雀与白尾山雀深情的相呼相答了。如潮如波的鸟声抖动着浮在草尖的露气，摇动着飘摇晨雾的杏花，颤动着轻护宿雨的梨花，也唤出了催起东方那半轮朝阳和家家茶炉上飘升的晨烟。此时，坐在葡萄架下那方周边是天然水纹的石案边，喝着山泉清茶，打开书卷，当然是极惬意的事儿了。如此情景，我还有什么理由静不下躁动的心？不去细读那些平日里无暇翻阅的藏书呢？而且，那些繁忙中读去觉得枯涩的古文赋序，此时细读去，也变得清新优美，沁人肺腑了。

创作最好是在初夏午后，午睡悠然醒来，静悄悄的北堂里，日子漫长得犹如在消磨整年的光阴。微风自去自来地轻拂，堂前石阶上叠落着细细的一层葡萄花，点点鹅黄，甚是轻微，看去朦朦胧胧的，像是腾起的一层碧雾，实在不忍扫去。门庭外砂路上铺满了碎碎的一径枣花，五瓣环拥，朵朵如梅花，极为精致，望去如梦如幻一样，像是一夜间长成的翠茸，更是不忍踏乱。那些时不时翻墙而入的蝴蝶野蜂，还有乍然突来，飞鸣而过的鹡鸰与山雀，也带不来大的动静。夏雨午后，我和妻子坐在还印着雨渍的石案侧，静听着山外鸟啼，享受着雨后的爽气，小院越发幽静，似乎能听见对方灵魂宁静的呼唤一般。欣喜之余，我曾随口吟道“雉鸡鸣户外，杜鹃在南岭”。当然，也有喧闹的时候。午后，偶尔从街市归来的邻居们，踏着散懒步伐，大声小气地应答着，惊得庭前枝梢上的鸟雀住了声，扰乱了鸟鸣山更幽的氛围。有时在邻家传来的雄鸡啼叫声里，高邻推门而入，递茶敬烟让座，一时间，仿佛进到山行偶遇老僧话，又得平生一日闲的境界了似的。在这里，嗅着花草香临帖写字，自能激情时发偶尔的得意之作，让人绕案大叫，穿畦疾步，童孩般追逐花丛里的蝴蝶。听着高邻与邻村野老茶后闲谈，更能给我的文学创作积累无尽的素材，写成我梦魂中隐现的文章和诗句：“二十四关起腥风，狼烽冲霄作阵云，河湟形势烟尘里，汉家山川杀气中。”让北堂凭空笼罩上一缕苍凉悲壮的边塞雄气。其实，此时的小院依然杂花相映，鸟蝶翻飞，不时还有不知在谁家房檐下筑巢的紫燕双双掠过，留下几串呢喃软语来。

北堂的夜晚没有灯红酒绿，艳歌曼舞。这里静悄悄的，只能用来读书。然而最适合读书的夜晚，想来还是那些雨夜。润物的春雨，洗尘的夏雨，或是撼树的秋雨，对赏心悦目在一枝斋北堂书斋的我来说，都是良宵佳境。春夜的疏雨，不知道何处飘来，也不知何时落下，窸窸窣窣地，滋润遍了阶下的花圃菜畦，才凑足气力，滴几颗雨珠，最终敲响窗前犹带胶质的葡萄嫩叶，悠悠地把我从书卷中唤回。如此良夜，让细雨也来滋润我的胸臆吧。重新打开书卷，正好读到《西湖梦寻》，跟随张岱去漫游，去欣赏，唱一曲“浓妆淡抹总相宜”，沉醉在他梦中永远繁盛厚重的西湖。夏夜骤雨，峡口的雷鸣，深涧的暗涛，还有峰巅里的长风，再加上庭前树枝间、树叶上的雨珠跳跃敲击，远闻如南海潮怒，波涛震天；静听如三军疾行，足音动地。在狂风里，波涛中，声浪似乎要把一枝斋北堂当作一叶轻舟，抛向鱼龙咆哮的深海。我也心逐浪高，阖上《项羽本纪》，斜倚书案，将眼前的风雨当作章邯三军与项羽楚地八千子弟兵的绝命厮杀。在起伏的怒吼里，咀嚼沉舟破釜，决死壁下的巨鹿之战，长吁出一声“大丈夫生当如此”！心潮久久不能平静。秋雨最是清冷，尤其是在秋夜，没有什么预兆，就匆匆到来。才听见在树梢间响起一两声雨滴，未及揭帘，转眼已是满院琼珠，雨水倒溅了。不知道多少黄叶在风中飘零，也不知道多少绯草在雨里覆地，反正到后来，风声越发凄厉，雨声越发沉闷。不一会时分，湿气夹着冷风，在院内回荡，浸入书斋。我裹紧秋衫，展开《绝妙好辞》，浏览山中白云卷，感受张炎“社稷变置，凌烟废堕，落魄纵饮”的晚景凄凉，洒几行伤感的清泪。隆冬雪夜，万籁俱静，我辈此时心无旁骛，正好添乌煤，斟清茶，拥炉夜读，随唐宋八大家走进历史，走遍九州。最是春夏秋晴宵，一片明月，万里碧空，树枝摇曳，碎影铺地，夜景如此清绝，一枝斋主心旌摇荡，不能把持，自然也无意伏案读书。翻箱取出那管半生相随的玉屏洞箫，静坐于庭前月光下，呜咽一曲《阳关三叠》，曲犹未终，风云流散，光洗小院，护墙树下却有轻微响动，循声探去，似乎墙外有人在静听。

北堂更适宜我的家人生活，春秋的阶上，阳光和煦，安置着几个小椅子，父母亲正好在此和高邻聊天。盛夏的葡萄架下，一地荫翳，多的时候是妻子在母亲身边织毛衣闲话，女儿和儿子逗爷爷讲古经。有了北堂，我和妻子就放放心心地去上班。每天下班，还没有到家，只要看到樱桃树枝的摇动，听到枣树梢上竹竿的敲打声，我们就放心了，孩子们放学回来，在摘樱桃，打枣呢。至于小女在葡萄树前栽的野花，小儿在枣树下给松鼠搭的洞穴，无处不散发着童心野趣。兴许是我的大书案的诱惑吧，女儿和儿子都喜欢跑到我的书斋，抢一个位子，趴在那里静静地写作业。奶奶问他们为什么不闹腾，女儿说，爸爸的书斋里有神灵在守护呢。没有想到，在书香墨味的熏陶下，成年后的女儿和儿子心地恬静，也都能写出不同意趣的文章，零零散散地发表在报刊上，这已是后话了。

年来，一枝斋北堂因城市棚户区改造，就要拆除去，我和家人搬进了一枝斋枕波楼。那些我亲手修建的北堂建筑，那些在北堂度过的美好岁月，还有北堂中许许多多的趣事，终将沉淀在我和家人的心底。在我们的记忆里，保留下一座永远永远的一枝斋北堂。

2016 年 11 月

怀乡情思篇之一

河水醇如酒

家乡莲花镇在黄河、宁川河、大夏河交汇的碱土川，我的先辈们自明代起，在此傍水而居，饮水浇地，繁衍至今。自古以来，莲花并不缺水，却很难见到清澈的流水。黄河夹杂着积石山脉沟壑的荒沙呼啸而下，大夏河袭裹着王格尔塘河谷的腐土咆哮直入，宁川河推搡着西番庄川道的泥浆奔腾而来，浑浊的浪花在我们的家门口喧嚣集聚，造就了偌大的白塔寺三川之一的碱土川。

谁又能料到，千万年后的20世纪60年代，一座刘家峡大坝，猛地在这浊流涌动的地方聚起五十几亿立方米的蓄水，形成宽十余里，长百余里，碧水清澈，烟波浩渺的炳灵湖。那时，我们更是想不到，自己竟从水田挑菜、旱地放羊的牧童，不觉间变成上山放羊、下水逮鱼的小水手。

且不说水淹良田，浪裂护岸造成良田减少，给人们带来缺衣少食的苦楚，也不说乡亲们眼睁睁地看着“撞田”里快要成熟的庄稼一天天地沉入水中时的悲哀。在我懵懂的少年，仅是光着脚丫子终日留恋在湖边的岁月，叫人至今梦萦魂绕，挥之不去：

春水弥漫的时候，我们三三两两提着红柳菜篮，寻寻觅觅地穿梭在库水淹剩的土地上，与其说是寻找那些嫩芽微红的苦苦菜、胖头胖脑的苜蓿芽，倒不如说是窥视那些吐着小水泡游到浅水边的形形色色的小鱼，远眺时不时跃出水面的黄河鲤鱼呢。春日里，湖水是有色的，不知是新柳映的，还是嫩草染的，湖水仿佛带着淡淡的绿色。而且，春水还是活的，每天上涨的湖水总是浮着些细细碎碎的树枝草茎，围起星星点点的泡沫，绕着忽快忽慢的小漩涡，伴着窸窸窣窣的声音，小心翼翼地向前推进。起初只是慢慢地滋润着每一方燥土，每一棵草木，半晌后，那些刚刚润湿的草木都变作清澈湖水下的高低点缀，成了鱼虾的新游乐场。轻轻上涨的春水飘着一层新芽嫩草的清香，泛泛地在耀着晨曦、沉着夕照的湖侧水边徘徊，仿佛在迎接早晚从山脚下相望相依的村落飘逸出的炊烟，结伴来笼罩新绿浅碧中的山川，绘一幅山村晚春图，成为许多出门人长久长久的乡愁。

夏水最不安静，骤来的山雨，一夜间就给深绿色的水库镶出一道黄边，涨上几寸湖水，也给畅游碧波的鱼虾撒来几层饵料。这正是农家孩子最快乐的日子，白天放羊时，我们就已经选好了傍晚下网的地方，迫不及待地扒拉上简单的晚饭，大家呼应着来到河湾浅滩。几个人的水性是没有说头的，关键就是要留在岸上守网，这也是我们特别神往的事情：一把枯草，一件小棉袄，便是过夜的被卧。那些叫得上名，叫不上名的繁星低低地横在眉宇，白天石缝土洞里见不到踪迹的细虫的远近鸣唱荡在耳际，鬼魂的故事还没有讲完，渐飘渐近的植物香气不断压了过来。我们能熟悉地辨出淡淡苞谷叶香中混杂着的浓郁的香柳味和略带些清苦的艾蒿味。疲劳瞬时驱走了我们童年对黑夜的惊怕，枕着波涛声，小伙伴们沉入梦乡。这是多么宁静的夜晚啊，间或几声夜鸟啼叫或游鱼跃水，打破长夜的疲惫，引起了身旁小伙伴的梦呓，不一会，一切又归于平静。香气依然在水面地边若无其事地飘荡洋溢，一点也没有消散去的意思。似乎在等待着夜雾的弥漫，等待着晨露的降临，等待着拂晓收网时小伙伴们欢快的惊叫。

秋天是成熟的季节，虽然烈日依然散发着余威，毕竟可以指望早晚的凉爽了。从收割完的庄稼地望去，无遮无拦的，湖水变得异常辽阔。辽阔的水面最能招来秋天的凉风，从嶙峋的寺沟峡吹来急促的风，猛地在万顷清水上掀起巨浪，青森森地拍向对岸，澎湃之声整天整夜回响在高树低墙的村落，形成了山野间少有的喧闹。没过几天，从曲折的姬家川峡口吹来悠长的风，却幽幽地在无际长湖上推起细浪，璎珞般铺满湖面，让护岸堤边河柳的倒影，做出一身的温柔来。在我们农家孩子眼里，这些全是好事情：起大风，正好游到水深处“闪浪”，玩个痛快，回去时挑一担碎柴回家烧饭；刮细风，正好去黑台沿下网，和小伙伴赛几回“戳水”，末了提着一串鱼儿回家吃饭。秋天的湖水是透明的，似乎一个夏天的太阳照射，只是为了澄清湖水里的些许微尘。透亮的湖水举着水草涌向湖岸边，掀起了时浓时淡的鱼腥味，和晾在晒场上、屋檐下的谷菽香搅在一起，让来客的疑惑，飘忽在山庄与水乡间。

寂静不过的是这里的冬天，寒冷彻骨的湖水凝在那里，却没有铺天盖地的冰雪。我和小伙伴们在热炕上嬉闹的时候，听长辈们说，水库蓄水后气候变得冬天不冷、夏天不热、雨水也多了的闲谈。一面回忆最初蓄水的年间，冬天的水库是可以驶过汽车的冰原；一面想着近年来水库的冬天，水面上尽是各种水鸟。小脑瓜里总是琢磨不透水库蓄热的道理。

哎，故乡，那一方如酒的绿水。

2016年5月12日

怀乡情思篇之二

群山绿似染

有一年初春，陪来客去炳灵寺，客人指着舷外五女山下的村落，问我，这是你的家乡吧？我默默地点点头，这正是我魂牵梦绕的莲花啊！

莲花镇夹在群山与湖水之间，说是依山傍水，倒不如说这里的人家依偎在南山脚下，好像时时害怕大山伸脚，把这一切都挤下湖中似的，十几个村落紧紧地扒着这窄窄的一抹川地。40年前，乡亲们任凭湖水拍打吞噬着极贵的川地，怅望着干旱光秃的靠山，哀哀地过着残山剩水中的苦日子。

那天，客人还问道，山岭为什么看上去是黑色的？我不觉一笑：上面都是花椒林，还没有发芽的花椒树枝干就是黑色的呗。我从客人们不解的目光中读懂了那丝疑虑：干吗种那么多花椒树呢？

那个年代，政府也知道这里人们的难处，引导大家在层峦起伏、坡地相望的山上栽种经济林木。离城远，路不好，还缺水，桃李又搁不住时间，当年示范的果园，后来都成了废墟。不知是哪一年，也不知是哪个村子的谁家，无意中在山地上多栽了几棵从祖祖辈辈起每户就栽一半棵自食的花椒，谁能想到，耐旱耐存放的花椒，卖上了好价钱，还能换来御寒的衣服和果腹的粮食，花椒最终成为莲花人枯焦年间的活命希望。由此，人们群起效仿，争相栽种，几年时间，就把屏护碱土川的南山，从五女山到大雁坡，从泉湾到乌涧湾，再到东大坡的岭湾沟壑都栽上了花椒，不留一寸闲土。不要说客人们想不到，就是歌哭于斯的我也想不到，当年干旱少雨、草稀树绝的莲花镇，30 年后林木蔽空，竟然成了椒香四溢的花椒之乡。

看着客人们的困惑，我真的想带他们看看旱地里植树的艰难，感受一下莲花人创业的辛苦。

花椒树耐旱，但种植起来并不容易。莲花镇的南山都是旱地，自古就没有水浇，干旱的燥土里，树苗是没有办法活下来的。每年，河州四乡正在紫燕掠柳，黄牛耕田，老人儿童悠哉在春耕气息里的时候，这里的人们，几乎都是倾家出动，老小上山。老人小孩背树苗，栽树；中青年人背水，浇苗。原本没有路的山山岭岭上、沟沟坡坡里到处奔走着一簇簇人影，这都是一个个的家庭啊。人们肩扛背负，手攀脚蹬，艰难地向上移动。从高处望去，整个碱土川南山上，人头攒动。乡亲们犹如大火前忙碌的消防队员，急匆匆地沿着各自的目标在行进。几天后，回眼看来，只要是人踪所至处，就有几棵棵树苗，挺挺地立在燥土里，树根周围有一圈暗暗的水印。其实，莲花人的辛苦不光是春天种树，冬日里，邻近地方的乡亲们农具高挂，享受丰收后的闲暇时，莲花人又要上山，开始给花椒施肥和保湿了。还是全村人出动，先是运肥料，老人儿童背小袋，中青年背大袋，相扶相携，走走歇歇，向远处的高山跋涉，最后消失在一棵棵花椒树下。几天后又从水库里、渠沿上背冰，给花椒树保湿。照旧是老人儿童背小块，中青年背大块。一路喘息，一路汗水，日复一日，络绎不绝，直到每棵花椒树下都有了一锨肥料，一方冰块，乡亲们才会拖着僵硬的腰腿，坐上自家的热炕，喝着浓茶，说起年来的收成。

想到这里，我突然有个冲动：以后一定抽时间带客人们看看莲花人最忙，也是最快乐的事——摘花椒。

农历七月，正是莲花人摘花椒的季节。那时的莲花镇南山，早已是花椒的天地。仿佛进入森林里，山上都是花椒树，没有一棵杂树。枝柯扶疏的花椒树争光承露，尽量占有着周围的空间，绿茵茵的似乎看不到蓝天，只给人们留下一圈窄窄的走道。厚硕深绿的椒叶微微摆动着，潇洒地点缀起一团团鲜红的花椒来。每枝树条都是一个团队，好像在比赛，各自把最硕大、最油亮的椒子举起来，在露珠里着色，在熏风里溢香，在阳光下炫耀，向人们诉说着莲花人勤劳创业的故事和红火的日子。

摘花椒时有多累，家里的妇女最知道，除了整天上山摘花椒，还要天不亮准备早饭、午饭，落日后做好晚饭。摘花椒时有多忙，四乡的乡亲们最知道，所有亲戚家的男女学生都要请到，亲戚家学生的同学朋友也要请到。每当摘花椒的时节，我们就能看到村口忙碌碌、喜滋滋的人们，说着各自的经验。那个刚盖了新楼的汉子笑道："必须四要：一要顿顿饭有肉，二要水果充足，三要客房里有电视，四要手机里话费充足。"我不解地问他："干话费什么事呀？"回答却是："要不断地打电话请人啊。"

当然，最撩人的就是晒花椒了。这时的莲花人害怕天不晴，最害怕天下雨。只要天晴，村外的大场、村口的土场、户间的小路、庭院的空处，还有住房的屋顶，全部成了晒场。只见一块块的花椒，从连花台的人家摆出，带着麻酥酥的香味，红艳艳地染遍全村，又连绵不断地向上流去。红的潮流经过蒋杨家，经过白土庄，经过陈徐家，继续流过去，再经过焦张家，红潮流过一个村庄，洇红这个村里每一户人家，又向外流去。没几天，流过了唐家嘴，流进了殷鲁家，流上了贾家塬。从此，整个莲花镇洇透在鲜红的椒海里。随着烈日暴晒，铺满所有空地的花椒，慢慢变作紫红色，椒香也就更加浓烈了，直把个莲花镇大地笼罩在醉人的香气里。

说到这里，我不禁想问问远方的客人，你想不想走在溢香的花椒地里，亲手摘下那一朵朵的花椒，尝尝刚摘下的新花椒做成的农家菜，领略一下莲花人有滋有味好日子呢？

2016 年 5 月 15 日

怀乡情思篇之三

新梦炫若霞

我出生在大夏河发源的博拉，而我的故乡在大夏河入流处的莲花。自幼在大夏河边嬉戏成长，后来又一路沿着大夏河回到了故乡。多少年来，我总是觉得自己就是那源自草原上的一掬泉水，一掬流淌着过去、奔赴着未来的泉水。

当年，我就像泉水一般吐着细碎的水泡，聚成潺涓的细流，从博拉流出，怯怯地流过了草原，徜徉在拉卜楞镇。末儿，在“文革”的惊恐中，我同家人又如才汇入大夏河的泉水，从洒索玛起步，沿着王格尔塘河谷，流过达麦，流过麻当，流过红墙，穿出土门关，流到碱土川，直奔我们企盼着乡亲的情谊、企盼着故土庇护的故乡——莲花。

大夏河在这里汇入黄河，结束了孤独的行程，却把未带走的那缕孤独悄悄地留下来，久久地伴随着我，直到今天。家乡的亲情是温馨的，厚道的乡亲们或捐物，或出力，帮我们建起了足以遮风避雨的一院平房，让在藏族聚居区里漂泊了半生的父母亲及我，从身体到心灵都得到了安顿。在那个年代，家乡的生活却是严酷的：迁移后的农村地狭人稠，干旱无雨，短衣少食，成年人昼夜为自家的生计发愁，过着“肋巴当算盘打”的日子。因此，在我的少年时代，人们最爱说的话题，总是“文革”前，在“刘家峡搞副业”时，管饱的肉烩菜和白面大馒头，还有那些比莲花城还大的拌合场，轮胎比人高的“斯柯达”汽车和整天背着工具袋、神气的女电工王师傅……

大人们口中略带炫耀的“刘家峡搞副业”，越发加深了我幼小心灵中的孤独，激起对刘家峡莫名的向往。清晨，羊群在泉坡散开来，吃着带露水的青草，慢慢向坡下挪去。这时，坐在坡顶的我，不由得向刘家峡方向看过去。这里是最好的瞭望处啊，举目北望，眼前是近十里宽的湖面，对岸是高耸的王家大山，云雾缭绕，遮去了半边天。由此向西攀去，一路依次是杨塔、塔拉坪、小岭、循化，越走越荒凉，这些是我不愿去看、去想的。稍靠右的永靖三塬，从海家塬头平缓地下降，若有若无地伸向远方，直到目光尽头的姬家川，望去树木郁郁葱葱，庄稼蓬蓬勃勃。作为屏障的鹁鸽岘子，岭壑高耸，遮尽远眺的最后一丝余光。只是佳地更在远山外啊，我犹自在自造的心境中漫游！静谧的夏夜，我在大雁嘴下守网，一钩弯月悬悬地挂在白马庙山头顶，把眼前的王家大山染得斑斑点点的，浮在湖水上，活脱脱是一幅米家山水，让人心中泛出许多奇奇怪怪的想法来。最是逐渐远去的永靖三塬，月光下，辨不清树木庄稼，朦朦胧胧的，如同宣纸上的一抹墨色，逐渐向姬家川淡去，分明是那些在记忆中渐行渐远的岁月。望着望着，一缕念想幽幽地升起来：那边就是人们能搞副业，天天看得见火车，有着各色各样大汽车和五湖四海的人，还有热火朝天的大车间、大工地的刘家峡啊！不一会时间，湖畔骤起的峡风，涌起拍岸的长浪，久久不息的涛声，把我从美好的梦想中唤回，城市刘家峡和它带来的工业文明依旧徘徊在我的想象之中。

其实，一个人最孤独的时刻还是在家中的夜晚。那个年代的故乡，夜晚没有什么事儿可混时间，白日里忙农活、劳累了一天的人们天黑了就是上炕睡觉。只有孤独的我，忍着辘辘饥肠，看着黝黑的横梁竖椽，胸中开始翻起那些"管饱的肉烩菜和白面大馒头，还有那些高大的拌合场，轮胎比人高的斯柯达汽车和整天背着工具袋、神气的女电工……"等好日子的无限遐想。我在黑暗里一遍遍地念叨，以至咀嚼着我如细流般流过的地方：洒索玛、达麦、麻当、王格尔塘、土门关、西番庄、野狐峡……咀嚼着那些飘荡的牧歌，那些飘荡的草香，那些我度过混混沌沌的童年，思谋着那些成年后无所专长，常年或在市场上转悠，或在草原上奔走的街坊邻居小伙们；咀嚼着口粮断顿，野菜充腹，有族人悄悄地去讨饭了的传闻；还有彩礼飞涨，婚礼上西山里的亲戚光当上亲的就有五六十人的传言；一遍遍地感受人类社会从荒蛮的狩猎部落、游牧部落一步步走向当今的农耕文明。我的思绪欲云雾般飘荡去，且轻轻地呼唤着梦想中的城市：临夏、天水、兰州、西安……想象着那些从书本上见到的头戴安全帽的工人，举起钢钎，在高炉前炼钢铁的豪情壮举；想象着开动机床，在高大的厂房里造机器的工人老大哥的生活。

感谢生活，让我经历了那么多艰难，养成了吃得起苦，受得起磨难的性格；更让我在那艰难的岁月里，能够眺望刘家峡，咀嚼旧日子，有了一个绚丽的梦想，以长久地滋润农家孩子的枯燥心灵。感谢生活，让我在当年的莲花，那穷山僻壤里有滋有味地成长，不断萌发生活的激情，有了长大一定要走出农村，去外面闯荡理想。

感谢命运，因为命运的眷顾，我后来真的走出了山外，走到了兰州，真的像人民币上那个人一样，举起钢钎炼铁；像村子里大人们口中神气的王师傅一样，背着工具袋转悠；真的像当年日夜梦想的一样，到刘家峡工作、安家，成了一个地地道道的刘家峡人。

到此，我真真切切地感到，我就是从草原深处流下来的一掬泉水，流经了草原，在冰凉的草根下，感受了大自然的严酷与牧民生活的艰辛；流经了河谷川道，在松散的燥土旁，感受了西北农村生存条件的艰苦和农民生活的无奈。正是这一掬泉水，汇入黄河，见证了从刘家峡开始，或聚起万顷碧波，滋润着干涸的土地，调和着周边的气候，营造出无数幸福家园；或呼啸激荡，削山澄塬，伴随着时代的发展，映衬着我们中华民族的繁荣兴起。

2016 年 6 月 3 日

怀乡情思篇之四

湖畔人胜花

故乡莲花镇是个少雨的地方，历史上就叫“干北乡”。多少年来，水地庄稼靠黄河水车和从宁川河引水的“官渠”浇灌，旱地庄稼只能指望“天雨水”了。谁知道，在这方干旱的土地上，那年，一场骤来的暴雨，把我从身上到心底浇了个透彻。

我的故乡，在我的少年时代是很贫穷的。好在乡亲们看到我们一家人不可能长长久久地当庄稼人，初中才毕业，就推荐我去兰石厂（传说是兰州石头厂，报到了才知道是兰州石油化工机械厂）当学徒。从检查身体到政审要几个月时间，从此，我天天揣着一颗不安的心盼望通知，就是静不下心来仔细看顾莲花镇，我这贫穷而厚道的家乡，还有小院，我简陋而温馨的家。毕竟要离开这里了，便只剩一个心思，尽量为家里多干一些活，哪怕是些十六岁小青年还负担不起的苦活、累活。

一天，我坚持陪同父亲去很远的尕磨沟磨面。清晨离家，太阳两竿高时到了磨坊。上料、罗面，整整忙了一天。傍晚时分，父子俩用架子车拉着磨好的五百来斤面粉，踩着碎石，吃力地走向天边的回家路。那时的农村，家家户户做饭用的是庄稼秸秆和碎草，烧起来，火不大，烟却特别多。浓浓的炊烟罩住人家，罩住村庄，直直地升起来，和岭头的晚霞融合成一片。这只是家乡傍晚里常见的景色，那天却把人们哄了个糊涂：谁也没有注意到眼前浓浓的炊烟后面却是沉沉的乌云。父亲驾着辕，我在边上拉着边绳，喘着粗气，奋力奔走在坎坷的乡间小道上，心里盘算着夜半前能赶回家里。当我们攀上空旷的乌涧湾，猛地，头顶响起沉闷的雷声，紧接着黄豆大的雨点齐刷刷地砸向朦胧夜色的大地。还没有等到父子俩从愣怔中醒过来，眼前已经是重重雨幕，地上早已雨水横流了。“碰上暴雨了。”父亲长叹了一声，鼓励我加快步伐赶路。谁知我刚把陷在泥坑的车轮拽出来，另一个车轮又掉进了一个更深的坑里，随着破裂声，车轴断裂，架子车卧倒在了泥里。这里是前不着村、后不着店的地方啊，父亲只好一边安排我守车，一边踩着泥水去坡下村子里找人。等我全身早已湿透，哆嗦着忍受雨水从脖子间灌入，从裤管里流出的寒冷时，父亲带着两个来人回来了。在他们的帮助下，我们把面粉和坏架子车转移到借来的架子车上，来到坡下村庄的一户人家。说话中我能听出来，我们两家并不认识。莲花人的厚道就在这里，热茶、热饭、热炕头自不必说，连已经睡觉了的老爷爷也过来道安慰，诉乡谊，仿佛是在亲戚家一般。在极度疲劳下，我无力去听大人们的谈话，枕着感激，倒头睡着了，睁眼已是大天亮。刚穿上已经晾干的衣服，父亲看到我那件昨晚翻车时撕破的衣袖，已经缝补得平平整整，夸道：“好一手针线活！”正在喝茶的老爷爷搭话说：“尕霞呗，丫头乖，茶饭、针线好着呢。”恍惚间，我才忆起昨晚端饭、铺炕的是一个面目姣好，身材苗条的姑娘。

临行时，这家人都来道别，匆匆中我偷眼寻觅，却没有尕霞的影子。到家第二天，我自告奋勇要去乌涧湾坡下庄子里送还借用的架子车。我当时一路小跑，感觉很轻松就到了他们家，走进家里，才知道尕霞是高中生，今天在上学。此后，我忙于拔芥子，种糜子，心情也就慢慢地平复了下来。半个月后，家里来过客人，母亲说是邻村的娘娘来给我提亲，说的姑娘正是尕霞。我顿时感到一种慌张，一种期待，一种莫名的滋味在心头涌动。随即，父母亲又说，没有答应婚事，也没有说断，当下先争取当工人，订婚的事情工作后再说。我知道，父母亲只是因为我的工作还没有确定，留了退一步的后路罢了。立秋时，父亲的学生从牧区带来了酥油，家里让我送一方给尕霞的爷爷润肺，也是答谢他们厚道的意思。那天是暑假，去她们家在我真是道千难万难的坎儿，既有想看看在我心中笼罩着神秘色彩的尕霞的冲动，又有提亲一事后，应对她的家人，还要和尕霞说句得体的话的难肠。我徘徊半天，擦着汗走进堂屋，却赶上尕霞去了她的娘娘家送新面。一家人用很高的礼遇招呼着，我却心里乱乱的，不知道那顿饭是怎样吃的，也不知道是怎样回到自己家中的，只是低着头胡乱地回答父母亲："大家都好着"，"尕霞转亲戚了"。

又一个月过去了，终于收到了招工通知书，猛然间，我成了一名工人。紧接着要走亲戚，拜长辈，忙碌之余，母亲洗浆缝补，给我准备行李。到底去不去尕霞家，告别不告别她们，成了一家人心中的疙瘩：去吧，没有订婚，名不正，言不顺，有炫耀的嫌疑；不去吧，似乎有些冷落。最终我还是没有得到父母亲的首肯，便怀着一腔空旷，检查好行装，准备离家去"兰州石头厂"工作。

离家的那天，迎着晨风，我兴冲冲地赶到莲花渡口乘船，准备转程刘家峡，直奔兰州，走上工作岗位。我站在甲板上，望着晓雾中冈峦起伏的峰壑与人家参差的村落，品味着对家乡的无限留恋，这时才真实地感觉到离家的滋味。快要开船的时候，在送行的人群中，我突然看到一个面目姣好，身材苗条的姑娘，那竟然是尕霞！这莫成是命运的安排吗？只见尕霞把一篮食品举给船舷边一位中年妇女，然后笑着轻轻地道别，举止大方，言谈得体，很是自如。就在渡船要离岸时，那双杏眼微微一扫，怔怔地看着我，目光中许多的语言和亲近传递过来，似乎已经知道了我的一切，包括今天的远去。最后在汽笛声里，只见尕霞走出人群，冲着她的亲戚，也冲着我默默地挥手致意。

这时，风浪骤起，船身震动。我举目东望，船舷外烟波浩渺，山川相迎；渡船乘风破浪，奔赴前程。望着渐行渐远的莲花，渐行渐远的尕霞，不禁叹息道："啊，我的家乡！"从此，留在我身后的便是伴随我四十几年，日趋加深的无尽乡愁，还有那一缕拂之不去的淡淡依恋。

2016 年 6 月 17 日

《张兴珊书法集》序

张兴珊先生嘱我为他的书法作品集作序，这是我很乐意的事。原因有二：首先，他是一个做人正派，知民疾苦，为群众谋福祉的领导干部。这些可以他曾经工作过的地方的许多基层干部和普通群众的口碑来印证；其次，他是一个爱好书法，且有较高创作水平与组织水平的书法家。自上届他当选为州书协名誉主席起，在州书协统筹谋划，组织活动，交流书艺，和我们一起度过了整整五年时间。

书法之道，我一直认为以修身养性、提高素养为最高境界。过去，古人是这样做的，诸如王羲之、颜真卿、苏轼等历史上的书法名家，他们既是学富五车的学者，又是德操高尚的贤才。“心正则笔正。”柳公权说的这句话，更是涉及书法的核心问题，即自古以来，书法是以“道”来行的。中国书法流传到邻国海外，被称作书道，也是这个道理。

虽然，在适者生存的商品经济新形势下，书法艺术，越来越旗帜鲜明地走向追求结体新奇，追求笔墨夸张，以吸引观瞻者目光，产生视觉冲击为目的的道路，成为以技巧行的书法。这些对许许多多坚守在传统书法阵地上的书法家与书法爱好者来说，是一种难以接受和难以追随的事情。毕竟在这片古老的中华大地上还有众多的老百姓以传统的审美目光审视着书法艺术，一些年轻的文化人与书法爱好者不大愿意在自己的工作和生活空间悬挂特别流行的书法作品。距离闹市遥远的城镇和村落，在一些人家中，依然坚守着“字以人重”的观点，在他们看来，在自己家中悬挂一幅书家人品高尚且有传统功底的书法作品，自然是传承家风，正家明志，规范言行的大事情。张兴珊先生的书法在临夏地区那么受人喜爱，这也是一个主要原因。

张兴珊先生青年时期就爱好书法，从农家小院走上工作岗位，从乡村干部成长为地区领导干部，在40余载的岁月里，他全身心地投入工作，稍有闲暇，便读书临帖，不曾因为工作忙碌而放弃夙愿。每换一个新的工作环境和新的地方，他留心当地书画活动，结交书画爱好者，进行书法交流。经过多年的积累与思索，他的书法鉴赏水平有了很大的提升，这些为他的书法学习和创作起到了引领作用，使他的书法创作沿着正确的道路向前推进。现在看来，张兴珊先生的书法，自始至终贯穿着两条主线：一条主线是他的书法作品具有表里合一的特点。在他的书法作品中，有相当篇幅的作品是自作诗。而且不做无病呻吟，不做无聊应酬，其内容直抒胸臆，如赋诗颂吟带领民工去新疆采棉的干部、颂吟五女山林场的绿化等，充满生活气息的作品比比皆是，具有很强的时代气息和鲜活的生命力。一条主线是他的书法作品着意气势，有着与临夏地区所处西北边塞相符的雄浑风格。纵观中国书法，理其风格，不外乎千百年来纵横于北方的雄奇浑厚书风与缠绵于江南的娟秀柔美书风。前者多存于碑刻摩崖，近人也称为碑学；后者多见于手札题跋，近人也称为帖学。读张兴珊先生的书法作品，我们首先感到的是雄浑的碑学震撼。中原地区是华夏民族的发祥地，也是华夏民族不断与北方入侵的游牧民族争战厮杀，不断与北方游牧民族融合之地。那么多的兵燹烽火，不但没有摧毁中原文化，没有摧毁中国书法，就是史称“五胡乱华”的北朝，还产生了书风更加雄强的魏碑书法。张兴珊先生的书法，挥写得那样热烈奔放，气势开阖，用笔在尽情抒发胸中的浩然之气。欣赏张兴珊先生的书法，仿佛站在烽堠前瞭望，千百年的争战厮杀，朝代更替，历历在目；千百年的文兴道衰，钟鼓悠扬，不绝如缕。因为博采众长，自然，张兴珊先生的书法，也具备帖学的妙处，特别是他对收笔时笔锋的处理和作品行气处理时上下字萦带关系的用笔，都有他独到的用心。这些也说明他近年来不断探索书法本源，不断汲取书法艺术营养来提升自己的书法素养。

经常听当年和张兴珊先生共事过的朋友们说，他在工作中极其认真，故此，赢得了良好的口碑。令我感受更深的是，他在书法学习和创作上依然如此。张兴珊先生礼贤下士，在书法学习上能够做到不耻下问。把书法作为一门博大精深的大学问来学习，还是把书法作为拿毛笔写字来敷衍，两种不同的心态必然会导致不同的结果。“用心做事情，用心学书法”，这是他在书法学习上不断进步，隔几年就以新面目示人的关键所在。

多年和张兴珊先生以书法创作、书法活动为中心的交往中，我从他的身上感受到他处世的宽厚稳健，为人的厚重温良，也从他的身上感受到他做事情的严谨细致，做学问的认真刻苦。当年和张兴珊先生相处，我感到从各个方面受得了良好的影响与熏陶，这是我觉得特别幸运的事情。古人云：“择人而友，择邻而居。”说的就是这个道理吧。

愿张兴珊先生的书法不断进步，为我们，为临夏。

谨为序。

2016 年 12 月 3 日

李良云书法艺术特点

近年来，李良云先生的书法逐渐进入创作期，他的书法以鲜明的艺术特点、独特的艺术风格受到越来越多的书法同道和爱好者的关注与喜爱。

从20世纪80年代起，还在临夏民族学校读书的李良云，除了全身心地浸淫于书法外，还组织校内书法爱好者，走访社会上的书法同道，虚心求教，广泛交流，立志把书法作为终身爱好。自后，不论在基层工作，还是在机关上班，他在完成本职工作的同时，把一切能够挤出来的时间全部用在书法学习创作上。数十年来，苦心经营，坚持不懈，使他的书法创作有了长足发展。

现在来看李良云先生的书法作品，给人最大的感受是他的书法创作具有深厚的书法功底：他的书法创作具有坚实的正书基础，从唐楷入门，步入隶书蹊径，登上魏碑厅堂，相当一段岁月，他浸淫于北朝碑拓、明清书帖。徘徊期间，筚路蓝缕，恍然竟是20余年，也由此夯实了他的书法基础。

欣赏李良云先生的书法作品，最深的感受是他书法创作中的尚意书写：书法创作，从笔触的感悟到意气的挥洒，只在书家多年书法学习和积累产生的顿悟里，且往往在意念中的微妙处，李良云的书法创作正处在这个阶段。许多书法爱好者在书法创作时，往往会发生两种情况：一是侧重于每一个字的书写上，就每一个字看去，完全达到了珠圆玉润的效果。但是从通篇着眼，字与字之间的萦带、行与行之间的揖让几乎没有表现出来。另一种是过分顾及作品的萦带和揖让关系，处处设障，时时设防，创作出的作品凿痕明显，缺乏自然天成。李良云先生在创作中立足于感悟，着意于抒发，他比较常用的是长锋，多的时候，饱蘸笔墨，一挥而就，一幅作品蘸墨三两次而已。涨墨枯笔，交相辉映，极具视觉冲击，也表现出他对书法深厚的理解和对笔墨熟练的驾驭能力。

欣赏李良云先生的书法，我还能感受到他对书法的深入学习与钻研精神。一段时间，我们都感觉到一些书法爱好者，甚至书法家，对书法的认识出现偏差，所以在书法学习中把全部精力都放在字和字体的临摹上，数十年里，两耳不闻窗外事，一心只临前贤帖。以至在创作中过分追求笔墨意趣，忘却书法的根本。李良云先生在学习书法书写技能的同时，把很大一部分精力放在了文学，特别是古代汉语的钻研上。他深深懂得书法说到底就是一种抒发，一种情绪的抒发，一种胸臆的抒发。像许多人一样，写唐诗宋词，用创作、用作品抒发书法家书写时的感受，毕竟只是借物咏志的抒发；不像历代名作那样，用自作优美文章与自己优秀书法交辉，达到胸臆与情绪彻底抒发的境界。为此他努力学习古文、古体诗词，创作出了许多文学作品。如写在积石峡的《禹域赞》：“禹迹茫茫何处寻，怪石嶙嶙留凿痕；嶷然积石成雄关，两岸险峰壁千仞；削山拓峡疏河道，破空骇浪撼云根；千秋功业垂青史，鲤鱼欢腾跃龙门。”《积石峡》：“大禹斩蛟崖，导河入沧海；见迹思前贤，黄河涌心怀。”读去意境高迈，诗句苍拙，意趣盎然，充分显示了李良云先生较深的文学功底和社会阅历。

虽说古人云书法乃雕虫小技，毕竟其中蕴含着五千年华夏文化的精髓，是汉语言文化的精致耀眼点。愿李良云先生的书法高蹈正途，日日进步。

2016 年 5 月 11 日

图文辉映　意趣自生

——读张文轩先生《中国古代书法咏论》

我们相聚于此，对张文轩先生的新作《中国古代书法咏论》举行座谈，这是一件特别有意义的工作。《中国古代书法咏论》一书的出版发行，不论对工商银行还是对张文轩先生本人，乃至甘肃书法界来说，都是一件值得庆幸的事情。《中国古代书法咏论》是张文轩先生多年的心血，这本书的完成，展现了张文轩先生作为一名领导干部深厚的文化修养和高雅的艺术追求，也展示了工商银行员工的精神面貌及企业文化建设成果。当然，由甘肃人民美术出版社出版发行这样一本书法咏论更是我们甘肃书法界的一大幸事。

这本著作有着比较独特的创作思路，在书法艺术极其兴盛的今天，国内外发行了数量众多的书法研究著作，我们读去，可以分为：从系统的书法史研究到某个书法家的研究，从古代书法理论的研究到书法家书法理念的论述这样四个范围。而张文轩先生的《中国古代书法咏论》却是以中国历代知名书法家为点，以各个朝代为块，以历史演变为主线、书法演变为副线，织造出了一个书法艺术之网。我感到这本书的独特处还在，它有着书法史一般的排列，却不同于一般书法史对书法艺术演变的烦琐叙述，有着对每个时期书法家艺术风格及其在书法史上的地位的精炼描写，却又不同于一般书法史对每一个书法家以上内容的糅杂描述。它将中国书法史上这么多的书法事件，这么多的书法人物收入这部著作之中，排列有序，凝练可读，并配有相应的书法作品照片和简略的文字说明，免除了读者阅读时从浩瀚的书法史料中去查阅所需资料的烦扰。图文辉映，意趣自生，这也是它所具备的一个鲜明特点。

旧体诗的王国是一个充满矛盾的世界。诗人从辽远广阔的空间中产生灵感，从神秘茫渺的气氛里完成想象。浪漫的意境，典雅的语言，都能给读者思绪予以更大的漫游境地，为与作者在思想上产生共鸣提供更好的艺术平台。同时，旧体诗的创作对格律有比较严格的要求，写旧体诗需要有较高的古代汉语水平的支撑。尤其是以旧体诗来吟咏中国古代书法，还需要深厚的中国书法理论和中国书法实践的素养，这些无疑对每个作者都是严格巨大的考验。在这一方面张文轩先生做出了很多有益的探索，这也是《中国古代书法咏论》一书的又一个特点。

另外，我们读这本书后还有一个感受，中国书法爱好者群体是一个数量极其庞大的人群。但是面对博大精深的中国书法艺术，面对浩若烟海的中国古代汉语和汗牛充栋的书法资料，多数人望而却步，甚至许多长期从事书法工作的人把更多的精力放在了碑帖的临习和创作的揣摩上，很少有人将书法理论学习放在应有的重要位置上，忽视了书法理论的研习，而且，还有一些书法爱好者有意识无意识地放弃了文学，特别是汉语言文学的学习。在这个方面，张文轩先生作为一名领导干部，从繁忙的日常工作中，挤出大量的时间，深入书法理论之海，击水扬波，做出大胆的尝试，取得令人欢欣的成果。他在全面提高自己书法理论水平的同时，也给我们甘肃书法界的朋友和众多书法爱好者从书法学习的途径和实践上，提供了很好的导向与帮助。

半生勤奋　一路狂歌

读朱明山《四体书滕王阁序》，几个颇具造诣的书法家谈创作感受，其中一位浩叹道："书法之难，难于上青天！"其余几位都很怅然，甚至有人自嘲道："当年为什么选择了书法？"大家都感到心中有一缕悠长的苦涩。

书法确实很难，这是多少年翻腾在我心里的一个念想。在这个念想的折腾下，大半生来，我对书法艺术的认识，从漠视上升到敬畏，又从敬畏上升到了膜拜。而今，抚摸着朱明山先生的《四体书滕王阁序》，在品赏极其高迈的书法作品的同时，我也终于理清了自己对书法艺术认识发生变化的缘由，也更加清晰了书法之难，难于上青天的"难"处所在。

首先，书法之难，难在入帖。书法活动的实践证明，书法学习的正途只能是从正书入门，打好基础。就是"正书入门，打好基础"八个字，足以消磨一个人的半生的时光。欣赏朱明山先生的《四体书滕王阁序》中的楷书和魏碑，结体是那么自在，给人一种想象之外、情理之中的感受，这里面蕴含着多少代人对书法结体的探索。用笔更是特别自如，让人觉得点画很精到，笔画也很舒展随意，在这里能看到很多朱明山先生对书法用笔的理解。正书作品达到这等水平，在书坛也是不多见的，这是朱明山先生正书书法辉煌的一面。正是这辉煌的后面，也反映出先生书法道路的艰难。正书临帖基本上是楷书入门，临像临精，从形似到神似。在这个过程中，学习者要花费巨大的精力，才能达到入了这本帖的目的。其实，这才仅仅是入了一本楷书帖，还有临习魏碑的漫长道路在等待着他。从一种书体转入另一种书体，本身就是对书法学习者的大考验，楷书与魏碑结体相似，笔画相近。如何能够各循其范，中规中矩，临好柳公权，临好欧阳询；也临好张猛龙，临好张黑女，为将来的楷书创作、魏碑创作，打好正书基础？除外，还有行书，还有草书，在烟波浩渺的书海里，选好行草书的临习碑帖，花几十年工夫，如何临好行草书碑帖，夯实行草书的创作基础？可以看出来，朱明山先生行草书植根于二王之上，他在这条道路上走得很深，很远。数十年前，先生对十七帖与圣教序的理解程度已经相当独特，他对这些帖的书写功力，达到了可以乱真的水平。当然，不论是哪一位前贤，既然能够形成辉映后世的书法风格，他的传世碑帖一般不会是一两本。入他的帖，还要寻求他不同时期的书法变化，各个时期书法作品的艺术特点等，只有比较深入地理解前贤作品的风格形成，比较熟练地掌握他的书写方法，我们才能真正走进这本碑帖，完成此帖的入帖过程。读《四体书滕王阁序》，可以看到，朱明山先生在书法临帖上下了非常人能够达到的功夫，费了非常人能够舍得的气力。翻千遍碑帖，坐十年枯斋，真正把书法临帖当作一门学问来做，由此奠定了今天书法风格形成的基础。

其次，书法之难，还难在出帖。虽然许多书法爱好者是在临帖环节折戟沉沙，但对那些闯过书法临帖关的人来说，更难的关隘还在前面等待着：临帖阶段完成的书法范本，无时无刻在束缚书写者，让人无法越出范本之雷池一步。此时，唯一的办法还是临帖，不同的是，在这个阶段临帖的目的，却是如何通过对各种优秀碑帖的临习，逐步摆脱起初所临范本对自己书法创作的约束，不断掌握各个书家在不同时期创作的作品的内在规律、作品特点，为自己的书法创作开辟路径。在我们周围，许多书法爱好者都是在这个阶段停顿了下来，没有能够完成重要的书法出帖训练，终身在一种体或一个帖里徘徊。“老死是乡”，这是多么令人扼腕长叹的事情啊！

在这一点上，朱明山先生的刻苦远远超过了书法临帖时期。书法学习过程是一个需要坚强毅力的过程，在书法学习的每一个阶段，都需要挤时间认真去书写的毅力；书法学习过程更是一个需要思索的过程，在书法学习的每一个阶段，都需要反复去思索的觉悟。“路漫漫其修远兮，吾将上下而求索。”朱明山先生的书法学习路子之宽，足以证明他在书法学习上具有非常的毅力；同样，朱明山先生的书法作品书体之精，也足以证明他在学习书法时具有非常的悟性。2010年，甘肃文化出版社出版发行的《课堂训练宝典·毛笔字》丛书中先生书写的楷书、魏碑，朗朗地向社会同道展示着他在书法出帖上的努力和成就。

再次，书法之难，更难在写出自己的风格。在当下的书坛，许多人评论书法作品：先看，这幅作品是走哪个帖的，再说这个作品创作功底如何。这种评论自有它规范书法之路、矫正没有书法传承的书写等特殊作用。但是用这种目光看待和评论优秀的书法家，颇有门户之嫌，让人不能不想起前人“你的书法哪一笔是古人的，你的书法哪一笔是自己的”的争论来。现在看到朱明山先生《四体书滕王阁序》中精美的书法，我不由得琢磨着，和先生比较起来，我们主要缺乏的是什么？我感到除了缺乏先生那种发自骨子里对书法近乎痴狂的热爱，和由此而不停地远走省城求师、奔赴他乡交流外，更多的是缺乏先生那样对书法艺术不舍昼夜，反复求索的揣摩。正是由于这种上下揣摩，反复求索而形成的书法悟性，加上他卓然的书写功力，以及文学和绘画、音乐等方面的艺术修养，数十年努力，终于达到了今天的艺术成就。捧着朱明山先生的《四体书滕王阁序》，逐页翻去，仿佛步入一座书法艺术宫殿，这里笼罩的是圣洁的艺术烟云，而纷呈在大家面前的是四种不同书体的书法艺术姿态：他的楷书是那样的清俊典雅，超然脱俗，里面洋溢着前贤的书法感觉，看过去却是自己的创作，俨然是一株植根汉唐土壤，汲取前贤艺术营养，生长着朱家枝干，盛开着明山花朵的朱明山楷书。他的行书内刚外媚，仪态万千，自然是行走在秦宫汉苑中，抑或山间小道上的好女子，不卑不亢，风姿绰约，毕竟是大家闺秀。他的魏碑是那样的雄浑奇崛，卓然独立，完全除去了魏碑笔画的束缚，却以先生自己的笔法，自由自在地在原本法度森严、戟戈森森的魏碑书法阵地中驰骋往来，创出一道朱明山的魏碑书法之路来。最是先生的草书，气势开阖，高蹈狂舞，结体的独特，用笔用墨的大胆，以刚劲而有韵味的笔法，沧桑而略带霸气的墨韵，表现出每个字不同的意趣，每一篇不同的形态。逐字读来，恍然能看出每个字如每个人一般各自的生活经历，因而形成的各自性格来。通篇读去，有生命的人们结成群体，言行举止化在上下萦带和左右揖让之中了。朱明山先生的草书，结体的独特、富有韵味的笔画和涨墨枯笔的大胆应用，给人一种强烈的视觉冲击，同时，也给人一个长时间品赏回味的宽阔地域。我不由得寻思：是谁，在什么地方，修建出这样一座自家的艺术宝库？在这里回荡着通渭柴草香的炊烟，也飘散着酷暑下河西走廊瓜果的清香。自然，就是那个平日里嬉笑随和，一旦握笔临纸，便会忘却一切，心情澎湃，昂首书案，时而风姿潇洒，独步于芳甸之中；时而气势勇猛，冲杀于敌阵之前，锦心绣口，放浪天地间的朱明山！

终于，我们尝尽了书法之难，难于上青天的苦涩。捧着朱明山先生亦高雅，亦娟秀，亦苍劲，亦狂放，洋洋洒洒，豪气四射的四体书法，不由长叹：“真难啊！”也许先生也这样叹息过，不过，古人说得好：“知难不难！”朱明山先生的书法之路自是明证。

我就是这样读朱明山先生的《四体书滕王阁序》的。

2015 年 7 月 5 日

《临夏州书法家协会会员作品集》序

临夏，是一方古老而神奇的土地。在这一方土地上，衍生着古老而神奇的物种，开创了绚丽多彩的人类文明。从享誉世界的恐龙足印到规模空前的古生物化石群，从俯拾皆是的各期彩陶到精妙绝伦的齐家玉器，从历历可数的禹迹到城池、祭台犹存的夏都，处处展示着这方土地悠长的历史和无穷的活力。

临夏，是一方神奇而文明的土地。在这一方土地上，演绎着华夏文明浓郁的文化兴盛。明朝中期，王竑发奋读书，成为一代重臣；清代以来，此地书声起伏，文人辈出。杨增新师生更是传承薪火，先后主持西北军政、地方建设。文风炽盛，惠及今日。

书法，虽是文人雅事，更为社会各界心悦。临夏自枹罕建地，西秦迁都以来，战争频仍，烽火连年，历代书翰，焚毁殆尽，已无从考证。直到清末，罗锦山以行草成名，荀炳甲以隶书胜出，皆为陇上名家。“家家罗锦山，户户荀炳甲”，传颂书名，珍藏作品，为一时之盛。至于当代，书坛复兴以来，宛廷聚、任志翔、马尊贤等有志于书法研讨，以书法创作为终身爱好，身体力行，言传身教，不但书法作品自具风格，而且学风严谨，学路规范，影响着一大批书法爱好者，成为当今临夏书坛的先导与楷模。

改革开放以来，临夏地区书法日渐兴盛，随着国家文化环境的不断完善和地方经济的空前繁荣，临夏地区书法现趋快速发展的上升态势。主要表现为：首先，书法爱好者明显增多。书法爱好者人数不仅远远超出历史各个时期，而且书法爱好者的分布也从历史上集中在文化人中，扩大到社会各个阶层。其次，书法爱好者主体文化程度较高。许多书法爱好者具有高校以上文化程度；还有相当一部分书法爱好者潜心学问，自修悟道，具有较高的文学艺术修养；更有一些书法爱好者毕业于高校美术专业，受过系统的美学教育。再次，书法学习的路径规范。临夏虽然地处偏远，毕竟收益于现代文明。书法爱好者可以通过各种媒体，迅速接触中原主流书法信息，了解中原主流书法的发展变化；同时，一些书法爱好者积极参加各级书协举办的书法讲座、书法培训班，近距离接受正规书法教育。近年来，年轻且有前途的书法爱好者层出不穷，书法作品频频入展获奖。由此，我们看到，临夏地区的书坛不但有着坚实的基础，而且也有着光明的未来。

这次结集《临夏州书法家协会会员作品集》的初衷是，除了对临夏地区书法现状暂作一次小结，为后来的书法发展留一份资料外，主要通过这次临夏州书法家协会会员作品展，邀请各界朋友，组织协会会员对大家现阶段书法创作水平进行一次认真评议与观摩，使临夏州广大书法爱好者的书法创作水平有较大的提升；并通过《临夏州书法家协会会员作品集》的结集发行，让大家在更大范围、更长时间里进行交流评议。

结集《临夏州书法家协会会员作品集》，在我们是首次，也是一次尝试。由此，在作品征集、作品筛选、作品出版等方面，均有一些力不从心之时，也留有许多不尽如人意之处，在此亦请诸位方家指正，并予谅解。希望临夏州书法家协会会员作品展和《临夏州书法家协会会员作品集》的筹划、实施工作，能够成为将来临夏州书法发展的经验，由此转化为发展的动力，推动临夏书坛不断发展前进，迎来临夏书法更加辉煌的未来。

2015 年 9 月 14 日

《金花仙姑》跋

佛陀神仙，救世济众，原是人世间极易流传，极受尘世人们企盼的事情，也是茫茫宇宙间芸芸众生历经劫难后内心坚守的信仰。演绎在永靖县吧咪山的金花仙姑修道行、得正果、救黎民的传说，正是观世音菩萨分身救济河湟人们的史诗。

明朝洪武年间，兰州井儿街诞生一女，取名金花。金花端庄聪慧，自幼不荤不吊。自四岁开始学习经书，捻麻纺线，坦然处世，寄意高远。十六岁时，因不愿嫁人作妇，断送前程；在兰州大马莲滩王家庄王尕福子迎亲前夜，毅然辞家远去，出门之际，金花一手执火棍，一手拿麻线，并将麻线头系在灶龛，飞升而去。她出兰州西稍门，与下西园舅舅道别，上晏家坪，途经摸石湾、泉神庙、登神树岘休息；其父母四处寻女不果，着其兄沿金花所系麻线追寻，在神树岘，兄妹相遇。金花道出实情："我乃慈航分形，光分南海，负普度众生之任，如今功德圆满，已成正果。"并插火棍于道旁石上以为证：火棍瞬间生枝吐叶，变为一棵枝繁叶茂的松树。其兄看到她仙术如此，只好分手返回。金花一路西行，经蒲家沟、小干沟梁、格水岭、歇马殿、黑山顶、到达浪头山。自后就在吧咪山无影洞修炼，羽化于此洞。

从此，金花仙姑屡显灵感，行云播雨，除患御灾，泽被乡里。乡民便在吧咪山兴修庙宇，雕塑神像，长年供养。后因金花仙姑灵感四方，祈祷朝拜者遍及远近，金花仙姑也由当初地方土主福神而成为河湟信奉者共同尊崇的神灵，吧咪山也缘此成为陇上道教圣地，南海观音菩萨在河湟地界的一处道场。

很少有人能够说清楚宇宙经历过多少劫难，人间经历过多少沧桑，却有很多人明白“人间正道是沧桑”这个道理。许多人相信，巨灾大难中，佛陀神仙能解脱灾难，保存性命，拯救世人。为此人们在平常的日子里行善干好，烧香点灯，祈求苦海慈航。但是很少有人明白，对每一个人说来，不同的生活环境，不同的人际交往，不同的个人修养，都会带来不同的人生遭遇，形成不同的人生命运，这里面就蕴含着许许多多的苦难、时时处处的隐患。消除灾患，更需要人们在日常生活中修持德行，助人乐善，礼拜佛仙，消除磨难于琐碎事务里，得到佛陀神仙对每个人的普度。

自明洪武年间以来，经历了数百年岁月演绎，人们对佛道神灵的认识更加深刻了，对自身内心世界的修炼更加认真了。这也是吧咪山金花仙姑道场香火日渐旺盛，达到今天规模，走向未来鼎盛的原因吧。

愿普天下土地都得到甘露好雨的滋润，也愿普天下人民都得到佛陀神仙与各方神圣的护佑，更愿盛世永在。

2016 年 1 月 17 日

河畔探春

过完小寒，长时间里，我独自漫步在天天晨练经过的那个河湾，寻寻觅觅……我这么早就来探寻春天的消息。

在这里，黄河水是上游炳灵湖水库泻下的。秋天的日子里，水势涨得很快，从河堤边游览便道上望去，浩浩荡荡的逝水，自刘家峡峡口冲出，反身向西流来，淹没了河道里一切，就连河中间的乱石滩都没有留下一点黑影，更不要说那些河边长着河柳的芦苇滩了。只过去了几天时间，河水一夜之间就跌落下去，而且落得很彻底，如此大的一带河床裸露在这里，似乎一位传说中的神女，突然走出绛纱帐，揭起面纱，坦坦然然地让世人来看清曾是猜想中的真面目：光是那水次滩头，苍苍茫茫的，一眼望过去，天旷地远，叫人心情豁然开朗，产生无尽的野怀幽意来。

如今走下河堤，河边的芦苇滩早已是悬在河堤上的高地。朔风吹落了河柳繁多的黄叶，而那些日子的大水又冲去了躺在地上的枯枝枯叶。干干净净的树干一树树地沿着河堤，弯弯曲曲地排向远方；清清爽爽的枝梢，杂乱地铺开来，明明白白地指向天空。树下就是繁盛的芦苇和蒲草，秋季里这里是苇叶横斜，芦花拂天的地方，间或有一簇簇深红的蒲棒伸出草丛，又被宽厚的蒲叶遮拦住，终日阴暗，阳光很难照进去。如今，只剩下众多苇枝蒲干犹自向河流远去的方向倾斜着，像是还在默默地诉说当日冲去的激流。

接下来的地方是河畔乱石滩，大大小小的卵石挤在那里，石缝间犹自夹杂些枯草枯枝。近堤的石头，明显干净一些，斜垒在长堤

旁，有点居高临下的架势。而平躺在其下的那一带河石，虽然高高低低地躺在河床上，但毕竟长年累月地滞留在浪底水下，上面长满了斑斑点点的水藻和丝丝缕缕的水草，又被太阳晒干，好像是反穿着皮袄的陕北老汉，一群群地挤在集市上似的。

再远处便是一摊接一摊的细沙，绵延委婉地伸向远方。沙滩都很素净，极少有杂物，漫漫地摊开来，又倾斜着向河心铺去，而后一条条依次跌落，有些地方几乎重叠的沙痕记载着河水涨落。近堤的地方留有闲行者的足迹，那么多，那么乱，深浅不一地接在一起，成行成行地陈列在那里。近水处印着鸥鹭等水鸟的爪痕，极为精致，三五行交叉着摆在水边。只有中间部分是处女地，除了水推的沙痕，几乎没有其他干扰。沙滩是如此安详，走过这里，人们忍不住想去上面踩一路脚印，体味一番脚下细沙涌动的感觉。而每一处长滩与下一个长滩连接处，总有那么几处深的积水，形成和河水相接的小池子。看见它们，不由得让人想起大海边那些天造地设的避风港，在那浩瀚的大海边，生成陆地环抱的港口。别看这里只是黄河边上的一掬清水，在这小小的避风港里，却真的藏有小鱼小虾。浅浅的水面上时不时会划过一道道水痕，时不时冒出一圈圈水泡，又引来早晚在河上流连的水鸟，不一会工夫，就把避风港折腾成泥浆横流的去处，然后在沙滩边歪着脑袋，理理羽毛，三三两两地飞向别处。偶尔有一处比较宽阔的积水池，旁边还有从淤泥中、细沙里伸出的树干树根，静静地映着池水，这一幕有似曾相识的别样亲切。让我记起小时候，仿佛也是这样的积水池，池边也有几根伸出地面的树枝树根。我和几个小朋友漫游到这里，为河边水池中游荡的一条裸鲤吸引，欢呼着跳进去，拿帽子去围堵，好半天，把它捞进帽子。正当大家围起来观看时，鲤鱼猛地一挣，跃过人圈，落入身后的河流，只给我们留下半轮弯曲的身影……往事如烟，那是在遥远的童年，梦中的大夏河边。

水位一降低，河流流速就显得缓慢多了。乍看去，像是狭长的水池。清澈的河水慢悠悠地流淌着，留恋着这美丽的地方，极不情愿地向牛鼻峡磨蹭。水中间的河心滩越发宽阔了，两旁增加了许多细沙滩，成了属地，也就凭空添出些许威仪来。原本是浪平水静的河心，便显露出一簇簇乱石滩，看去黝黑黝黑的，在那里分流破浪。自然，这里成了众多水鸟的领地和天堂。正是数九天气，早晚便能感到朔风掠地的寒冷，但是太阳升起后，明亮亮的阳光洒在这里，水面上推不起轻微波浪，那么多的水鸟在河道里飞掠嬉戏，叫人不觉得就是一湾寒波。河鸥只是白白净净的一色，生得原本就矫健，轻盈盈地在空中飞过，轻盈盈地在水中漂浮，争吵着从野鸭口里抢过鱼虾，从游人手里夺过米粮，随后又结伴远去。野鸭种类最多，色彩也最鲜艳，大多都是成双成对的。色彩斑斓的公鸭总是殷勤地为雌鸭引路觅食，而雌鸭却是一副不屑一顾的姿态，爱理不理地跟在身后，稍不留神，便潜入水中，抛下惊诧的公鸭，慌忙去水底找寻。最逍遥的要数鸬鹚了，慢腾腾地飞来，慢腾腾地潜入水中，浑身透湿地爬上乱石滩近水的卵石，展开双翅，对着太阳长时间暴晒。清闲不过的只有河岸边不断用尾巴敲打脚下岩石的河乌，自在地飞过，自在地落下，若无其事地观看着波涛中别家水鸟们的忙碌生活。

还有一个月才立春，在这一年最冷的日子里，我却徘徊在朔风回荡的河畔，寻觅着春天的消息。春天到底在哪里呢？虽然，我没有听到春天走近身边的脚步，但是在这里，却能探寻到春天的气息。其实，在刘家峡，人们都能看到，春天的脚步似乎就在日日有进展的又一座景观桥的建设中，春天的气息仿佛在河对岸天天有变化的湿地公园的工地上，春天的消息也恍惚在炳灵湖无数个即将修缮一新的游艇里。

2016 年 12 月 12 日

云为诗留　水为情生

——读崔云琴诗集《云的锦书》

多少年来，一抹云霞滞留在胸间，陪着小憩，伴着失眠，辨不清到底是“青海长云暗雪山”中的长云，还是“落霞与孤鹜齐飞”中的落霞，抑或是“庆云烂漫兮”中的庆云，始终漂浮在我一个人的心际。闲来读崔云琴女士的诗集《云的锦书》，终于知道了这缕多少年来飘浮在我心际，清晰而又朦胧，亲切而又缥缈的云霞：正是人间的真爱。崔云琴现就职于永靖县太极中学，《云的锦书》是其近三五年来写的白话诗集。这本不算厚的诗集里，结集了那么多情感横溢的诗作。我每次掩卷，不由得想这个小女子，哪来这么大气力，硬是把一个相扑力士塞进了瘦小的童装里。一旦展卷，释放出来的便是充斥书案、溢满书房的无限情思：

先是爱的呼唤。呼唤一声爱，是何其贴近心灵的事啊！是拂过葱岭翠峰的一缕清风、抖动嫩枝绿叶的一滴露珠，更是千百万人中的一闪星眸、枯寂长夜里的一声叹息。对此，谁能不发一阵内心的震颤？为此，崔云琴用她娴熟的手指，拨动古老的瑶琴，奏出流畅的乐曲，呼唤新春的嫩绿，呼唤金秋的丰硕，也呼唤爱情的永恒。她在《下一个就是我了》中幽幽地写道：“怯怯地竖起 / 爱情线错综的右手 / 听你在青春的转角处 / 轻声唤我。”正是这个存放着诗人爱情的转角，时时在梦中召唤，在闲时提醒，引发久长情感的遐想。故又在《写给我和我的三月》中写道：“第一个转角 / 并没有遇到爱时 / 我们一定要守住月亮 / 守住心底的潮汐。”何其不舍的惦念啊，其中包含着如此急切的期盼！随即在《行色匆匆》中又写道：“我把手伸入泥土 / 想触摸大地的心跳 / 温度 / 和疼痛 / 我擦燃手中的火柴 / 想用它点亮飘雪的春天。”还在《守着心事等花开》中写道：“冰雪来袭时 / 你只有裹紧晨曦 / 守着满腹心事 / 等花开。”倘若你不喜诗人摸着大地，点亮春天，裹紧晨曦，等着花开的诗句过于含蓄的话，这里还有直爽的语言。她在《都是你的》中写道：“你内心裸露 / 情感持久 / 有无数个假设的恋人 / 你们在诗歌中 / 无所不谈 / 说着天长地久 / 你孤立了我 / 也倒空了我 / 除了这一具肉身外 / 整个世界 / 都是你的。”把情感宣泄得如此大胆、如此直白，分明是在向朋友、向人们、向整个世界万物诉说着内心对情感的期盼和渴求。我们不仅要去想，诗人这般祈求的爱情境地到底是怎样的一幅景象呢？她在《彼岸花开》中坦然写道：“把一生当一刻 / 而你也恰好经过 / 月光轻柔 / 拂过我们静美的身影 / 给我你的姓氏 / 你的去路 / 你深藏眼底的一抹暖色 / 而我也将毫不犹豫地接纳 / 你的衰老 / 你的凋零 / 还有我们殊途同归的彼岸。”这般美妙的境地，仿佛是美轮美奂的仙境，尘世间几人能够达到呢？算是对我们的些许安慰吧，她转过笔锋，在《八月浸泡在一场雨里》中写道：“无法抵达最初的梦境 / 我只能 / 把日子折成纸船 / 任它漂流在思念的河里 / 然后用深陷的夜色 / 一笔一笔描摹你的眼神。”这里，终于让我们的这颗心灵落到了实处。其实，最叫人不能忘情的是诗人轻曼的诗句，如同是浅斟低唱中对情思的咀嚼。她在《我愿意被你捡起》中写道：“落雪的季节里 / 我愿意做一朵飞雪 / 俯下身子 / 闻着低处的尘香 / 我愿意被你再一次捡起 / 听早归的黑雁 / 一声声叫醒春天。”读到这里，我相信，许多读者心中的春天早已被唤醒，跟随着诗情，寻找着各自梦中茫渺的诗境，呼唤着各自心仪的恋人，跋涉在漫长的人生旅途中。寂寞的旅途，如果你过不惯孤独，就听一曲《陪你吹响思乡的陶笛》：“远行的路上 / 还有谁 / 是你风中吟哦的诗行 / 陪你吹响思乡的笛。”

再是爱的咏叹。何为爱？这原本就是一个最古老的问题，也原本是不需要答案的。诗人却在《你在，你无处不在》中笔淡意不淡地描述道：“你并非了无痕迹 / 秋风中的一片残瓣 / 冬日里的一片飞雪 / 一次飘零 / 就牵动伊人 / 前尘后世的联想。”崔云琴女士是这样用新颖曼妙的诗句来咏叹爱情这个人类古老而永恒主题的。人们对世间的那些擦肩而过的缘分，最多的只是扼腕叹息，谁又能如何呢？可她在《一个人的月色》中直白道：“夜的寂寥里 / 你的目光如河 / 从相识的地点追随而来 / 无言以对 / 这个世界 / 我只剩下眼泪 / 晶莹如初。”既然是在夜的寂寥中，我不由去想，一如诗人《我的心底也开满花朵》中写的那样：“我踮起脚 / 伸长手臂 / 想把美好的事物都拥入怀里 / 想让春天永驻心间。”真是啊，在茫茫人海里，最复杂微妙的情感莫过于爱情了。诗人在《初遇》中假设道：“如果我们今生有缘 / 上天定会眷顾你 / 在我细柳般嫩绿的年龄 / 让你遇见我 / 你若伸出手 / 我定会跟着你走 / 再不问山高水长。”毕竟，茫茫人海，摄人心魄的一瞥，只是电光石火，瞬间即逝。诗人还在《你不来，我怎敢老去》中誓言：“前世的错过 / 今世的等待 / 彼岸花开了又谢 / 不想用余生赎买来生的相约 / 你不来 / 我怎敢老去。”寻找爱并非易事，诗人在《猎人与兔》中承认道：“我始终是一只拒绝捕获的野兔 / 躲避着两位猎人 / 待发的箭镞 / 爱我的人和我爱的人 / 却还在远离我的城堡中 / 一起等待 / 那只受伤的野兔。”犹如长河微波，几经波澜，她毕竟寻来了自己的挚爱。她在《月是一曲长调》中解说道：“就连你望我的目光 / 也被我种成十里荷塘 / 爱在荷叶间滚动 / 月 / 是一曲长调。”又在《写给我们》中品味着：“我们有时是两根藤 / 相互缠绕 / 相互依附 / 有时又是两只刺猬 / 抱得越深 / 刺得越深。”还在《夜的眼》里犹自沉迷着爱的长河：“记不起自己的名氏 / 却把一行片段 / 拼凑成长满眼睛的网 / 且用这网来自缚吧 / 对于曙光 / 在黎明前的寻探 / 不做任何挣扎。”更是在《重生，或者蜕变》里毫不掩饰地说道：“他们说 / 抱紧吧 / 不管是散落的白发 / 还是哀愁如深渊的眼眸 / 只要不松手 / 总还有一丝温暖。”如此沉醉于人间挚爱中，读来叫人羡慕，叫人唏嘘。她也有情感的失意，对此，在《陷入轮回》中毫不掩饰地叹息道：“生命 / 陷入一场轮回 / 我去哪里存放愿望的种子 / 掩藏我，深秋的苍凉呢？”对于恋情的消散，她在《秋》里写得那么细腻：“我一再地碰触这个词 / 用稻禾低垂的头颅 / 用一把野火 / 用渐紧的风声 / 用瓣瓣落红 / 用雁群的离歌 / 碰一次 / 眼底就湿一次 / 湿一回 / 树上的叶子就落一片 / 仿佛这个字 / 沾濡太多盐粒 / 仿佛这个季节 / 就是用来送的。”谁能这样坦然说出自己的内心感受？谁又能这样贴切地描写出自己对大千世界林林总总的情感与思绪呢？

最后，也是最多的还是爱的印痕。尘世间的人们，经历了升，经历了贬，就记住了大起大落；见过了生，见过了死，便记住了大喜大悲；崔云琴女士的爱情也一样，抚过了爱的炽热，抚过了爱的消散，绕梁三日的余音，自然是爱的印痕了。她的宣言在《我爱过了》中。在这里，诗人朗声宣布：“在人生的好时光里 / 我也曾爱过一根火柴 / 它用火热的炉膛 / 反复捶打我 / 它给了我崭新的样子 / 像淬火 / 也把离别 / 生生地浸入冷水。”这里有刻骨铭心的爱情，也有撕心裂肺的离别，莫成诗人更难解脱爱情的大起大落吗？她的题记在《印痕》里。这里明白地写着：“风带来了花香 / 只是 / 闻不到你的气息 / 时光是会飞的鱼 / 早已飞到眼角 / 留下念你的印迹。”我们知道，印刻在眼角的鱼尾纹，将会随着岁月的流逝、爱情的回顾，愈将加深，哪怕是浅浅的一缕！何况她还在用力雕刻着《梨花舞》：“我曾试图用刀子 / 在你的香气里刻

下我的名字 / 我需要你的在意与铭记。”她的痛苦在无声中，在《你爱的也许只是一场虚无》里，诗人强忍悲伤，故作悠然地说：“被你爱过的岁月 / 却淡出天空 / 不留一丝痕迹 / 也许你爱的只是一场虚无 / 也许 / 这一切都是虚无 / 纵蚀骨镂心 / 也喊不出一声疼。”同样的强忍，也低诉在《千山暮雪》中：“我不能露出一丝软弱 / 不能让你读到一个字的想念 / 在你离开后 / 我要成为一个身怀绝技的人 / 像一个从没有爱过你的人。”如此一般的情思，还保留在《与我无关》里：“我知道 / 岁月的河流之外 / 你只是一方风景 / 历经风雨 / 青翠依旧 / 只是花开花落 / 再与我无关。”这些难道是情殇后的大彻大悟吗？抑或是历经沧桑后的欲哭无泪？说到底，诗人此时的欲说还休，越发让人感受到爱的深切、爱的沉重。崔云琴整天笑盈盈的，是一个很阳光的女子。可谁能想到她那平易的外表，掩盖着极深厚的文学素养，也掩盖着由此而来对人生、对岁月、对情感深长的思索，更掩盖着一个读书人心灵深处的百般苦闷。只有读过《云的锦书》，我们才会在更深的层面感受到纯文学的莫大感召力，感受到一个美丽精灵在灵魂平台上对人性哀婉而悠长的吟唱，感受到一个大异于薄俗、绝世而独立的灵魂美妙的舞蹈。对《云的锦书》，我们只能屏住呼吸，在万籁俱寂中用心去感受。就像感受春风轻轻地吹拂，感受山雀婉转的啼叫，感受人间情感的花开花落。这都是苍天赐予我们的感受啊！面对繁花似锦的大千世界，我们不去，也不会感受，岂不是在人间白走了一遭？

2017 年 3 月 3 日

漫步阿力麻土　寻求夏朝初都

商汤灭夏后，定都于亳（今河南商丘）。商代前期多次迁都，到盘庚在位时，定都于殷（今河南安阳），并固定下来，商朝也因此称为殷朝。

西周都城叫作镐京（今西安长安区西北），又称西都、宗周。周武王即位后，由原来的都城丰迁都到镐京。公元前771年，西周灭亡。周平王迁都洛邑（今河南洛阳），史称东周。

三代之中，商、周国都均有确论。只有夏朝国都至今无确切考定，难免令人遐想。夏朝被认为是华夏文明形成的重要时期，却未见后世能够读懂的成形文字，也未见关于夏都的文字记载。由此，对于夏都的寻证，人们只能从后来以传说作素材的著作中去寻觅。正是由于年代久远，当时物证缺乏，后来记载杂乱，夏都考定至今还在纷争之中，给我国上古文明笼罩一层朦胧的神秘。

近年来，夏朝都城的考证在众多的考证中出现一个新的论说，即：夏朝最初的都城应该在甘肃省临夏州广河县阿力麻土乡夏古城村。这个论说的兴起，不论从历史考古方面，还是从社会旅游方面，都引起了很大的反响。截至目前，虽然有关专家为此连续举办了几期专题研讨，并在甘肃电视台反复播出了近年关于广河阿力麻土夏都考证和研讨进展，但是持不同意见的学者依然很多。首先，论点主要集中在甘肃省广河县阿力麻土乡历史上远在华夏文明繁荣的中原之外，现在都是偏远地区，在大禹活动的远古时期更是属于荒蛮地界。这应该或多或少受了前秦以后中原文明兴起，成为华夏文明主体地区的影响，认为华夏文明应该是从中原地区逐步向四周扩散，最终形成九州文明格局。其次，也受到中原地区对几处夏都遗迹较长时期的发掘研究后发表的众多论文的影响。虽然，不论是阳城（今河南禹州）、安邑（今山西夏县），还是平阳（今山西临汾），到现在并没有考证出足以认定所发掘地就是夏都的确凿物证来，但毕竟他们先走一步，这在一定程度上左右着人们的考古思路。

一、二里头等几处夏都考证情况与结论

首先，二里头文化遗存的发掘与研究：从 1960 年至今，中国科学院考古研究所洛阳发掘队（今中国社会科学院考古研究所二里头工作队）对遗址的发掘与研究经历了三个阶段：

第一阶段：20 世纪 60 年代初至 70 年代末，确定了遗址的都邑性质。

第二阶段：20 世纪 80 年代至 90 年代，考古人员进行了一系列的抢救性发掘。

第三阶段：20 世纪 90 年代至今。

自 2001 年起，工作队对宫殿区进行系统钻探与重点发掘，发现并清理大型建筑基址数座、纵横交错的大路、宫城城墙、二里头文化第四期的大型夯土墙以及绿松石器制造作坊等重要遗存。二里头遗址从 1959 年开始发掘，根据测年结果，二里头遗址年代分布为前 1750 年 ~ 前 1500 年（一说前 1730 年 ~ 前 1520 年）。遗存可划分为四个时期。遗址内发现有宫殿、居民区、制陶作坊、铸铜作坊、窖穴、墓葬等遗迹。出土有大量石器、陶器、玉器、铜器、骨角器及蚌器等遗物，其中的青铜爵是目前所知中国最早的青铜容器。二里头遗址是二里头文化的命名地，并初步被确认为夏代中晚期都城遗址。如今看来，二里头遗址经过了半个多世纪时间的发掘考证，花费了大量的人力与时间，徐旭生先生亲自带队参与，夏鼐先生为之命名，其结论为“初步被确认为夏代中晚期都城遗址”。

其次，山西夏县古安邑禹都的发掘与结论：山西夏县的禹王城遗址共分大城、中城、小城和禹王庙四部分。大城形状如梯形，总面积 13 平方公里。四面城墙皆版筑夯打而成，北墙和西墙保存较好，南墙和东墙保存较差，东墙南段已没有一点痕迹。大城没有经过发掘，文化堆积一般厚2米左右。城北部有战国时代的灰坑和灰层。调查发现了一处战国中晚期的手工业作坊，文化遗物有锛、锄、镢、斧等器具的陶范，平首布陶范及陶罐、陶盆、铁锛等。据实物和文献考证，大城即战国时魏都安邑。

中城方形，总面积6平方公里。其西、南两城墙分别是大城的西墙和南墙的一部分，城内遗物丰富，堆积层厚2米左右，有战国时代遗存，但主要是汉代遗存。

小城总面积75.4平方米，形状是缺去东南角的长方形。小城高于周围地面，堆积层厚3米左右。1990年秋试掘，出土遗物有大罐、盆、甑、小釜、碗等容器范；印有阴文"东三"的铲范、铧范、车车范、六角承范，圆形承范、花纹范等；瓦分板瓦和筒瓦，瓦当多为云纹圆瓦当，此外还有五铢钱、半两钱、铁渣等。小城的使用时间最长，建于东周，沿用至北魏。禹王庙亦称禹王台、青台。当地传说青台为夏禹时筑，是涂山氏望夫之处，夏桀玩乐之地。

从以上遗存我们可以看出，在山西夏县的古安邑，除了禹王城的传说，能够见到的只有建于东周，沿用至北魏的小城和战国时期的文化遗存，并无夏朝故都的物证。

再次，历史上常说的禹都平阳古城，即现在的山西临汾，基本上没有关于禹都的文化遗存，也没有这里曾经是远古夏朝都城的佐证。

至于原国家主席杨尚昆曾经为之题写了"大禹故里"的四川省北川羌族自治县，其主要依据只是当地有"石纽"等与大禹记载文献相吻合的地名，而这样地名相吻合的情况，在各地都有存在。

二、广河县阿力麻土乡夏古城及周边遗迹

大夏古城，是历史上的广河县城所在地，位于现广河县城以西的阿力麻土乡古城村。历史上曾有大夏、顺夏、太子寺、阿诺（诃诺）木藏城、定羌、宁定、广通等别名，其中以大夏、太子寺最为有名。其址位于甘肃省中部，临夏回族自治州东南，四至为：东以洮河为界与定西市临洮县隔河相望，南接康乐县，西接和政县，北靠东乡族自治县。地理坐标 103°30′36″，北纬 35°28′50″。广通河（古大夏水）贯穿而过，南部、北部为昆仑山中支东延部与北秦岭交汇的太子山。兰郎公路纵横全境，洮河流经辖区东部边缘。地势西南高东北低，成倾斜之势。

广河县最早称为大夏，来源于夏水。著名学者章太炎说：“‘夏’之为名，实因夏水而得。”夏水，即今流经甘肃省和政县和广河县，汇入洮河的广通河。邓隆《漓水·大夏水考》曰：“《水经注》：大夏川水，水出西山，二源合舍而乱流。迳金柳城南，又经大夏县故城南。”夏水流经的川道称为大夏川，居住于夏水两岸的西羌人称为夏人或夏族。金柳城，即今和政县蒿支沟石虎家村一带；大夏县故城，即今广河县阿力麻土东乡族乡古城村。

传说大禹治水，“导河积石”，自今临夏回族自治州积石山县境内黄河积石峡开始，疏通河道，至龙门，再到中原，历尽千辛万苦，终于引导洪水入海，完成了治水大业。因他治水有功，帝舜命禹摄位，于是“禹受命于尧之庙”。禹即位后，以家乡之名“夏”为国号，“王即位，国号夏”。十七年后，禹在东巡时得病，“至于会稽而崩”。大禹去世后，葬于会稽。他临终前将国权授予其子益，“三年之丧毕，益让帝禹之子启……于是启遂即天子之位，是为夏后帝启”，历史上称为夏朝。

大夏古城遗址：

大夏县的县治就在今广河县阿力麻土东乡族乡古城村，称之为“古城”。尚存两处古城墙遗址，附近有较大面积的石灰三合土地坪遗迹。关于大夏古城面积，据《元和郡县志》云：“大夏水经大夏县南，去县十步。”下古城东起自寺沟桥，西至赵家桥，呈四方形，长宽各 600 米，总面积有 36 万平方米。有人说这个“下古城”，就是“夏古城”。历史表明，这个说法是可信的。根据黄文弼教授“我国先秦时代的大夏人，河州为其中心活动区。大夏县及大夏水之名，是因古代大夏国而得”的观点。夏古城应该是古代大夏国早期的一个古城。

棺木山遗址：

大夏古城遗址北面有一座卓然独立的小山，峰顶有酷似棺木的人工筑台，故叫棺木山，附近有一处堡子遗址，所以也叫堡子山，为省级文物保护单位“赵家遗址”。这座山山势高耸，四周为墓葬，墓坑整齐排列，从山下环绕山顶蜿蜒到山峰高处，山顶西头有一个小土堆，为人工堆成，俨然是祭坛，应是夏朝人祭天、祭祖的祭祀之地。

大禹兴起之地与活动范围：

《史记·六国年表》更加明确的记载：“禹兴于西羌。”就是说，大禹兴起于西羌。最早的西羌，是生活在今甘肃、青海的黄河、湟水、洮河、广通河（古大夏水）、大夏河一带的古代民族。

禹出大夏，兴于西羌：

著名的考古学家、西北史地学家黄文弼教授在《中国古代大夏位置考》《重论古代大夏位置与移徙》中提出三种有影响的观点：1. 我国先秦时代的大夏人，约分布在凉州、兰州、河州一带，河州为其中心活动区。大夏县及大夏水之名，是因古代大夏国而得。2. 大夏即吐火罗，两者是同一民族的并称。3. 大夏属于羌族系统，属诸羌之一。《汉书·西域传》所载的西域小国若羌，国王号去胡来，即吐火罗之对音。

今甘肃临夏州广河县境内，早在秦汉时期设立了一个古县——大夏县，大夏县是临夏地区最早设立的县份之一。这与大禹在公元前21世纪建立的夏朝，有很大关系。

汉武帝时在今临夏州境内先后设置了枹罕县、允吾县、河关县。后来又从枹罕县分置出白石县和大夏县，属陇西郡。其县因位居大夏水、大夏川、大夏人、大夏部落而得名。大夏水即广通河的古名，此称谓可能在春秋战国或者更早就已经使用。

《太平寰宇记》云：“大夏县与郡同治，取县南大夏水为名。”今称的广通河，就是古代的大夏水，入洮河，再入黄河，是黄河的三级支流。西汉末年，王莽篡汉后一度改大夏县为“顺夏县”。

《水经注》引《晋书·地道记》对大夏县的记载：“县有禹庙，禹所出也”。大禹出生在大夏县，与历史相符。

《史记·六国年表》更加明确的记载：“禹兴于西羌。”就是说，大禹兴起于西羌。最早的西羌，是生活在今甘肃、青海的黄河、湟水、洮河、广通河（古大夏水）、大夏河一带是古代民族。

大禹导河积石（今积石山县境），夏部落的首领，带领大夏等众多部落，治水成功，众多部落推举其为禹王，当大禹当上华夏古国的国主时，把夏部落的“夏”字，取名为自己的国号，后人称其为“夏禹”，开创了华夏文明。

大禹生于叫石纽的地方，石纽就是大夏县西10公里的今和政县蒿支沟。据《太平寰宇记》所引《十道录》说：“石纽是秦州地名。”《金楼子》亦云：“禹长于陇西大夏县。”（《水经注》河水二）

据《楚辞·天问》记载，鲧治水失败被刑后从腹中育出了禹。鲧死后化为黄龙，禹是从鲧腹中飞出的虬龙，龙图腾。舜死后，禹守孝三年，仍按传统的禅让制把帝位让给舜的儿子商均。但“天下诸侯皆去商均而朝禹”，禹于是即天子位。

据《山海经》载：“禹所积石之山。”《史记·夏本纪》载，大禹治水“导河积石，至于龙门西河”，清梁份《秦边纪略》云：“盖黄河入中国，始于河州，禹之导河积石是也。”积石山，指小积石山，系祁连山延伸部分，在临夏州西界中南段自南而北走向排列，北起黄河边，南至土门关，是积石山县的主要山脉。在积石峡中，留有许多大禹导河传说的遗迹，如禹王庙、禹王石、大禹斩蛟崖、骆驼石、天下第一石崖，并留下大量的诗词。禹部落属于原生活在甘青地区的羌族向东发展的一支。由于禹是活动在崇山（即积石山、太子山）一带的夏部落的首领，故被称为夏后氏。《水经注》引《晋书·地道记》对大夏县的记载：“县有禹庙，禹所出也。”大禹出生在大夏县，与历史相符。

围绕夏都的齐家文化特征：

（一）陶器

临夏人将陶器称之为“夏陶”，可见临夏陶器与夏的关系。其中盉、盉、鬲为夏文化典型器物。此类陶器在齐家文化中非常普遍。《礼记注疏》卷三十一记载：“灌尊，夏后氏以鸡夷，殷以斝（jiǎ），周以黄目。”鸡夷即鸡彝。在器物上刻画鸡鸟图案，但广河见到的更多是鸡鸟形器物。齐家陶器中鸡鸟形的器物很多。鸡为凤凰之雏形。《史记·五帝本纪》：“九招之乐，致异物，凤皇来翔。”

齐家陶器的造型艺术极佳，每一件都是艺术品，有富有观赏价值的三耳罐、双联罐，以及小巧玲珑的小撇口罐，还有兼观赏且实用的三足鬲、盉等。从外形观赏，是一件件巧夺天工的工艺品。还发现了陶制的人头及各种动物塑像，其形体小巧，姿态生动。另外，器盖也是齐家文化中常见的陶器类型，说明齐家文化时期，人们对饮食卫生也是相当讲究，文明程度很高。齐家文化陶器表面有丰富的图案纹饰。除在素面的陶器上拍压而成的绳纹或蓝纹外，还附加堆纹，以在罐形陶器的口沿外侧居多，多样的镂空款型，多种形式的刻划纹饰，包括锥刺纹、篦纹、戳印纹、指甲纹、卍字纹等，多见于罐体颈部和双耳处。许多不被认识的刻划纹可能是汉字的雏形。

（二）玉器

中国夏商周三代玉文化的发展。《尚书·禹贡》：“黑水西河惟雍州……厥贡惟球琳琅玕。”说明西北雍州的贡品，主要是玉器。主要有玉斧、玉铲、玉钺，礼器有戈、圭、刀、牙璋等。据《左传·定公四年》《淮南子·说山训》等记载：“夏后氏之璜。”齐家文化二联璜、三联璜、四联璜、五联璜，出土众多，悬挂于胸的单璜也不少。“奉圭以待”正是那时玉崇拜的一种表现，圭是神的标志，是通神的器物，这就把图腾崇拜和玉崇拜结合在一起了。有玉才能显示神灵，圭代表的是天意。古代传说中关于大禹和玉的关系的记叙还有很多。如《拾遗记》曰：神授禹玉简，“禹即执持此简，以平水土”，“禹会诸侯于涂山，执玉帛者万国”，大禹在涂山召开万国大典，各诸侯国进献名贵的玉或帛，作为觐见礼品。夏之立国和玉文化一定有着重要的关联。据《尚书·帝命验》载：大禹导河积石时，得一黑玉圭，上刻“延喜玉受，德天锡佩”八字，预示吉祥。《太平寰宇记》载：洮河是“禹见长人受黑玉书处”。《水经注》也载：“禹治洪水，西至洮水之上，见长人，受黑玉书于斯水上。”大禹治水于洮河，遇见高人赠送黑玉书。所谓“书”者，即文字记载。“玉书”者，即刻于玉石上的文字。中国社会科学院研究员易华研究齐家玉后，发现大玉刀和大玉璋主要流行于夏代，是夏文化的标志，亦是齐家文化的特色。齐家文化玉器在东亚玉文化发展史上起了承上启下的作用，应该是夏代玉器的重要组成部分。

（三）铜器

彩陶的衰落与青铜的出现，标志着齐家文化进入了青铜时代。齐家文化出土铜器遗址至少有 15 处，总数已超过 130 件，器型包括刀、斧、锥、钻、匕首、指环、手镯、铜泡、铜镜等，其中以兵器和生产工具为主，装饰品次之；形制上总体比较简单，也有铜镜、空首斧等造型复杂的器物。比较重要的齐家文化遗址有红铜器或青铜器出土，如青海贵南尕马台 49 件、互助总寨 4 件，甘肃武威皇娘娘台 30 件，武威海藏寺 12 件，积石山县新庄坪 12 件，永靖秦魏家 8 件，广河齐家坪 2 件等。

《绝越书》曰："禹穴之时，以铜为兵。"就是说，夏禹的时候，以铜作为兵器。最典型的是青海西宁巨型阔叶带钩铜矛，长 61.5 厘米，宽 19.5 厘米，銎与刃部结合处有一刺钩，属齐家文化。又传说，"禹铸九鼎"做传国宝器。铜器已广泛应用于礼器、生产工具、生活用品等。新材料、新工艺、新技术，这是革命性的发展和进步，是生产力高度发展阶段的标志，有划时代意义。

（四）手工业水平

《周礼·考工记》云："有虞氏上陶，夏后氏上匠。"说明舜时有较发达的制陶业，夏时有较全面而先进的手工业技术，内容包括制车、兵器、礼器、钟磬、染色、建筑、水利等方面。齐家文化时期，手工业已达到当时的空前水平。齐家玉器制作精美，至今还让人惊叹不已。制作的陶器虽然没有马家窑那样华丽繁缛的纹饰，但制作技术及器形设计已达到崭新的高度。还有原始纺织业。大何庄出土的一件陶罐上发现的布纹保存较好，其中的一种布纹，每平方厘米经纬线各 11 根，经纬线更为细密，可见当时纺织工艺水平之高。在齐家文化类型的居址与墓葬中，还普遍发现石纺轮和骨针等纺织工具，制作特别精巧。"夏后氏上匠"与齐家文化高超的工艺水平如出一辙。其他工艺水平令人叹为观止，不一一细述。

（五）乐器

陶鼓、陶埙、陶铃，在齐家文化中出现很多。康乐县出土的人面陶埙，高 12.6 厘米，左右各三孔，至今还能吹响，人头帽檐上有一小孔，可系小绳悬挂。1987 年临夏市出土齐家文化的高低耳素陶鼓，高 44.4 厘米，口径 43厘米，底径 3厘米，藏于临夏州博物馆。还有陶制小型的瓶形与鼓形响铃，腹内装一小石球，摇时叮当作响。广河县齐家文化博物馆也收藏不少陶鼓、陶埙、陶铃。玩味性很强的陶器，展现了齐家人较高的审美情趣。

传说禹兴九韶之乐，启作九韶乐舞，并在大穆之野举行乐舞会，演奏“九韶”“九歌”“大夏乐”等音乐。会上“万舞翼翼，章闻于天”。甘肃临夏处处都渗透着这种古老的文化气息。2004 年，甘肃临洮发现了一批距今约 4000 年的陶制娱乐用具陶铃、陶牌等。

结 论

一、广河县阿力麻土乡夏古城是夏朝早期都城

根据《山海经》《史记·夏本纪》《水经注·河水》等文献记载，广河县地处西羌，与“禹兴于西羌”相吻合，此地也有石纽地名，与“禹生石纽”地方相吻合。数百里之内正是大禹“导河积石”的积石峡，导漓水入河的泄湖峡，更有历代朝廷派员定期祭祀的禹王庙。多处遗迹显示，这里应该是大禹开始治水的地方。

广河县阿力麻土乡留有夏古城的遗迹，也有有关大禹活动的种种传说。夏古城不远处就是用途明显、保留比较完好的巨大祭祀台。与夏都同期，在这一带，出土有大量的陶器、玉器，还有铜器。许多陶器、玉器、铜器体积硕大，制作精美，显然不是生活用器，应是朝觐和祭祀所用的礼器。这一切表明，在那个时代，除了夏王朝，还有哪一个远古部落有如此雄厚的力量，修筑如此巨大的城池、祭坛，举行如此规模的祭祀活动呢?

从夏都考古最有成果的二里头夏都遗址来看，二里头遗址应该是夏都。但是从商朝、周朝国都变迁来看，当时是处于民族大融合、大迁徙的时期，一个朝代的都城至少要经过四五次迁徙，给后代留下四五处都城。而且，“夏商周断代工程”研究表明二头里文化比原来认定的年代晚了二百多年，说明二里头文化不可能是夏代早期或中期文化。由此可以这样推断：广河县阿力麻土乡夏古城是大禹所建的夏朝早期都城。大禹应该是从这里兴起，带领部落之众，完成黄河上游洪水治理，建立夏王朝，逐步走向黄河中下游，走向长江流域的。

二、齐家文化应是夏文化

齐家文化与夏文化在陶器、玉器、铜器和手工业水平上有着同区域、同时间、同民族、同文化的统一性，说明齐家文化与夏文化一脉相承，是一体的文化。要了解夏文化，必先了解齐家文化；要研究夏文化，必先研究齐家文化。夏文化的早中期，相对集中在河州，从河州向青海、四川扩散。到了中后期，向东转移，依次进入陕西、山西、河北、山东等地，直至江南。这也和大禹治水活动，以及夏王朝东扩很一致。齐家文化是开启华夏早期文明的钥匙，齐家文化为华夏文明起了奠基作用。正如中国社会科学院研究员易华所说：“夏民族很可能兴起于西北，入主中原，建立夏王朝，其先进文化大体来自中亚或西亚；西北是上古中国改革开放的前沿阵地。”因此可以理直气壮地说，齐家文化是大夏人的文化符号。齐家文化就是夏文化，甘肃临夏是华夏文明的重要发祥地之一。翦伯赞在《中国史论集》中认为甘青史前文化属于夏族文化，也叫先夏文化，炎帝，黄帝、大禹都是甘肃的人文初祖，甘肃被国家列为华夏文明传承创新区，是非常有道理的。近代历史学家范文澜推测，炎黄二帝都出自远古的羌族。大禹也出自羌族。羌人是华夏民族最主要的一支源流。可见，广河是大禹故里，是华夏文明的发祥地之一。黄河上游的先夏文化东渐形成中原夏文化。

2017 年 3 月 17 日

注：经作者同意，文中数处引用马志勇先生、马俊华先生、马宝明先生论文资料，在此一并致谢。

故乡旧事之一

拳棍手的寂寞

老人们都还记得，在河州北乡，喇嘛三川就在黄河两岸，是河水冲积形成的川道。这里土地肥沃，面积宽广，物产丰富，人家稠密，是河州最为繁华的地方。其南岸西边的那块平川叫碱土川，正是我的故乡莲花。

喇嘛三川的民俗很是特别，川里村庄众多，村子间农舍相互能望见，大凡都是两姓联谊组成的村庄，如杨李家、殷鲁家、焦张家等，单姓的村庄很少。据说，各姓的祖上都是古代从中原来的移民，因为是河湟二十四关边下，多是戍边将士的家眷。当然，也有随之而来的商人、脚户、负徭役的役夫们。我的祖上属后一种，只因家境贫困，从中原流落到这里。这里的村子两姓联谊结为同族，缘由是地处边关，远离故土，而且战争频发，又是多民族杂居，各姓族人感到力量单薄，没有安全感。除了两姓联谊结成同族外，人们还有一个自保办法就是习武，人人演习，代代相传。几百年来，炊烟缭绕、树木繁茂的河州北乡俨然成了武术名家林立，自成门派的尚武之地。

在河州，人们尊称武术上很有造诣的人为拳把式；大家都叫习武有功夫的人为拳棍手。那个时代，每个地方都有拳把式，每个村子有拳棍手在传授武术，人们统称“教武艺”。习武当中，讲授拳路时，一般都在高墙深院里，害怕别家人偷窥；练习拳棍的地方，大都在村子里面积最大的麦场上，为的是便于套路展开。农闲时节，村子的巷道里，总能看到拿着刀棍急匆匆赶去学武的男子汉们。月上树梢或鸡叫五更，麦场上便会传来演习武艺时的刀棍击打声和习武者的喊杀声。

我的父辈四人都是教师，曾经在大、中、小学教学，不知道我家过去的人都说我家是耕读传家，书香门第。其实，读书是从父亲一辈才开始的，往上尽是刨土背粪的庄稼人。如果将来有人写家族史，父辈之上，能入列传的可能只有我的二爷了。我们喇嘛三川人称曾祖父为太爷，我的太爷膝下两个儿子，爷爷排行老大，孙子们叫大爷，他的弟弟自然被孙子们称为尕爷。正是这位尕爷，学成了拳，闹腾出了事情，在民风淳朴的碱土川留下了近乎传奇的身世。

尕爷有一天成了有名的拳棍手、拳把式。对这事，不要说家里所有人想不到，就连最疼爱他的太爷也想不到。人们只知道尕爷性格急躁，还有点犟。农闲时节和村子的男娃们一起去他的远房叔父家学拳，早晚在自家麦场上练拳，除外也没有看出有什么出众的地方。至于他的武术，太爷经常说："就会要几趟套路，花拳绣腿嘛，玩秧歌时压个场子是成呢。"谁知道，成年后，一次偶然的机会，他竟因为拳法高超，惹出了一番事情，成了河州北乡赫赫有名的拳棍手。

一次，家里让尕爷去宁川沟走亲戚。那个年代，赶路无非是步行。尕爷肩膀上搭着个褡裢，绕过雨后的水坑，沿着村间小路匆匆地走着。刚刚路过线家村子的一处麦场边，就听见里面刀棍击打，响成一片。因为自己本身是习武之人，他不由停下脚步，从低矮的围墙缺口处望去。只见麦场上有三人在练武，刀来棍往，打得十分酣畅。其中一人年纪稍大，似乎是师兄，练到得意处，停下套路，给二人讲要领，言词很是豪放。我尕爷生性急躁，听到这些，完全忘了所在处即线家庄，正是当年名震河州的武林高手"线把式"的村子，而线把式还是尕爷的堂舅，发起急来，高声叫道："就这两下子，还把自家吹成打遍天下的高拳。"对方一听，脸上挂不住，也原本无路可退了，自恃武功高强，就在那里发作："你有本事就下来。"顿时，一场陌生人之间的意气之战在雨后的麦场上拉开了序幕。交战双方使的都是哨棒，河州人叫五尺棍。两个人正在气头上，又急于取胜，招招老辣，棍棍狠硬，分明是场恶战，麦场上荡起一派杀气。几个回合下来，对方渐渐感到力不从心，只有招架之功，没有还手之力，只剩下气喘汗淌。尕爷却越战越勇，有意卖个破绽，诱敌深入，自己轻舒猿臂，五尺棍头挑起积水池边的黄泥，端端正正地抹住了对方的嘴唇。结果可想而知，对方颜面扫地，只有抱头痛哭了。等对方的同伙把一村拳棍手召集过来寻找时，尕爷感到闯了祸，搭着褡裢，逃回了家。他编个由头，躲在偏房里，唯恐我的太爷爷和家人发现此事。

人们知道这件事是三天后了。线家村派人下了战书，说我尕爷“自恃武功，狂傲不羁，登门伤徒，毁我门庭，百般无奈，故草订日期，抬棺讨伐，以雪前耻”。战书落款竟是线把式亲笔签名。一下子，全庄子炸开了锅，太爷爷和我的家人这才知道尕爷还有打伤线把式大徒弟的本事，也知道了这件事情的严重性。虽然焦线两姓还是旧亲戚，但是撕破脸了，为了全庄子人脸面门头，大家只好硬着头皮迎战了。从这时起，庄子里天天有老人在抠算打擂台的日子，就像当下的倒计时；天天有高人在教尕爷学习制敌于死地的绝招，类似今天的恶补；天天还有闲人在组织男子汉们练拳护村，仿佛已经兵临城下。最令人感到悲壮的是，还有一家高寿的太爷爷把自己的寿材捐出来，捎来话：“给全庄子人争个脸，好好地打去呗。”

那次擂台摆在麦收后，满川轰动，人满为患。据说线把式亲自坐镇，双方真的是抬着棺材入的场。交战三场，尕爷又连续打伤了线把式的三个高徒。毕竟线把式年寿已高，也不便和晚辈交手，只好鸣金收兵，率众返回线家村。在焦家庄，众人终于松了一口气。虽然取得了胜利，尕爷知道和堂舅线把式梁子结大了，没几天，搭着他的褡裢，远走他乡。有人说是去了口外，反正没有人再见过他。那些年，他在哪里，只有太爷爷心里清楚。

尕爷从家里消失后，人们对这个草莽英雄的崇拜之情越发高涨。到处是有关尕爷的传言，麦场上练拳的人们更多了，都在模仿尕爷擂台上的拳路。拳棍手们也纷纷议论，尕爷哪来这么高超的拳法，有人说，八年前他和一个山东云游道人在一处空庄院里闭门半年，人们还笑话他不下地，跟上闲人变懒了。兴许高拳就是那时学的。确实，此后，尕爷的拳路变得拳拳狠毒，招招致命，绝无虚套了。

尕爷再次徘徊在焦家庄巷道里时，已经是河州解放了。天下太平的日子里，已经很少再有人练拳耍棍。何况，反封建家族势力的年代，还去当拳把式实在不合时宜，生产队便安排他去放羊。自后，尕爷每天按时去放羊，慢慢地融入挣工分的农民中，成了普普通通的公社社员。

往后的日子里，尕爷真的遵纪守法，再也不传授武术了吗？我们不知道。只是后来发生在焦家庄人身上的几件事，想来总觉得有些蹊跷：庄子里一个姑娘出嫁后，婆家人特别野道。别家调教新媳妇是教茶饭、教针线，他们家却信奉“打倒的媳妇揉倒的面”。全家上下，拳脚相加，天天用拳棍要把她的脾气去掉，打服挼绵。有次，面对婆家五个男人的围攻，焦家姑娘忍无可忍，出手应对：一招“白兔蹬鹰”把大伯子蹬翻在井台上，又一招“猞猁甩背”把丈夫甩出了院墙，紧接着一个“就地十八滚”撤出包围圈……婆家人吃了一惊，莫成这个新媳妇还会武艺呢！自然，这个家里从此安静下来。

修建刘家峡水库的副业场上，有个在大灶上帮灶做饭的焦家姑娘。那天她挑着担子去送饭，突然，路上行人大声喊叫，四处逃散，原来一个硕大的疯狗冲出围栏，见人就咬。眨眼间，空荡荡的料场上只剩下她一人面对径直扑来的恶犬。就在人们喊破嗓子，提悬众心，不敢直视时，只见她放下担子，几招拳脚，就把狮子般大小的疯狗打躺在地上，哀嚎抽搐了。围过来的人们大为惊诧，焦家姑娘只是淡淡地说：“不知道打倒线把式大徒弟的就是我们焦家人吗？”

尕爷默默地度过了晚年。两年前的一天，我路过州体育局，门侧玻璃栏上，一幅拳把式演武的照片悬在那里，矫健的身影是那么熟悉。走近看去，却是我的尕爷，身边霍然一行大字：河州著名武术家。也许，尕爷自己也不知道，他在“发展体育活动，增强人民体质”的地区体育局那里，竟然成了著名武术家了呢！

2017 年 3 月 25 日

故乡旧事之二

农民诗人的沦落

我那故乡的老庄，在喇嘛三川的碱土川，叫莲花焦张家。我在前篇《拳棍手的寂寞》中写到过，这是个尚武的村子。那个年代，国家稍有衰弱，社会就会动荡，人们就要承受苦难。尚武只是人们自保的一种手段，百十户人家的职业却只有一种，世世代代当庄稼人，祖祖辈辈种庄稼。种庄稼风险也大，靠天吃饭，加上流离失所，多的年份日子过得很难心。为了活下去，这里便慢慢派生出了一些手艺人。许多人还记得传遍河湟流域的一句古话："白塔川里的木匠，梧桐川里的画匠。"我们紧邻白塔川，村子里最多的就是木匠。大多数男人都能跟掌尺修宫盖殿，手艺很是精湛。只是因为贫穷，读书人不多，上溯五代，村子里只出过一个童生。到了清末，鸦片涌入，莲花人放弃庄稼，改种罂粟。自后，村里多了些吸食鸦片的懒人，家家生活越发困难了。谁知道，就在这般艰难的日子里，焦张家倒还出了一个诗人。

诗人是后来的称谓。村子里，因为他的辈分高，大家都叫他大爷。大爷祖上也有吸鸦片的吃烟人，单薄的家产经不起几年折腾，到了他的父辈，已经是衣无法遮体，食不能果腹了。大爷只好拜木匠当学徒，游走四方，聊以度日。不料，跟着掌尺走了一趟口外，看了几场庄户人家的眉户小剧、贤孝说唱，突然心血来潮，抛弃斧凿锯锛，独自去了迪化，就是他回来说的"走口外"。数年后回来，他虽然还是不怎么识字，但已经头戴礼帽，手持文明棍，背负弦子，俨然一副艺人衣锦还乡的派头。给地处边塞、消息隔绝的焦张家，乃至碱土川，带来了少有的稀奇和莫名的震撼。

从此，大爷不再趴在地里做庄稼，不要说起早贪黑，扶犁背粪；也不再洗衣添茶，伺候掌尺，瞅着墨线整天拉走马锯。在一村子人看来，大爷的生活就像他镶嵌铜饰的拄杖一样，是极为文明的。村子里谁家婚丧嫁娶，他就在那里；莲花城的庙会，他也在那里；旺歌集的集市，他还在那里。除了喝茯茶盖碗，陪熟人说说话外，关键时候，在主人的邀请和众人的涌动声里，在人头攒动下，众目睽睽中，演唱他的眉户，当然还有他最拿手的河州贤孝。刚回来的日子里，他演唱的都是从外面学来的传统内容，给不知道什么是精神生活的家乡人增添了无穷的乐趣，也赚得了无数的笑声和泪水。时间长了，慢慢地，大家都能跟着他演唱了，大爷渐渐觉得没趣。其实，人们听眉户剧、河州贤孝，不在乎剧情的新奇陈旧，唱腔的清亮苍哑。而是坐在那里，倾听抑扬顿挫的调子，细品个中悠远的味儿，感受已经消失的那个时代，琢磨那个时代人们各自的心境与生活情景。于是乎台下有人为之叹息：古人尚且如此，何况我辈！以纾解自家心结，得到一段时间的安慰和平静；于是乎场外有人为之释然，人生原本这般，谁人还能超然，以宣泄自己心中的惆怅，收集零散而且即将消失的满足。但是大爷还是觉得无趣，就开始了自己的创作。

大爷说来只是粗识字，却有着常人不及的记忆力和创作力，可见他生来就是如此的聪慧。由于年代久远，他创作的眉户剧早已失传，没有传承下来，已经无从考证。而那些他当年触景生情的讽吟之作，虽然只句片段，犹自朗朗上口，妙不可言，至今还在民间流传。如赞颂一个有钱的富人：“鸡的嗉子猫的眼，吃得多来看得远。”又如吟叹陷入困境的一家受苦人“头顶西瓜圆上圆，脚踩棒槌难上难”等，不一而足。当然，也有一些守旧的族人批评道："吃的是百家饭，当的是溜骗子，没有多大的出息。"真的，大爷做人做事，在以农为本、生计艰难的喇嘛三川人说来，只是混个不必曝日沐雨地种庄稼，一个人落个不挨饿罢了。还要跑战乱、躲抓兵、躲差役，提心吊胆地在破旧而简陋的房子里，过光棍汉的寂寞日子，算不了有多大出息。

正是有了大半生的受苦受难，大爷积累了超出一般人的阶级觉悟和朴素的阶级感情。1949 年，王震大军从莲花哈脑渡口横渡黄河，挺进青海，进剿马步芳匪军。大爷欢呼雀跃，参加支前，以说唱形式宣传解放事业，大受群众欢迎。未几，以其贫苦家境定阶级，他家被定为贫农成分。国家对贫农阶级的倚重，使得大爷重新焕发青春。他除了积极参加农业生产外，还在业余时间创作出一些歌颂新社会的贤孝段子和大量的朴素诗歌来。他去莲花城参加庆祝河州解放大会时，用惊奇而激动的目光望着主席台上悬挂的中国共产党党旗，党旗上镰刀斧头的图案给了他灵感，他顿时吟出了描写旧社会灭亡、新社会成立，这一翻天覆地大事件的诗句："一镰刀割断了旧社会的根，一斧头劈开了新社会的门。共产党引上了有福的路，百姓们拧成疙瘩了往前奔……"此作品一经问世，立马轰动整个喇嘛三川、整个河州，乃至甘肃全省。大爷从此风光无限，被上级部门正式命名为"农民诗人"。此作品先后在各级报纸发表刊出，又被选入《甘肃农民诗选》。接下来的日子里，他经常外出，巡回演讲，迎来送往，吃烩菜，喝茯茶，着实让一方百姓羡慕感慨。

其实，大爷真的没有什么文化，终究还是一个庄稼人。"大跃进"后，他再也没有机会去讲演，随后和全国农民一道，挣扎在三年多铺天盖地的饥饿之中。后来，他因为编造不满言论，受到了严厉的批评，好在曾经是农民诗人，又是贫农成分，算是躲过了劳改一劫。

可惜的是，大爷寿数不高，晚年在“先国家，后集体，再个人”的计划经济时代当社员，过着口粮缺、衣服破、紧巴巴的日子。自后的多少年的夜晚，只有村子的男人们经常去他的低矮房屋，在昏暗的灯下，吸着自产的旱烟，听着时紧时松的弦子和苍凉低沉的歌喉，思绪在他经过的大山巨川间驰骋，感受着他大起大落的生活经历，一直陪他到入土为安。

我常常想，倘若苍天再给大爷几十年寿数，他能看到今天的中国农村：处处通水泥大路，村村发粮补林补，家家住砖瓦新房，人人穿时尚衣服，顿顿吃肉菜肉饭，他不知道有多高兴，也不知道他能创作出多少发自内心的诗歌来。

2017 年 3 月 30 日

关于建设甘肃省书法文化长廊的设想

甘肃是一个历史沉淀深厚，文化积累厚重的省份。特别是历代书法文化遗存多，书法文化遗存品位高，书法文化遗存在国内外影响大。这些为甘肃省建设华夏文明传承创新区提供了良好的基础条件。

一、甘肃省主要书法文化遗存

（一）肃王《淳化阁帖》　现藏于甘肃省博物馆的肃王《淳化阁帖》刻石是我国最好的《淳化阁帖》刻石。

明洪武二十五年，明太祖朱元璋册封其第十四皇子在甘肃就藩，史称肃王。同时，朱元璋赐其宋本《淳化阁帖》一部，作为传代之宝秘藏于肃王内府。到了万历年间，肃宪王朱绅尧将宋本《淳化阁帖》，摹刻于石上，七年后摹刻竣工，后人把它称为《肃王府本》。现藏于省博的肃王府本《淳化阁帖》石刻共有 144 块，都是以陕西富平石凿刻而成，是我国现存《淳化阁帖》中最早和最完整的一部刻石。石高 27.8 至 34 厘米，宽 36.5 至 40.5 厘米，厚 6 至 8.7 厘米，大都两面刻文。

（二）敦煌写经　原藏于甘肃省酒泉市敦煌千佛洞的敦煌写经是我省最著名的一笔书法文化财富。

敦煌遗书的总数在 4 万件以上，从印刷形式看有写本和印本，写本在 3 万件以上，刻本数量较少。从文种上看，写本书以汉文为主，兼有梵文、藏文、康居文、龟兹文、于阗文、回鹘文、吐火罗文、粟特文等。装帧多为卷轴式，九世纪以后的遗书，出现经折本、蝴蝶装本、册子本、刺本和刻印本。其字体，北朝均带隶意，南朝及隋、唐、五代、宋之写本则皆为楷书或草书。遗书中95%的汉文写本为佛典，包括经、律、论、疏释、赞文、陀罗尼、发愿文、启请文、忏悔文、祭文、僧传、经目等。非佛典文献虽仅占5%，但内容相当广泛，包括四部、道经、俗文学、文书档案等。如果进一步细分，则史部包括史书、政书、地志、氏族志等。子部包括道教卷子、医书、历书、占卜书、类书等。集部有别集、诗、曲子词、变文、讲经文、押座文、话本、俗赋及词文等。官私文书是敦煌文书中最具珍贵史料价值的一部分，包括符、牒、状、帖、榜文、刺词、过所、公验、度牒、告身和籍账等。另有与户部、刑部和兵部相关的文书片段。

（三）《西狭颂》摩崖石刻　甘肃省陇南市成县的《西狭颂》摩崖石刻是我省又一处享誉海内外的书法文化遗存。

《西狭颂》全名《汉武都太守汉阳阿阳李翕西狭颂》，原石刻于东汉建宁四年，晚《石门颂》23年，早《郙阁颂》1年。崖面题字高约220厘米，宽约340厘米。正文共20行，每行20字，第20行有摩崖颂碑完成的年月日，共385字。主要记载李翕的出身、家世、籍贯、德行、修路过程，以及对其功绩的颂扬。正文中间正上方有“惠安西表”题额。正文的右侧刻有“五瑞图”，即黄龙、白鹿、嘉禾、木连理和承露人之图像，是非常罕见的东汉画像石。成县人仇靖，为《西狭颂》的撰文、书写者。这是历代石刻中，有作者署名的最早的一例。

（四）武威汉简　甘肃省武威市雷台汉墓出土的武威汉简是我国汉简书法的重要组成部分。

甘肃武威雷台汉墓中出土的简牍，统称武威汉简。包括《仪礼》简、《王杖诏令》简和《医药简牍》等。1959年7月间，在甘肃武威市凉州区城西南15公里处武威汉墓群发掘了编号为6号的一座夫妻合葬墓，在墓中出土了480枚木简。除11枚简为日忌、杂占内容外，其余469枚均为《仪礼》简。这批简出土时未有散乱，极少有破损的残简零札，而是九篇共计27298字完整的《仪礼》文章。《仪礼》简分三种，甲本木简398枚，包括《士相见》《服传》《特牲》《少牢》

《有司》《燕礼》《泰射》7篇。乙本木简37枚，内容仅《服传》一篇。丙本竹简34枚，内容仅《丧服》一篇。

（五）草圣故里　甘肃省酒泉市瓜州县是中国书法史上著名的草圣故里。

著名书法家张芝出生于渊泉县（今甘肃省酒泉市瓜州县四道沟老城一带）。张奂为东汉人，历任护匈奴中郎将，度辽将军、大司农等职。张芝是张奂长子，字伯英，年轻时就很有操节，勤奋好学，潜心书法，当朝太尉认为他将来不是文宗，就是将表，屡次征召他出来做官，他皆严词拒绝，故有张有道之称。他潜心研究书法，尤好草书，为方便张芝兄弟习文练字，其父张奂着人锻造石桌、石凳、墨池于河边，后称张芝墨池。张芝最终摆脱旧俗，独创一体，以成今草，古人谓之一笔飞白。他的书迹在《淳化阁帖》存有五帖，并著有《笔心论》。

二、甘肃省主要书法文化遗存在书法史的地位与现状

（一）《淳化阁帖》　史载《淳化阁帖》刻成不久即毁于战火，所以传世拓本极少。从宋至明转相传摹，不下数十家，可谓玉石杂糅，真赝难辨，其中，明朝肃王府在兰州翻刻的版本，从宋刻本摹成，世称"肃府本"或"兰州本"，是现存时代较早，摹刻较精，而又保存完好的一部法帖原石。清倪苏门《古今书论》云："淳化帖在明朝，唯肃王府翻刻石最妙，谓之肃本。"现保存在甘肃省博物馆中的肃府本是明刻《淳化阁帖》中的佼佼者，也被称为阁帖中的"善本"。同时，又因其帖保存完好，是我国现存最早最完整的一部阁帖刻石，所以，在1996年9月被国家文物局专家鉴定组确认为国家级文物，是名副其实的国宝。

在甘肃省博物馆设立专题展览馆，展览馆面积要大，长期展出肃王《淳化阁帖》全部刻石，让肃王《淳化阁帖》刻石享受国宝待遇。除外，展出历代书法家临习《淳化阁帖》的书法作品。同时，以此为依托，成立肃王《淳化阁帖》研究组织，出版专题刊物，不定期举办

肃王《淳化阁帖》研讨会，展示肃王《淳化阁帖》艺术魅力，吸引国内外书法爱好者参观访问，打造兰州为甘肃书法长廊中心地位。

（二）敦煌写经　敦煌文书中最具珍贵史料价值的一部分，包括符、牒、状、帖、榜文、刺词、过所、公验、度牒、告身和籍账等。另有与户部、刑部和兵部相关的文书片段。这些资料为研究当时的典章制度和经济状况提供了宝贵的资料。敦煌遗书发现后，很快成为学者研究的热点，并成为一门为世界学者所关注的学问——敦煌学。近年以来，中国的敦煌学研究成绩显著，查阅国家图书馆的书目，20 世纪 90 年代以来，有关敦煌学的研究著述就达数十种，其中如《敦煌愿文集》《敦煌天文历法文献辑校》《敦煌艺术叙录》《敦煌石窟内容总录》《敦煌吐鲁番研究》《敦煌佛教经录辑校》等，都是卓有成就的专著，另外还有许多高质量的论文。敦煌遗书的发现，推动了与中世纪中亚、中国有关的历史学、语言学、考古学、民族学、文学、艺术、书志学、历史地理学和科技史等的研究。这是中华文明成就对世界文化宝库的重大贡献。

在敦煌设立敦煌写经书法专题展览馆，展出敦煌写经中具有代表性的页面和国内外敦煌书法研究中具有较高水平和有较大影响的文章、刊物，并成立敦煌写经书法研究组织，举办国内外著名专家学者参加的敦煌书法研讨活动，继续坚持举办“敦煌杯”书法大展，使敦煌成为甘肃书法长廊中的关键驿站。

（三）《西狭颂》摩崖石刻　《西狭颂》与《郙阁颂》和《石门颂》号称汉代摩崖三颂。

其中《西狭颂》和《郙阁颂》都在甘肃省陇南市成县。《西峡颂》镌刻崖体为花岗岩，石质坚硬细密，其碑面向内凹进，上有天然石龛遮掩，加之地处偏僻峡谷，人迹罕之，崖面高耸陡峭，捶拓难度很大。其虽经 1800 年之久，但碑文等完好无缺。1982 年修起碑亭和铁栅以作保护。近年经政府修葺，古碑神采依旧。2001 年被国务院公布为第五批全国重点文物保护单位。北宋到明清的金石界巨擘，涉足于《西狭颂》者 30 余人，自北宋赵明诚的《金石录》以后，明清时期的近40种金石著作中均有记载。方朔评道："字大纵横不下三寸，宽博高古。"杨守敬则说："方整雄伟，首尾无一缺失，尤可宝重。"梁启超言其"雄迈而静，汉隶正则也"。1999年6月，高天佑先生出版学术专著《西狭颂摩崖石刻群研究》；2000年9月，又出版《西狭颂研究在日本》。这两部书的出版，在社会上引起了较大的反响，标志着《西狭颂》的学术研究走上了比较系统和成熟的阶段。2003年11月，南兆旭先生主编的《中国书法全集》10卷本出版，该书在《基础卷》中国书法的演进一章对《西狭颂》的评价是《武都太守李翕西狭颂》带有朴素而大方的风格，粗大的字也有强劲之处。在《隶书卷》隶书书体概论、隶书的发展进程、隶书的技法、隶书的临摹等各个篇章中对《西狭颂》作了比较全面的介绍和评价。20世纪90年代到21世纪初，成县县委、县政府先后举办了四届西狭颂文化旅游节，举办了两次西狭颂学术研讨会，对《西狭颂》学术研究起了重要的推动作用。2007年9月，高天佑先生负责主编的《西狭颂研究论文选》（第一辑），收录了2004年首届西狭颂学术研讨会评选的优秀论文8篇，其他刊物发表的论文15篇，总计23篇，涉及作者16人，是近年来出版的西狭颂学术研究方面水平比较高的一本书。2006年9月，甘肃西狭颂文化促进会在省城兰州成立，王廷钰先生任会长。自此，西狭颂学术研究有了一个组织领导机构，还创办了一份刊物《西狭颂——文史季刊》。2011年3月，大型历史陇剧《西狭长歌》，在首都北京梅兰芳大剧院成功演出，受到了戏剧艺术家和首都人民的一致好评。2011年底，甘肃西狭颂文化促进会第二届理事会成立。新一届理事会已经做了大量的调查研究工作，对当年和未来五年的工作做了全面的安排部署，《西狭颂》学术研究的良好氛围已经形成。2013年3月8日，由中国书法家协会、甘肃省委宣传部、甘肃省文联、陇南市委、陇南市政府主办的首届西狭颂全国书法大展正式全面启动，至此"西狭颂全国书法大展"成为甘肃省又一个重大书法国展赛事。

继续加大对陇南市成县《西狭颂》摩崖群的保护与开发，使其成为中国书法"访碑问道"之路中最著名的目的地和甘肃书法长廊的门户。

（四）武威汉简　《仪礼》简出土时未有散乱，极少有破损的残简零札，而是九篇共计 27298 字完整的《仪礼》文章。简文用毛笔所书，大多墨迹如新。每一篇文章首尾俱全，保存了原书的篇题、页码和顺序，像这样完整的《仪礼》简是迄今出土汉简中空前的发现，这是西汉经书的样本，不愧是天下第一简。武威出土的《仪礼》简，由于抄写经书的严格要求，尽管出自多人之手，但书体基本统一于严整规范之中，镌刻在辽河碑林古代馆，和其他的简牍帛书一样熠熠生辉。这些抄书的人并不是当时的大学者、大书家，他们对当时不断演变中的汉字字形的驾驭还不能达到随心所欲的程度，因而所抄写的书便呈现出一种挥毫自由，天真稚拙的隶韵。这批木简书法之精到是汉简中少见的。多数字以藏锋起收，中锋行笔十分明显，波磔规范而又美观，线条劲健而富弹性，笔法迅急而又奔放。结字重心别具匠心，在狭长的简中压扁字形，拉大字距。简上的垂直木纹与扁平的字形形成了强烈的纵与横的对比，大有疏可走马，密不透风，空灵清新的意境，这种布局方式也成了后世正书章法布局的一种典型模式，对于研究隶书的发展有很高的价值。

在武威设立《武威汉简》专题展馆，展出武威市收藏的《武威汉简》和国内外汉简研究，特别是《武威汉简》研究的文章、刊物，以及临习汉简的书法作品。成立《武威汉简》研究机构，出版专题刊物，举办《武威汉简》研讨会，举办《武威汉简》全国隶书大展，把武威打造成甘肃书法长廊的主要窗口。

（五）草圣故里　张芝从民间和杜、崔那里汲取了草书的艺术精粹，创造了跨时代的大草，即有别于章草的一笔书，当时亦称今草。一时名噪天下，学者如云。张芝的一笔书，以字之体势，一笔而成，偶有不连，而血脉不断，及其连者，气脉通于隔行，如流水速，拔茅连茹，上下牵连，或借上字之下而为下字之上，奇形虽合，数意兼包，若悬猿饮涧之象，钩锁连环之状，神化自若，变态无穷，“若清涧长源，流而无限，萦回崖谷，任于造化，精熟神妙，冠绝古今”，张劲骨丰肌，德冠诸贤之首。伯英即草书之祖也（张怀瓘《书断》语）。张芝的草书影响了整个中国书法的发展，为书坛带来了无与伦比的生机。被誉为中国书圣的王羲之，中年就师承张芝，推崇张芝，自认为草书不如张芝。狂草大师怀素也自谓草书得于二张（张芝、张旭）。草书大家孙过庭在其《书谱》中也多次提到他是将张芝的草书作为蓝本的，称张芝草圣，此乃专精一体，以致绝伦。中国书法史告诉我们，自汉末至中唐六七百年间，在草书领域涌现了韦诞、卫道、索靖、卫恒等传于书坛的人物，更有王羲之、王献之、张旭、怀素四位光耀千古的大师，他们的师承都导源于中国书法史上第一位巨人——草圣张芝。为纪念草圣张芝，弘扬中国书法，瓜州县投资1.13亿元，在该县县城建设草圣故里文化。草圣故里文化产业园建成后，举办了首届“张芝奖”全国书法大赛。大赛由中国书法家协会、甘肃省文联、甘肃省书法家协会联合举办，于2012年成功举办，成为中国书协具有重大影响力的书法赛事之一。

进一步加大对酒泉市瓜州县草圣故里的建设开发，不断挖掘和恢复张芝故居、张芝墨池等遗迹，成立张芝研究会，出版《张芝书法研究文集》，举办张芝书法研讨活动，不断扩大影响，使草圣故里真正成为国内外书法爱好者的朝圣地，成为甘肃书法长廊上的耀眼景点。通过对以上书法基地的建设，形成东起陇南市进入成县，参观《西狭颂》摩崖；西去兰州，访问肃王《淳化阁帖》刻石；北上武威，参加《武威汉简》研讨；深入酒泉市瓜州县，瞻仰草圣张芝故里；最终流连于敦煌，细品《敦煌写经》的一条完整书法长廊。把甘肃省打造成为中国一流的文化大省，重要的书法大省。以甘肃省在文化领域的雄厚实力向人们展示甘肃省是华夏文明的重要发祥地，就是中国书法的重要发祥地和传承地，并以此提高甘肃省人民精神境界，推动甘肃省各项事业的发展。

《李承天诗文散集》序

我为李承天先生的诗文散集作序，主要因为郁结在心中的一段情结：首先，中华人民共和国成立前，先生是西北师范毕业生，而我的父亲也是从西北师范毕业的。我的父亲年长些，算去他们该是校友。其次，李承天先生从一个有文化的国家干部，备受磨难，最终沦落为走村串乡的“画匠”，当了半辈子的匠人；而我的父亲也曾多次遭受不公正对待，最终被开除公职，当了近十年的农民。他们生活在那个时代，都有过一段凄风苦雨的人生经历。

当然，我为李承天先生的诗文散集作序，更多是因为李承天先生诗文散集中承载着那么厚重、那么丰满的人生遭际。回首先生的一生，衣冠简朴，箪食瓢饮，匆匆行走在乡村山路间。寒天雪地，陋屋空堂，呵手绘画于乡党亲友家。只是为了生存，为了家庭。较之那些拿着工资，悠然于办公室的干部，先生在生活上经历了半生不堪回首的岁月。待到时代进步，社会文明时，先生已长归道山，这是先生的儿女及亲友想去便很伤感的事情。诗文散集中记载了作者身世苍凉，我却从先生的诗词中，读到了更多的人情喜悦，更多的乡俗风情，更多的人生感悟。为此，几天来，我不时掩卷静思，倘若李承天先生没有那次跌落，没有那一段社会苦楚，他就不可能成为画匠，也就不可能在半生时间里走乡串户，经历那么多的婚丧嫁娶，接触那么多的乡亲乡党，积淀那么多的思绪情感，从而写出这么多的诗词散文，给后来人留下那个时代里贫困的人们是如何苦苦艾艾地生活，开开朗朗地过日子的印记，也给后来人留下了那个时代里一个知识分子是如何适应命运突变，与农民们同甘共苦，成为乡亲们喜欢的“画匠师傅”的经历。自然，先生的人生坎坷，大半生贫困潦倒，与那个时代里众多知识分子有着相同的悲哀命运。有所不同的是，先生留下了大量的诗词散文，而这些诗词散文真切地记载了一个知识分子在命运的大起大落中对自身出路、社会发展的感受，特别是那个时代中他对身边“人生百态”的印象，这是极其难能可贵的事情。写到这里，我不由得想到可能人们常说的文章穷而后工，就是这个道理吧。安史之乱撼动了大唐王朝的根基：天下大乱，流民遍野，生灵涂炭，从此唐王朝由极盛逐步走向衰败。这段黑暗的年代，也让杜甫开始了他后半生失官漂流、衣食无着、寄人篱下的日子。正是这段使他游走在流民游卒之中的生活，让杜甫用诗歌真实地记录天宝年间社会的繁华、官吏生活的豪华，安史之乱中战争的惨烈、流民生活的凄惨等，完成了史诗般伟大诗歌的创作，成就了一代诗圣的崇高地位。我们回望过去，就能透过苦难，清楚地看到一个人的人生价值。反过来说，如果没有安史之乱，杜甫走完仕途，优越的帝都生活，最多只能给当朝留下一个正直廉洁的官员。哪里会有诗歌振聋发聩、思想规范国人的诗圣杜甫呢？同样，倘使李承天先生没有遭遇“阶级斗争为纲”的年代，一帆风顺地走完自己的工作历程，虽然，不会遭遇那么多的困难与挫折，但是到头来，只不过是在柳荫下多了一个打麻将、玩牛九的退休老人而已，哪里会有这么多洋溢着乡党情、泥土味的诗词散文作品呢？

人生原本就是这样的，一个人的人生价值，都体现在这个人短暂一生的所做所为。世俗的人，一般在乎这个人生前的物质享受和由此带来的精神收获，而超脱的人大凡注重自己生前的所为，注重自身的修养，注重身后给后来人留下些什么。由此，我们想到，人们自我价值的实现，不外乎两种途径。一种是注重物质生活条件的创造，艰苦奋斗，几十年努力不止，到了一定阶段，或者当上了一官半职，或者创出了三五企业。当年的苦孩子，而今有了优越的条件，享受着富裕的生活，同时给自己的后代留下巨额财富。到此，不但他自己觉得达到了人生的巅峰，实现了自己的梦想，以至身边的人也觉得这个人展示出了自身价值，完成了人生价值的升华。另一种是侧重于精神世界的追求，虽然，他们的一生没有那么煊赫的地位和身价，过着贫穷而平淡的生活，但是他们有着自己的追求，有着自己爱好的慰藉，自我营造，终身求索。在不同的行业，不同的领域，用不同的方式真实贴切地记录下自己的见闻和感悟，给当下和将来留下一个时代的印记。虽然，他们没有给后代留下可挥霍的钱财，就这些沉甸甸的精神财富，难道不是在更高层面上实现了自己的人生理想，更高层面上实现了自身的价值吗？李承天先生从一个有工作、拿工资的知识分子，后半生沦为串千家门，吃千家饭的匠人。个中的酸甜苦辣，只要是从那个时代过来的中国人就能闭目想象到。然而，多难的生活并没有摧垮他那颗热爱生活的心灵，没有压垮他那个支撑家庭的脊梁。在捉襟见肘的日子里，先生不但用真挚的情感、厚道的为人，结交了那么多满身泥土、满手老茧的农民朋友，而且把自己由此得到的欢乐和生活带来的苦楚，写成明了直白的诗歌，留给自己，留给来人。诚然，他的身世真是“时运不济，命途多舛”的，但先生却是犹自“酌贪泉而觉爽，处涸辙而相欢”，坚忍不拔地生活在风雨交加的多难岁月，坦坦然然用诗歌诉说自己的喜怒哀乐。

我也喜欢填词赋诗，也许是过去那个时代的余悸吧，一般情况下，我不大涉足政治性题材，只是在词句韵味上推敲得多一些。好多次有人问道，怎么才能写好古体诗？我的回答总是，除了要有诗的意境，还要用诗的语言。其意无非是不用诗的语言，就是打油诗了。读过李承天先生的诗词，我蓦然感到，似乎古体诗还可另辟蹊径，用最简洁直白的语言，抒发自己最浓烈的情感，记载自己最刻骨铭心的思绪。这可能就是一种意境胜语言的事例吧。

李承天先生的诗歌基本上是围绕着农村生活展开的，有耕种收割等农活劳动，有磨刮画描的画匠操作，还有时序变化引起的喜乐，走朋访友带来的感动，如在长诗《夏收开始了》中写道“烈日炎炎似火烧，烧干夏禾未熟好；旱雹交替谁不急？幸落七成不为少”；在《柳巷访友》中写道“踏雪觅佳句，喜观炉火红”；《送别》中写道“一时沉寂语击心，路人模糊马蹄清”；在长诗《圃归田园》中写道“六合风清艳阳悬，三伏气暑籽粒圆；秋苗夏禾当更替，青黄交度改田园”；在《学艺》中写道

“黄水滔滔入枹罕，青黄赤白藏真传；有志不在垂髫嫩，清水池旁学王冕”等，感情淳朴，仿佛范成大的田园诗：“新筑场泥镜面平，家家打稻趁霜晴；笑歌声里轻雷动，一夜连枷响到明。”亲切明了，令人叹息，更多的是先生在漫漫人生路途中通过观察纷杂事物对自身的省视，对人性、对伦理的思索。如在《仁义道德解四首》每首诗结尾处都有注入了自己的感想，《仁》中写道“但愿诸君仁为尚，审时度势福满门”；《义》中写道“劝君清正而廉明，留得美名万古传”；《道》中写道“老人能享晚年福，世代相荫乐无边”；《德》中写道“劝君能识好与歹，处世为人要当心”等，不一而足。似乎是一位饱经沧桑的老人向亲人诉说自己的感悟，规劝晚辈们修心做人，捧心做事。

两晋以来，田园诗成了又一个诗词创作的主题，代代相承，奇葩时现。我们细读这些田园诗，就能品味出每个诗人不同的心境来。就说范成大，写了那么多田园诗，光是他的《四时田园诗》就有六十首，洋洋洒洒，极尽其事。和历史上许多诗人的田园诗一样，却有向被功利烦扰的世人炫耀自家远离尘世、清高情操之嫌。所以，我们特别喜欢读陶渊明宁静恬淡、直抒胸臆的田园诗，也正是这个原因。当然，从文学艺术价值上看，李承天先生的诗词与古代诗人有明显差距。但是从生活经历，从感情真挚等方面看，《李承天诗文散集》一书，具有他的独到之处。细读《李承天诗文散集》就能够从中感受到李承天先生遭受的是一个何等荒蛮的时代，也能够从中感受到在每一个时代里，知识分子的命运永远和所处时代紧密联系在一起，使人们更加珍惜今天政治清明、经济繁荣、社会文明的好生活。细读《李承天诗文散集》能够使人们学习到李承天先生对挫折的坚韧，对家人的担当，乐观直面生活的豁达心胸。这是我努力写好这个序的另一个原因。

谨为序。

2017 年 5 月 31 日

道德学问与书法正道

——崔双胜先生印象

近年来，人们对当今中国书坛大师泛滥、名家低级错误频现的怪现象看多了，慢慢地滋长出对那些以流行书法名世的书法大家们的些许不恭，甚至滋长出这些大家们终究要把中国书法引领到哪里去的忧虑。然而，通过对崔双胜先生的书法与书法活动的数次系统接触，我却明显感觉到处在中国书法制高点、赢得全国草书大展大奖的崔双胜先生与那些书法名家的许多不同来。

悬壶滴漏：先生的治学氛围

崔双胜先生欣然地站在大学书法专业课堂上，引经据义，析微钩沉，将极为抽象的书法欣赏与创作，从书法的本源上说起，从书法的发展演变上说起，从书法作品的欣赏的方法上说起，从书法创作的手法上说起，时而引用哲学的思想，时而引用美学的概念，时而引用佛学的理念，时而引用的又是道家的法则，还时不时再插一段儒家的观点，讲课的目的只有一个，就是用自己的语言，参照众多各家学问观念，深入浅出，简单直观地把书法讲透，让听课者最大程度上明白书法微妙的语言语调，感受书法微妙的脉动韵律，从而和授课者产生微妙的心灵艺术共振。由此，他得到了大学生们的一致崇敬。这是一场场极其精妙的讲课，就像是他极其精妙的书法作品。当年只是初中毕业生的崔双胜先生，能够如此完胜的超越自我，积累起如此深厚的学问，不敢想象，光彩背后他走过了何等艰辛的治学之路！

崔双胜先生多年来一直把每天除了谋生外的绝大多数时间用在学习上，据说，他的学习习惯很特别：每当崔双胜先生回到自己的书斋，就闭门关机，打开漏壶，水珠滴入承露盘，水声清越，夜深人静，经久不息，越发幽静，伴他苦读。他的学习目的很明确，计划很具体，以书法为中心，一切学习都是围绕书法深造去展开。为了在更深层次上读懂中国历代书法作品中所承载的别样人文精神，为了更深层次揣摩中国历代书法作品承载的不同创作情绪，他开始研读诸如《矛盾论》等哲学书籍，真正把哲学作为一种学习创作的方法论，以此理解书法作品中的人文纠结和加深书法语言的表达。对书法作品中书法语言的解读，他从美学理论的学习中开辟途径，从道家书籍，诸如《道德经》等的学习中寻找钥匙，打开点、线、面演化出的各种图形所显示的无尽意象，理顺书法作品极其微妙而极其简单的本质。对书法作品中蕴含的文人心境，他以儒家四书五经为依托，从中感受上古浑穆的社会氛围，以及中庸思想左右下的文人举止。对书法作品中潜在的空灵情思，他又从学习佛学著作，诸如《坛经》等入手，体味禅学对六朝以后书法家的影响和书法作品中的禅意情怀。一个农家孩子，在浅薄文化底子上，刻苦自学，达到能够读懂读透这么多深奥的经典著作，而且应用到自己的书法学习实践当中，这一切，需要多么坚强的毅力，多么漫长的光阴。想到这些，我们仿佛听到滴水声犹在耳际敲响，清脆而悠长。

藏香缥缈：先生的书法心境

崔双胜先生的书法实践方式和大多数书法家有区别。大多数书法家是把临帖作为书法学习的门径，通过刻苦临帖，进入书法庭院后，便放弃临帖，转入创作。而崔双胜先生正好相反，他是把学习书法的重中之重放在临帖上，偶尔的书法创作都是为了大赛投稿，或者是给别人写作品。几十年来，他把自己的大部分精力投入临帖上面。在临帖中，他根据自己临帖的心得，总结出“静、近、慢、准”的四字准则，即在极为安静的环境中，把所临帖放在书写纸最近处，慢慢行笔书写，感受笔触，感受笔意，力求临熟、临准，直至达到形神兼备的地步。

听朋友们说，崔双胜先生临帖时，摒弃杂务，闭门关机，笼一炉藏香，静下心来，展卷精读，心中揣摩古人书写此帖时的心态，揣摩古人书写此帖时的姿态，然后轻捻笔管，直追古人。一临就是半天，甚至十几个小时，只要在家，每晚如此，常年坚持，绝不自弃。一天，我在他的身边看到他为教学带来的近百张临帖作品，从魏晋至唐宋，再到明清，历代名帖都曾临习，并且临习得极为精妙。特别是用笔上从每个字的起笔、行笔，到收笔，丝丝入扣，忠于原作，而在行气、用印、章法上更是古意浓郁，仿佛原帖。谈笑中，我们得知，崔双胜先生十年前即有计划，用所临习作品，举办一次临帖展，已经准备了一千多幅临帖作品，届时从中挑选出自己满意的作品展出面世。无怪乎细读他的作品，不论是点画与结构，还是字与字之间的萦带、行与行之间的揖让，各种关系处理得极其古朴而到位，处处显示着他深厚的书法临帖功底和从历代名帖中汲取到的无尽艺术营养。

有了这般深厚的书法艺术积淀，崔双胜先生的书法创作，自然是水到渠成的事儿了。许多有幸观摩先生书法创作的朋友，都有这样的感觉：若是创作行书作品，他下笔稳健，行笔沉着，篇篇有渊源，又独辟蹊径；字字有来历，又不落旧套。落墨用印，胸有成竹，作品雅致，令人感叹。特别是他的草书创作，更是能充分表现崔双胜先生的为人与性情。每当铺纸在案，润墨在笔，藏香缭绕，书斋静似太古，他思谋瞬息，握笔突发，完全进入无我之境界：只见毛锥上下提按，左右倾倒，时而万毫齐力，力透纸背；时而侧锋斜掩，墨枯笔涩。顿时纸墨相发，笔画纵横，墨痕狼藉，妙趣横生。转眼之间，一幅格调高雅、大气磅礴的草书作品现于世间。如是再三，他犹自挥毫不已，藏香依然飘绕案前。

一瓣心香：先生的游学之路

崔双胜先生北上京都，南下苏杭，应邀为大学书法专业学生讲授书法课程，在常人看来，也是达到了游学的极致。余下的光阴，读读旧藏的书籍，写写胸中的书体，悠然自得，何其乐哉！他却在授课之余，风雨兼程，风尘仆仆地奔走于临夏、青海、定西一带，为书法爱好者传授书法。和他在一起，朋友们、同学们感受最深的就是他性格真诚与学识渊博。许多书法爱好者有过这样的学习经历，许多大家对求教者的口吻几乎是一样的："回去好好临帖。"别无它话。怎么才算好好临帖？听者每每一头露水。如果能好好临帖，何必托人介绍，登门讨教呢？先生却不，不论在课堂，还是与人闲聊，说到临帖，他必定从读帖开始，一讲就是数小时。有次在培训班上，他用一天的时间讲临帖，而且大部分时间就是讲读帖。说到此，他莞尔一笑："会读了，就能临进去。"同样，他对朋友，对学生，从笔纸墨印到创作中的用笔、设色、谋篇、投稿，以至对作品失策处的补救等，用自己当年精心积累的经验反复讲解，直到对方完全理解。谁都知道，这是在金针度人啊，在许多人看来，这些就是深藏不露的财宝，古人且如此，何况今人呢！

也许，这正是崔双胜先生把书法作为一生的事业去奋斗的原因，崔双胜先生出身农家，深知普通人学习书法这门中国顶级艺术的不易。他吐尽胸臆，义无反顾地奔走在书法界，为社会，为大众捧出这一瓣心香，真是"高山安可仰，徒此揖清芬"啊！

2017 年 6 月 23 日

《李如盛书法集》序

到了秋天，我们就会有收获，这是大自然对每一个耕耘者辛勤劳动的一份丰硕回报。生活对李如盛先生也是如此，他在自己的书法集后记中说道：“只有诗和书法，像一对孪生兄弟，伴我走到了人生晚年。”走在浓郁秋色中的他，在收获了《李如盛诗集》之后，又有新的收获：结集出版《李如盛书法集》。

书法是一门极有华夏文明特色，极有汉语言文学内涵，而且极具抽象特征的书写艺术。书法艺术不论对书法家，还是对书法爱好者都是一门极具挑战性的艺术。现在想来，在地处中西部地区的临夏，把这门艺术传承下来，原本就是一件很不容易的事情，何况是在我们这一代人生长生活的那个缺衣少食、信息闭塞、斗争不断、文人悲哀的年代。正是在这种背景下，李如盛先生奋起于草莽间，不畏物役，不惧世艰，数十年临帖读书，口吟手书，惨淡经营，至于今日，这正是我十分敬重他的一个原因。

近几年来，书坛上似乎在流行“晋人尚韵、唐人尚法、宋人尚意、明人尚态”之说，许多人便把自己和别人的一些随性书法称作“尚意”，朋友们调侃道：“莫成你们都是宋人，天天在尚意。”我读李如盛先生的书法集，蓦地感到，不管各个时代的古人是否真的整齐划一地“尚”什么，每个时代自有那么些生活在山野间、市井里的读书人，他们仿佛不在乎文章书法能否给自己带来什么名利，也不在乎文章书法与自己的职业、身份是否相称，更不在乎所处的时代书法在“尚”什么。除了奔走于生计外，朝夕闲暇，便读自己的书，写自己的字，李如盛先生就是这样一位杂务缠身，书卷萦心的读书人。

欣赏李如盛先生的书法，我感到可以借时人的流行说法来表达：他在写心。先生迫于时代，年轻的时候不可能，也没有受到严格、正规的书法训练。在他学习书法的当初，甚至不知道书法和写字的区别，只是凭着从心灵深处对书法的热爱，毅然决然地拿起了毛笔，选择了书法这门艺术，走上了书法学习这条漫长而艰辛的道路。正是因为如此，他的书法之路，较之后来人要艰难很多。从买不到一本法帖，看不到一回书展，到观摩不到一次书法家的现场创作，他一次次地为之奔走、寻觅，一次次地登门求教，终于在不惑之年，完成了自己对书法的探寻之路。从此，先生浸淫于王羲之的十七帖中，汲取艺术营养，感悟书法真谛，实现了自己书法的蜕变。进入书法正途后，他努力体味，尽情挥洒，把自己对法帖的理解和感悟，尽可能地用手中的毛笔表达出来；把自己对生活的细察和感受，尽可能地用书法语言抒发出来，形成自己的书法风格。

在这本书法集和以往举办的书法展中，我们清楚地看到，李如盛先生的书法作品，主要书体是行书，而且始终是沿着十七帖书风完成的。对于十七帖，他是那样崇敬，那样手追心慕，以至在其庭院徜徉数十年，未敢远离，这也许是他的“二王”情结吧。从他的书法作品中可以看到，李如盛先生喜欢从不同款式的创作，寻求作品章法的变换。他善于把握大幅作品的创作，在他大幅多字的书法作品里，能明显看出他在创作过程时既留意用笔，留意结体，也留意字与字之间的萦带、行与行之间的揖让关系，由此创作出笔画有韵味，结体不相犯，正文、落款相辉映的艺术意境来。他还喜欢创作榜书作品，他用笔厚重、行笔迟滞的创作特点比较适合这类书法创作。他所临习的十七帖中的选帖，是有着深沉章草笔意的帖子，由此，在他的书法作品里，几乎每一幅都横陈着古拙浑厚的笔意，散发着波磔曼挑的趣味，让人领略出一个诚心书法家对自己心仪法帖的理解和传承。如果从他近期的书法作品向上追溯，我们能够明显地感觉到李如盛书法的进步，感觉到他的书法学习中年与年的积累、月与月之间的不同变化。书法学习就是这样一个漫长的探索过程，故此，我们便能从这部书法集里，看到李如盛先生从入帖到出帖，从用笔到结体、用墨、落款、用印的学习创作过程。从这一点上说，《李如盛书法集》对和我一样爱好书法，学习书法的人，有着很好的学习借鉴作用。

我和李如盛先生认识得很早，数十年来，我们的交往都是沿着书法、诗词开展的，我们的友谊也是围绕书法、诗词加深的。回首多年的交往，我感到他对诗词、书法似有些崇拜一般的喜爱，如同安多的藏胞，多的岁月，安排在对佛国的期求一样，他把更多的闲暇，放在了对诗词、书法的爱好里。我还感到他待人处事如老农般的厚实，言不虚妄，行不怪诞，叫人觉得一切是那样的坦然。我常常想，不知道是他厚实的性格促使了他对书法保持矢志不渝的追求，形成了今天浑厚的书风，还是古代厚重的书风加深加重了他厚实性格，让他成为一个朋友们心中有分量的厚道人。

谨为序。

2017 年 8 月 6 日

从《老子悟道图》谈沈风涛先生的文人画

朋友那里珍藏着一幅沈风涛先生的《罗汉伏虎图》，一次茶余，他小心翼翼地取出来，展示给我们欣赏。看着大家一脸震惊，他不无得意地取出他的另一件藏品：《老子悟道图》，也是沈风涛先生的佳作。双图悬壁，图文辉映，墨气漫洇，满壁泛起清辉。捧心细读时，不由得思索着沈先生的文人画风。

和二十年前第一次读先生的《罗汉伏虎图》的感觉稍有异样，眼前的画显得更简略，只是用心画了人物头部，寥寥数笔，就勾出高额卷须、深目钩鼻的罗汉，看过去忍不住想叫出声来："碧眼胡僧。"蜷伏在罗汉脚下的老虎用笔更是精妙，也就那么几笔，便虎须吹风，虎口生雷，时时欲扑向前来。而落款是：坐观成败。悬挂在旁边的《老子悟道图》，更让大家感到震撼。坐在那里的老子，身边是一尊绿锈荧荧的硕大青铜鼎，清楚地表明了老子生活在那个青铜时代。他枯枝般的手指握着两卷木简，也表明那个年代正处在中国的简牍时期。老子银须白眉的脸上，满是纵横的皱纹，仿佛有些许思索正在脑际回旋，有些许苦闷还在脸庞流淌。他躬身前倾，双目微闭，似乎正处于深深思索中即将觉悟时最为苦闷的一瞬间。沈风涛先生的画笔准确地记下了划过夜空的闪电，撕开沉沉乌云前的一刹那。

国画中最难画的是文人画。画家或用山水，或用花鸟，或用人物描绘对大千世界的感受，展示自己的人文情怀，其实相对说来还在"为河山写传"的层面上。以一花一叶、一石一鸟表现画家对世事的愤懑，对人生的感慨，用作品呼号，融情感于笔端，其境界毕竟仍在个人际遇上。而用手中的画笔深刻地刻画出一个辉映千秋的思想家真实的精神状态，给后来人保留微红的人脉星火，这才是最难的事情。

真的想不明白，春秋时期，列土封疆，区区中原，诸侯国竟达七十七个，侯侯思中兴，国国欲扩张，为日后的战国争雄做足了铺垫。谁又能想到，就在这个物质并不富裕的时期，竟然出现了百家争鸣——华夏文明大爆发，产生了人类历史上照彻夜空的众多思想家。有些思想一直指导性地影响着千百年来人们的思想、社会的发展。就是科学发达的今天，人们还是研究不出那些揭示事物本质，揭示事物发展规律的古老思想是如何突然间爆发出来的。想不通那些思想家，为什么对当时的大千世界本质有着极其深刻的认识，对世间万物的发展有着极其准确的前瞻。无奈之余，我们只能从思想家留下的深奥著作中，从历史对思想家身世传说的只字片语中感受他们，希冀从中掘出残存的微量信息。

由此，我们又回到沈风涛先生的《老子悟道图》。老子在中国人物画中是常见的题材，许多人都认为老子是参透物理、超然物外的神仙。众多老子图中，多是他手持麈尾，斜跨青牛，满脸满足，超然物外的样子。其实不然，沈风涛先生说得对："老子是思想家，思想家的内心是苦闷的，表情是痛苦的。"典故记载：老子自幼聪慧，静思好学，幼年就常缠着家将要听国家兴衰、战争成败、祭祀占卜、观星测象宇宙宏观之事。典故还记载：老子受教于尚老先生，三年悉心学习，尽受其教，而且时时请教，所问尽是天地、君民、兴衰等大道理。后来入太学，悉读天文、地理、人伦等典籍。他终身学习，终身参悟，绝不让自已的思绪停下来稍作休息，终于成为一代极睿智的大思想家。他从人对宇宙万物的认识思索起，借鉴史事，苦思冥想，夜以继日，终于理清人与人之间、人与宇宙万物之间的关系，发现宇宙万物本身的运行规律，这个规律就是道。而在他看来人与道的关系应该是："人法地，地法天，天法道，道法自然。"正反虚实的关系为："有无相生，难易相成，长短相形，高下相倾，音声相和，前后相随。恒也。"治国主线应该是："以正治国，以奇用兵，以无事取天下。"做人当是："修之于身，其德乃真；修之于家，其德乃余；修之于乡，其德乃长；修之于邦，其德乃丰；修之于天下，其德乃普。故以身观身，以家观家，以乡观乡，以邦观邦，以天下观天下。"等等，包罗万象，不一而足。如此深奥的思想，后人谁还曾踵其迹而思其理、曾踵其迹而叙为文！如此智慧的思想家，能够出现在春秋时期，原本就是文明史上的一个奇迹，何况在2000多年后的今天，一个画家用画笔表达出那个时代智慧集大成者的形象，且能从中折射出刺破文化黑暗的熠熠之光，这就是很有难度的创作命题。

我有幸数次拜访沈风涛先生的画室，最令人难忘的是那里书多，与许多纸多墨多笔多的书画家似乎不太一样。我也曾留心看去，除了数量较多的画册、绘画理论书籍，更多的是文学古籍。怪不得在与沈风涛先生闲聊中，或听发言时，他往往旁征博引，引经据义，立论高妙，语言准确，听者如沐春风，大受启示，悠然有郁郁乎文哉之感受。也许，到了这一步，我才说到文人画的深处了。毋庸赘言，画家创作文人画，或者画家要达到创作文人画的艺术境界。首先，画家应该是一个文人，哪怕是一个普通的文人！只有画家是一个文人，才能具有察看这个世界的文人眼光，才能用文人的心境去体察这个世界，用包含文人情思的笔触描绘和刻画这个世界。这也是我所看到的沈风涛先生的画案上、桌台上处处摊开着那么多书籍的原因吧。其次，画家应该具备一定的绘画素养。文人画用笔大凡较为简略。文人画似乎从构图、线条、着色，处处显示着一个道理：即用最省略的笔墨表达极苍茫的物事，用最简单的画面表达极深沉的情思。对如此博大的内涵，文人画对画家的绘画素养自然有极高的要求。同道们都知道，先生早年拜在刘继卣大师门下，在刘继卣先生的悉心指导下，朝夕相随，数年刻苦，完成了系统的绘画训练，打下了扎实的绘画基础。从此，他把刘继卣先生严谨治学的精神和高超艺术能力，作为自己终生努力的方向，时时自律，步步追进，六十年过去，犹自发奋不止，从他的画中我们也能依稀看到沈风涛先生多年来奋斗的主线。至于他能够熟练地驾驭墨色、线条，这些又旁及书法了，大家都知道，沈风涛先生原本就是一个优秀的书法家，20 世纪七八十年代，他的书法作品就经常出现在各类书法展上，作品集中。在他信手挥洒间，我们便可欣赏到他那独具风格的书法作品，其品位之高，自有公论。正是有如此的书画创作功力，使他在文人画创作中，用手中看似随意的画笔，准确地表达出自己对人物、事件的感受。

最后，我想用老子的一句话给我的朋友们说说沈风涛先生的绘画成功之道：天道酬勤。回味再三，忽然有些自疑，天下画家，皆能终身营营，笔耕画案，何人不勤？如此想来，沈风涛先生可有异能：原本就是一个天性极睿智、有大悟性的人。

2017 年 11 月 3 日

问道于心

——读《林经文国画作品集》

打开林经文先生的《陇右问道》，一种久违的亲切迎面扑来。作品集中的一幅幅画作，是那样遥远而熟悉。那种遥远，仿佛是当年蓦然离去，云游四海的朋友；而熟悉的感觉就像他原本就是一位身边的亲人，抑或是最心灵契合的朋友。

且不说新文化运动后，众多的画家提出用西洋画来改造国画；也不说改革开放以来，更多的学院派画家用流行画风来冲击画坛。看看今天的国画界，我们就能想象出让人们感到亲切熟悉的中国画画风为什么与我们渐行渐远，让大家感到遥远了。

林经文先生年纪已逾60，正是站在完成书画变法的台阶上。说到衰年变法，许多人，当然包括本人都很是胆怯：一辈子在书画艺术上学习、创作，到了六七十岁，脱茧化蝶，要必然决然地完成自我。而那个高悬在枝叶上的厚茧中，只是一个营营半生的蛹。大半生的生活阅历，大半生的艺术追求，以及大半生的勤奋修炼，决定即将破茧而出的是一只怎么样的蝶儿。是七彩斑斓的凤尾蝶，还是笨头笨脑的土蛾子，想去该是有很大风险的事啊，因为押在那里的就是艺术家的一生！况且，到了这个年纪，变法一经失败，只能承认沉沦，再也不可能有时间和精力改错返真了。

林经文先生的变法成功了，他的成功，首先在于师古而化。打开《陇右问道》，毋庸我赘言，每一幅作品都清晰地记载着他半生国画学习、国画创作，乃至汉语言文学等诸多方面的苦志；

每一幅作品都清晰地刻画着他的艺术心路：那股从大唐王朝而来，带着盛世的丰腴；徘徊在宋代宫廷，充满文化的丰硕；然后拂入元朝，略带些旷野硝烟；漫度明代岁月，犹自浸淫着秦淮的烟水气的千年文风，丝丝缕缕地述说着先生对汉语言文学的理解，对中国画的传承与实践。林经文先生栖心物外，在汲取前贤艺术营养的前提下，在接受当代国画画法的基础上，默默地开始自己的国画创作，几十年的画案实践，使他蜕变为既有苏轼、倪云林、董其昌等人“厚古”的艺术素养，又有自己多年绘画实践中练就的现代人艺术思维；既有元人静穆旷逸的笔调，又有自己所把握的清秀明丽的表达手法，从而形成了独特的艺术风格。

林经文先生的变法成功了，他的成功更是得益于很高的书法造诣。先生半生游学于金城、京华硕儒中，书法作品每每入展国展，身膺中书协、省书协数职，立身陇上书坛制高点。真正能够显示他高超的书法艺术水平的不是这些世俗职务，而是那些震撼观瞻者心灵的书法作品。就说当下，在甘肃省人民政府文史研究馆成立 60 周年书画展上，林经文先生展示的一幅六屏草书，运笔奇崛，结体高古，轻糅篆隶，处处有我，用墨精妙，枯润相发，满纸云烟，雄视展厅，令人叹为观止。至于他题写于名胜古迹处的众多楹联，幅幅精妙，更是爱好者观摩学习的范本。先生的书法，熔古铸今，从而达到书法的自如境界。故此，表现在他的国画上，先不说笔墨的精到，也不说线条的流畅，光说那些精妙的落款：或篆或隶，或行或草，寥寥数字，其结体，其运笔丝丝扣入主题，与画面形成完美的统一。细细读去，其中的每一字，甚至每一画都与画面和谐妥帖，相得益彰，仿佛稍有变化，便会顿时破坏整幅作品的整体氛围一样。记得一位书画鉴赏家说过，断定一幅国画作品的品位，只在落款上。想来也是，没有相当的书法造诣，很难创作出极其精妙的作品来。说到这里，我不由想到宋徽宗赵佶的花鸟画和独特的瘦金体落款，也不由想到吴昌硕画字各半的花鸟画作品。由此，我便又一次打开《陇右问道》集，对着那幅水墨荷花《团团荷叶诵经座》，回味感觉：荷叶似乎是先生的草书，用墨大胆，叶色潮湿时就着笔勾筋，水墨淋漓，湿气滃然，好像此时置身于鱼腥味微微弥漫的荷塘边。至于躺在叶间的两朵白莲，线条简练而精到，且充满质感，分明就是先生静逸的行楷。

林经文先生喜欢独处。按常理，成就如此，他当是满面春风，口若悬河，高蹈于闪光灯下，灯红酒绿间。其实不然，先生除了推不掉的少数社交活动和几个朋友圈聚会，一般都是在自己的书斋里，他喜欢读书。听说中年前，他读书比较杂，只要是好书，都去认真读一读。50岁以后，他认真去读的书大凡属于绘画理论与古文美文类别了。因为喜欢读书，他积淀了深厚的文学艺术素养，也因为喜欢思索，他很明了艺术的来程和现状。当然，对每一个读书人说来，林经文先生的读书方法，揭示了只是喜欢读书还远远不够，更重要的是要养成善于读书、善于思索的习惯，只有这样，我们才能最大程度上从浩如烟波的书籍中汲取丰富的文化养分，提高自己的艺术修养，创作出社会认可、自己满意的作品，完成艺术蜕变，成就所处的时代与自我的人生。

2018年5月4日

情溢于中华表于外

——认识阎仲雄先生

屈指算来，了解阎仲雄先生在艺术界的成就已是十几年前的事情了。先生是第五届中国工艺美术大师、甘肃省人民政府文史研究馆馆员、工艺美术国家级评委、雕塑专业委员会会员、中国根艺美术协会理事、甘肃省工艺美术特级大师，甘肃省工艺美术协会名誉会长、甘肃省黄河石协会名誉会长、中国秦腔博物馆首席鉴定专家。当时我很吃惊，先生有这么多头衔啊！

我刚刚认识他的时候，曾经和几个书画圈子的朋友议论：科班出身的大学生多了去了，大学美术系油画专业的阎仲雄先生，靠什么在短暂的四十多年的时间里，在油画、国画、书法、雕塑，以及甘肃秦腔耿派脸谱的绘制、秦腔帽子、山石、树桩盆景的制作等方面达到了这么高的水平，形成了独到的艺术专长？和先生接触久了，慢慢地感悟到阎仲雄先生的内心和为人：先生是一个内在极为丰富，极具艺术想象力与创作力的人。

神凝于内　风雨无憾

记得起初，和先生认识时间不久，他一边指着自己的耳朵，一边用家乡话给我说，耳朵有点“背”，即有点失聪。故此我每每和他说话时，便提高音量，怕他听不清楚。毕竟性格使然，说不上几句，不觉之中我便低下声来，看到他脸上的茫然，又赶紧提高声音，反反复复，真的有些累。

有次外出书画交流，在火车上，一个画家朋友拉着我去和阎老师聊画。那时我们乘坐的是普通列车，耳旁一片嘈杂声，我心里直犯嘀咕，怎么交谈呢？他能听清楚吗？迫于朋友的热情，还有途中的寂寞，我抱着试一试的想法走了过去。谁知道，就在那狭窄嘈杂的车厢内，先生为我们详细地讲了他对西画与国画画理的独特见解和他引人入胜的创作经验。他一面认真回答我们的问题，一面从手机中调出他的新作照片，还有大量的绘画资料，让我们逐一去解读。他思路清晰，语言流畅，绝无闲时聊艺术外时的懵懂和茫然。那时，我突然明白了，先生并不失聪。所谓的耳背，正是他排除俗事杂念干扰的妙招啊！我由此想起十年前，九十多岁的父亲，不爱听人们的唠叨，也经常说自己耳背了，面对来人多是闭目养神。可是一次，我却看到，3岁多的小重孙藏在客厅远处沙发后面小声说："太爷爷跟我玩。"父亲马上答应，拿着布娃娃走了过去。他也是选择性地听人们说话。

后来，我进而知道，阎仲雄先生当年在家乡临洮上中小学时就有艺术特长，学校安排他到毛泽东思想宣传队，这里可是阶级斗争的前线啊，对当时复杂而险恶的政治环境，他兴许也是这样回避的。上大学时，遇到可能干扰专业学习的乱七八糟的事情，他可能也是这样回避的。参加工作后，面对物欲横流的社会和市场，面对各领风骚十几天的艺术界和大师们，他更是用这个办法来回避，把时间和精力集中起来，凝神于自己的艺术修养与创作，任它香风迷雾，杂言闲语，一样回答："我有点耳背。"

心游于艺　痴心如初

许多人纳闷阎仲雄先生是如何从油画出身，转入国画，融入书法，又步入雕塑，最后不时在戏剧脸谱上作研究，出作品的。虽说艺术皆可旁通，但毕竟隔行如隔山。西画与国画本就有巨大的差异，更何况雕塑！其实，知道了先生的身世，我们就不难理解，他是如何走上艺术杂家之路的。阎仲雄先生出生在陇上被誉为"文化之乡"的临洮。先生的太爷爷曾为四品官员，自后他的爷爷、父亲都是读书人出身，他的家原本就是当地望族。而且几辈人都喜欢书画，爱好翰墨。他的太奶奶也出身书香门第，多年亲自抚养她的小曾孙，朝夕以《弟子规》《三字经》为课，开启智力，为他一生打下睿智的基础。他的爷爷，特别是他的父亲，一直支持、鼓励他从幼年到青年时代读书，练字，学画画。他的外爷爷终生从事盆景制作，与他们同家居住的舅舅，也是一位职业画家。在渊源家学和浓郁艺术氛围熏陶下，先生从喜好书画，到学习绘画走过了漫长的探索艺术之路。阎仲雄先生的绘画起初完全是靠自己琢磨，反复临摹《芥子园画谱》，以此起步。自少年起，他即避开了尔虞我诈的斗争漩涡，挤时间学习绘画理论、绘画基础，雕心镂意，刻苦自律，义无反顾地走上了艺术之路。照他的话来说：在那个年代，多是画农业学大寨、工业学大庆、领袖像之类的宣传画，而且基本上都是油漆画。就在这样的条件下，他用极其简陋的工具，画出了众多人物鲜活的宣传画，把巨幅油漆画从临洮画到了康乐。当时一个科班出身的宣传干部看到他的画作后，专门托人给他捎话：素描基础扎实，色彩感觉好。他就是这样一笔笔、一幅幅地靠自己的创作走向企业，走向社会，也正是依靠扎实的素描基础和良好的色彩感觉，他顺利考入大学，进入美术系。先生的雕塑创作，起步于工作后，抽调参加汪兴中、罗代奎等人的雕塑小组，创作阶级教育展览馆矿工组像。随后又参加了何鄂等人组成的雕塑小组，创作出华林坪烈士陵园群雕，从此一发不可收，终身营营，完成了许多著名雕塑作品，形成了自己独特的雕塑风格。先生的盆景制作，完全有别于其他人的创作之路。他最初是受他外爷的影响，自幼在众多的盆景中嬉戏成长，耳濡目染，手触心思，一棵盆景艺术之籽早早地种植于他的幼小心灵中，一眠就是几十年。当他的绘画、书法及雕塑创作初具规模时，在一个偶然的机会，看到兰州黄河边人们踩踏倒的红柳（柽柳），引出了他制作盆景的冲动，多年的盆景艺术之芽破土而出。回到家中，先生便动工具，绘草图，朝夕琢磨，时时思索，制作出一盆盆古姿天然的盆景，成为柽柳盆景制作第一人。至于先生的秦腔脸谱和秦腔帽子制作技艺，更是得益于他的父亲。他的父亲原本就是临洮秦腔票友，善于演唱流行于兰州、临洮一代的耿派秦腔，爱好收藏耿派艺术脸谱，喜欢制作耿派艺术帽子。家学传授，加之先生的艺术修养，他制作的耿派秦腔戏剧帽子和绘制的秦腔耿派艺术脸谱别具神韵，广受赞誉。经过多年的准备，他决定出版《秦腔耿派艺术脸谱》，为秦腔耿派艺术的传承留下一笔财富。仿佛一切都是那么顺理成章，一切都是那么水到渠成，但是我们可以去想，先生所从事的这些艺术门类，要想入门，哪一门都要花费大量的时间和心血，何况每一门都达到如此高的造诣。他能达到这一步，除了卓越的艺术天分、厚实的家学传承，更重要的应该是他的勤奋，还有他心无旁骛的执着。

志存于道　童趣萌然

读过一些阎仲雄先生写的艺术理论，我经常作如是想：正是由于他善于用艺术理论指导自己的艺术创作，就有了他优于别家的创作成果。就是一门根艺，他经过多年创作实践，总结道："绘画是以形传神，而树根艺术有别于绘画，是因神造形。为什么说它是因神造形呢？因为在树根艺术作品创作过程中，作者在观察发现根艺形象时，首先发现的是神似，因为在神似的基础上必须经过作者的再创造，这种再创造就是经过剪裁，去伪存真的过程，适当雕琢，是进一步完美形象的过程和更加传神的过程。根艺作品给观者的第一感觉是用树根做的，第二感觉是神似，并不像油画要求物象的质感，这就是根艺作品本身存在的似与不似和贵在神似的长处，这就要求作者很好地发现它、利用它。"同时他还总结出：根艺与雕塑的共性和个性、树根艺术作品中的节奏感、文学艺术素养与命名等根艺几大特性。正是由于他如此苦苦求索，精心感悟，他在书画作品饮誉三陇的时光里，创作出了柽柳作品——微型十八罗汉，受到艺术界的广泛关注与赞扬。

阎仲雄先生的艺术之旅，从大学时攻读的油画，扩展到国画、书法，再扩展到戏剧脸谱，又扩展到柽柳盆景，他用大半生的精力跋涉在漫长的艺术道路上。先生对所涉猎的众多艺术门类，不仅仅是浅尝辄止，达到创作水平即歇足，而是不断去追本溯源，力图从其发展过程中寻求规律，从自己的创作实践里总结经验。先生做学问，极为用心。一天，几位画家在一起聊创作，有人问道："阎老师，用哪种画法更能画出虾的动感？"先生便从齐白石画虾说起，说到几位近人画虾，讲出创作中各自的不同特点，也讲出创作中各自的相同之处，以及他对别家画法的理解和感悟。到后来，他讲到，画家对生活的体验，对描绘对象的观察是最为重要的。对此，在甘肃书画圈子中流传着他画虾的故事：先生一段时间常去兰州雁滩公园水池边，看一个中年人钓虾，仔细地观察人家放在玻璃瓶里活蹦乱跳的虾。有次看得出神了，便提出要买几只虾带回去。钓虾人看他是个厚道真诚的长者，边给他装虾边说：“不要钱，您拿回去玩好了。”此后，他一有时间便在书房里，坐在鱼缸前看那几只虾。经过长时间观察，阎仲雄先生即辨出了北方虾与南方虾肢体的差异，也找到了河虾纵身一跃时的那种力度和群虾聚散时各自的姿态。数十天后，他带着一幅虾钳交横、虾身透明、虾须轻盈、墨香淋漓的作品——《虾戏》，赠予钓虾人。钓虾人吃惊之余，才知道天天在他身边看虾的竟然是大画家阎仲雄先生。先生画虾时如此心无旁骛，凝神于虾，自有画虾心得。然而他不论入什么门，都是这样屏声静气，心游于兹，不及其他。他从老家临洮带回来旧砖残瓦，从外地带回来山石岩板，一个人在家里忙个不停：把残砖磨成了带底座的盆儿，把山石累出了重叠的山峦，再栽上几丛菖蒲，养活几坡苔花，顿时，一处峰岭叠翠，林木苍茫，积水空明的盆景出现在那里，足见先生胸中自有丘壑，让来人望去不由得叹息那些林泉之约来。

先生处世，更是自有规矩。记得有次，一个与他素不相识的书画爱好者，从别人手里买到一幅没有加盖印章的阎仲雄的国画作品，十分喜爱，便去先生的作品专卖店，准备按书画圈惯例：花钱加盖印章。先生看过后，觉得不满意，便认真创作了一幅同样尺幅、同样题材，且自己满意的作品，分文不受，交给来人。来人大喜过望，同行者及观众颇多感戴。说起这件事，先生回答很平静：“我从来不把不满意的作品送到社会上，对得起买画的人，对得起收藏画的人，就是对得起自己。”

此类事情颇多，多的只是流传在圈子同仁的笑谈里，留存在人们的口传中。也是因为这样，阎仲雄先生在完成众多门类艺术创作的同时也完成了自己内心的修炼，成为一名德艺双馨的艺术杂家。

2018 年 5 月 6 日

亮在我心中的那盏读书灯

——记我的父亲

我年轻时，睡眠就比较少，过了50岁，“夜夜无眠更漏残”，失眠更是常态了。朋友们看到我夜半的诗作，好奇地说道：“我家那位一失眠就生气，摔门拍桌子，闹得家里鸡犬不宁。你却在凌晨写出悠然自得的诗来。”我答道：“生什么气呀？失眠是我家的家传。”

父亲也是年轻时常失眠，我很小时候，半夜醒来起夜，经常看到他躺在床前看书，心里想他干吗老看书，这么晚也不睡觉。成年后我慢慢明白，他那是失眠呢。经历半生，我慢慢知道失眠的人多是思想有压力。

明代中期，我的祖上从陕西迁来，几经转折，最终定居在河州北乡。祖祖辈辈都是耕田种地的农民，到了祖父辈，爷爷出外经商，家境稍有些宽裕，便送父亲去读书。他从入村上私塾到考进爱莲中学，最后毕业于西北师范，居然成了当时当地最高学历的新文化人。现在看来，他出生、生活在那个时代，偏又是读书人，天生就是悲剧性的一代。那个时代的大西北农村，感受不到中原轰轰烈烈的政治军事争斗，没有条件融入那场改变中国命运的大变革中。父亲自幼热爱劳动，懂事后勤奋学习，后来努力工作。他一生到头也只能是一个能力不低工资低，普普通通，多灾多难的小学教师。

多少年来，我望着耄耋之年的父亲，经常想，不管人最初从哪里来，最后要到哪里去，如果一个人去世还有另一个世界，在那里还能够遇到自己逝去的亲人，父亲见到那边的爷爷奶奶，汇报起我们家这些年的变迁，他应该是我们整个家族，乃至河州北乡最理直气壮的一个人。因为，身为一个极其普通的教师，他却完成了当年我的家乡其他人很难完成的大事：一个人完成了担负他母亲的生活和弟弟妹妹成长的重任。

1949年初，爷爷去世时，两个比父亲年纪大的姑姑已经出嫁，留下了孤零零的奶奶和两个尚未成年的叔叔，还有一个小姑姑。虽然父亲在外面工作，但身后是一个人口多、收入少的小家庭：没有工作的母亲和我们兄妹四人。我爷爷去世后，他作为长子，就毅然担起整个大家庭的重担。在他的努力下，我的二叔读完大学，进修北京师范学院，留职西北师大。三叔也来到父亲工作的地方读书，后来师范毕业，回家乡教书。最后小姑姑也来到我家，读完师范，也留在我们生活的地方工作。他身后的三个弟妹不但都完成了学业，而且都参加了工作。当时父亲在藏民小学教学，兄妹四人都是教师。在那个艰苦年代，一时间乡间，人人羡慕，传为佳话。

当然，这些只是后来的好结果。其间的艰辛，却是现在的人们难以想象的。父亲的工资不高，在藏族聚居区，许多生活用品要从内地运输过来，物价比较高。父亲每月的工资，仅能勉强维持我们一家六口人的生活。爷爷去世后，他的肩上还负担着老家奶奶、叔叔、姑姑四个人的部分生活费用，特别是叔叔、姑姑上学的费用。后来，父亲从老家把奶奶接到我们家里，和我们一起生活。在那段日子里，父亲勤勤恳恳地工作，母亲精打细算地筹划，一家人凭着父亲微薄的薪水，加上母亲时不时去被服厂加班，去市面上接一些衣服制作零活，挣点微薄的手工费，挣扎着勉勉强强地度过了十多年艰难日子。

我那个时候年龄小，不懂事，经常在夜半听到父母亲商量家务事情时的絮语和不断夹杂着的叹息，猜想他们在愁什么呢？是家里好久没有吃肉饭了吧？又想，邻居家小伙伴们说，他们也很少吃肉饭；是我和哥哥、妹妹过年没有新衣服吧？再说，身边好多同学冬天只穿单球鞋，脚冻得都是冻疮，我们还有母亲缝的小棉鞋呢。我小时候，家里从来不准备早餐，早上上学时连一个馒头都没有，多的时间都是在空腹中度过的。在学校里，我很羡慕那些书包里藏着馒头的同学，特别是一个每天带着油炸麻花、高高地举着在大家面前边吃边炫耀的同学。后来我们长大了，才知道，父母亲经常发愁的多是接到老家来信，那里数口人口粮断绝了；或者朋友们捎话来，两个叔叔在学校里受不住饥饿，借了别人的钱等。对那时的许多事情，我现在都淡忘了，只记得那些年，父母亲经常去找在粮站上班的一个老乡，从他那里偶尔可以买到抖面袋子收集来的掺杂着灰尘的面粉。母亲更是为全家人的吃饭操碎了心，每年去遥远的种子场搞秋收：捡拾遗漏在地里的麦穗，搜寻残留在地里的洋芋，顺路捋一些可以掺到面粉里填肚皮的草籽，回来补贴家里生活。前几年，我的女儿曾经问道："奶奶为什么不爱吃蘑菇？"我给她讲了生活困难的年代，奶奶用采集来的野蘑菇熬汤充饥，中毒后又吐又泻，伤了身体，遭了好几年罪的往事。确实，在那些日子里，我们几乎把大夏河边能吃的野菜、草籽都吃遍了。

父亲是个读书人，受过传统文化教育，他的为人处世都是以渗透到骨子里的儒家思想道德为准则。父亲一生谨谨慎慎地处世，勤勤恳恳地工作，厚厚道道地待人。因为是典型的读书人，父亲一辈子洁身自好。20 世纪 50 年代，他被抽去搞"社会主义改造"，独自保管没收土官头人的财产，其中有许多进口手表整袋子装着，并没有数字，有人问："都是些什么表？"他只是淡淡地说："大罗马，还有瓦斯针。"但是他前半辈子都没有手表，恢复公职后，我们子女们都工作了，父亲才买了一块国产上海表，一直戴到去世。那是一个不堪回首的年代啊，父亲因为生活所迫，也做过一次违心的事情。直到晚年，提起来这件事情，他心里还觉得对不起国家：在那场大饥荒中，他被派往大夏河畔的磨坊负责救灾面粉加工，放心不下老家奶奶和弟妹，便央求学生家长收集些扫磨坊的剩面，藏起来，然后夜晚他自己用自行车驮回老家，再骑车连夜返回。往返近两百里路程，天亮时分必须回到工作单位，父亲是个农家子弟，天生就能吃苦耐劳，但这哪里是一般人能够吃得了的苦啊！他却先后跑了几趟。每次回来，望着满脸疲惫的父亲，母亲只是悄悄地咽下了泪水。

父亲是个读书人，他的为人处世就是克己厚人，对得起自己的修养，对得起自己的良心。平日里，他用比别人多数倍的努力去干工作，甚至不休息，常加班。就是偶尔找个借口休息几天，都是他从来没有去想过的事情，别人劝他也没有用。我记得小时候，他经常骑马到草原牧民部落下乡，很久很久才回来，许多他下乡时结识的房东、村干部都成了父亲的朋友或我们家的客人。他在工作期间，基本没有去过医院，更不要说打针住院了。他八十岁时患胆结石，第一次住院，输液前做皮试，糊里糊涂地问做皮试的护士："针在胳膊上打，还是在屁股上打？"惹得护士笑了："皮试怎么在屁股上做？"以为是哪个深山老林里没有见过医生的老汉，谁能想到他是享受了一辈子公费医疗的退休干部啊。

他是个读书人，自尊心强而且生性豁达，在外面，始终是一脸谦和。但是在那个年代，谁又会给一个知识分子自尊呢？一直到了"文化大革命"，我才知道由于物质短缺带来的生活艰辛只是其次，我们家中藏着一个对我们孩子们来说是天大的秘密：我的父亲是国民党员。因此父母亲多少年来一直生活在巨大的恐惧之中。

当年，父亲师范毕业，随爷爷去藏族聚居区经商。在那小小的烟草市场里出现一个读过师范的青年人是很显眼的，没多久，他被当地的县政府发现，做了一个小职员。随即便解放了，二十几岁的青年，又有知识，就被人民政府留用，按专业当了教师，后来因为藏族话讲得好，又调到县政府。听父亲多次讲，1949 年前，临夏、甘南地方糜烂，土匪横行，军阀残暴，民不聊生。对于全国解放，共产党执政，父亲打心眼赞成，从心里拥护，感到新社会确实是一个政治清明的社会。但是，父亲在读中学的年代，不知道什么时候，班长填了一张登记表，全班学生集体入了国民党。1949 年后，他兢兢业业地工作，却始终背负着那个抹不去的历史污点。所以，他一生没有机会提升，很少有机会加薪，虽然几度在草原上一两个人办学，培养出了许多当地领导干部。但在特殊年代，这事儿就成了过不去的坎。因为，父亲既是留用人员，他的档案里存放着曾经是国民党员的外调材料；而且，1949 年前，和他一起在国民党政府谋事的其他两个年纪较大留用人员都已先后被逮捕，死在了牢中。

那个年代，父亲忍受着一遍又一遍的精神折磨和摧残：他一次又一次战战兢兢地度过命运之关，一次又一次地交代是当年他们班长用花名册将全班同学报为国民党员的历史问题。组织上反复调查的结果也是：在中学上学期间，集体加入国民党。没有个人申请，没有交纳过党费，甚至没有个人的任何签字，只是一张别人代填的国民党员登记表。即便是这样，父亲还是一次次地交代。经过了多少次甄别结论后，我们全家人依然小心翼翼地生活在恐惧气氛中。终于，更残酷的斗争在“文化大革命”中开始了，父亲被关入“牛棚”，并强制劳动改造。我清楚地记得，那段日子里，父亲没有工资，我们一家人的生活失去了依靠。在一个阴沉黑暗的夜晚，他把我和哥哥叫到昏暗的灯下，给我们口授，并书写与他划清界限的大字报。才十三岁的我们不清楚要发生什么事情。现在想来，父亲可能感觉到这次他过不了这个难关，只好想出这条苦肉计，用最后的挣扎保护我们，让自己的孩子们不要受到政治牵连。这些苦心有什么用呢？数月后，收到一张开除公职的通知，我们全家被遣返原籍。万念俱灰的父亲揣着这张组织结论，带着我们一家人恓恓惶惶地回到了离别二十多年的故乡。

家乡的乡亲们用世界上最大的朴实和厚道接纳了我们一家，仿佛是接纳倦归的游子。父母亲参加生产队集体劳动，哥哥给队上放羊，我和两个妹妹在公社附近学校读书。虽然，长期口粮奇缺，早晚作燃料的柴火奇缺，让父母亲时时“把肋巴当算盘打”一般想方设法。但没有了政治上的歧视、思想上的恐惧，一切归于平静，我们一家人长长地舒了一口气，仿佛过上了幸福的生活。直到落实政策，父亲回到甘南草原，尽心尽力地工作到退休。

父亲一生经历了无数磨难，身体却很是健康，心里更是特别安逸。他活了 90 多岁，退休后的 30 多年时间，他很少和人们说起一生中遭受过的磨难，也绝不提他关键时刻，曾经帮助安葬过那个在政治上坑害过他的人。他最大的爱好，就是喜欢和孙子，还有重孙子玩耍，一副慈祥的样子。除外，多难的生活留给他唯一的纪念是伴随了他一生的失眠，直到临去世，他犹自在别人的鼾睡中翻看陪伴了一生的文学书籍。

父亲去世好几年了，闭上眼睛，我仿佛还能看到那盏深夜里照亮书籍的小灯。

2018 年 11 月 27 日

古代传统文人的情怀

中国古代文学是古代文人各种思想情感相互交织，以不同的方式表达凝结着传统思想的文学体系。我们读古文，不论文章还是诗词赋曲，都能感觉到其中蕴含着的传统文人浓郁的思想情感，感受到其中承载着的历代文人丰富的文人情怀，即他们的梦与情。

中国历史上的传统文人，自从拿起启蒙读物，儒家经世致用思想便开始扎根在他们的心中。随着学识的不断提高，华夏文化便在他们的灵魂中深深地烙上了以忠君报国为主线的传统文人印记。自然，随着身世的不断变化，生活阅历的不断积累，除了忠君报国、经世致用这一主线，他们身上也会产生和经世致用相类，抑或相悖的想法来，从而构成了多重的性格，形成丰满的思想。

首先，中国古代传统文人的思想主线一定是经世致用、忠君报国。学了那么多先贤的著作，读了那么多儒家的经典，热血奋涌的读书人就会从书本中回望历史，环视当下，终将作出一个试图改变一生数世的决策：投笔从戎，驰骋沙场。这就是传统文人的第一个梦：文人的功名梦。

古代传统文人的功名梦的实现最早出现在三代之间。相传老书生姜子牙大半生怀才不遇，70多岁时尚在渭水之滨的磻溪垂钓，却碰到求贤若渴的周文王，从此辅佐武王伐纣，建立了周朝，成为西周王朝的开国元勋，封为“太师”，被后人尊为杰出的韬略家、军事家与政治家。面对南宋朝廷岌岌可危的形势，词人文及翁在《贺新郎·西湖》里犹自叹息道：“余生自负澄清志。更有谁、磻溪未遇，傅岩未起。”以姜子牙为榜样，呼唤文人有际遇，力挽狂澜。也冲着姜子牙的丰功伟业，发一声报国无门的叹息。

在百家争鸣的春秋战国时期，最先实现文人功名梦的应该是百里奚，他作为战俘被秦穆公用五张黑羊皮从市井之中换回，入秦做大夫，在主持秦国国政期间，百里奚“谋无不当，举必有功”，辅佐秦穆公倡导文明教化，实行“重施于民”的政策，让人民得到更多的好处，并内修国政，外图霸业，拓地千里，称霸西戎，统一了今甘肃、宁夏等地区，开始了秦国的崛起。使秦穆公称霸春秋，为秦国最终统一中国奠定了牢固基础，成为秦穆公时的贤臣和著名的政治家、思想家。当然，这一时期，许多文人，如张仪、苏秦之辈，吴起、赵奢之流，义无反顾地投身到以“纵横”与“连横”为形势的战国政治军事争斗之中，成为主导各国形势的政治家、军事家，而名垂史册。唐代诗人周昙在《春秋战国门》诗中对百里奚吟道：“船骥由来是股肱，在虞虞灭在秦兴。裁量何异刀将尺，只系用之能不能。”

最为有名的文人功名梦发生在汉代。韩国贵族子弟张良自从毁家纾难，为韩国报仇，行刺秦始皇起，便卷入波澜壮阔的楚汉之争，他表现出政治远见和高超谋略，如设计击败秦军，劝谏刘邦撤出秦宫，争取黥布、彭越，笼络韩信，进而灭楚等。刘邦称帝后，他建议封赏与刘邦有宿怨的雍齿，从而安定人心，加强内部团结，力劝刘邦把首都从洛阳迁往长安等。他成为刘邦智囊团中的核心人物，刘邦对他则言听计从。刘邦对他的评价是“运筹策帷帐之中，决胜于千里之外”，此句也成了对古今高明军师的最高赞誉。历代文人对此更是仰慕至极，卢思道吟道：“留侯倜傥，志怀愤惋。五代相韩，一朝归汉。”温庭筠吟道：“留侯功业何容易，一卷兵书作帝师。”李白吟道：“留侯将绮里，出处未云殊。”杜甫也吟道：“关中既留萧丞相，幕下复用张子房。”

还有身为官府小吏的班超，他博览群书，是个身体力行的干才，而且为人有大志，不修细节，但内心孝敬恭谨，审察事理。认为大丈夫要有远大志向，应该建功立业，得以封侯。他曾经叹息：“大丈夫应当像张骞那样到塞外去立功，怎么能老死在书房里呢！”因此，他投笔从戎，随窦固出击北匈奴，又奉命出使西域，在30多年的时间里，平定了西域

50 多个国家，为西域回归、促进民族融合，做出了巨大贡献，被封为定远侯，成为东汉时期著名军事家、外交家。班超的成功极大地鼓舞了后世文人，从此，投笔从戎也成了传统文人走出书斋，奔赴沙场，博取功名的代名词。直到唐代，诗人李贺还写下《南国》诗来诉说着这种投笔从戎的情思："男儿何不带吴钩，收取关山五十州。请君暂上凌烟阁，若个书生万户侯？"

更有隆中三请而出世的文人诸葛亮，辅佐刘备，对促成孙刘联盟和建立蜀汉政权起到了决定性作用。刘备死后，他受封武乡侯，辅佐刘禅，成为蜀汉政治、军事上的实际领导者。他先后五次率军北伐曹魏，死后追谥为忠武侯。诸葛亮一生"鞠躬尽瘁、死而后已"，是中国传统文化里忠臣与智者之代表。后世文人极为仰慕，歌颂之声千载不绝。杜甫作诗道："诸葛大名垂宇宙，宗臣遗像肃清高。三分割据纡筹策，万古云霄一羽毛。伯仲之间见伊吕，指挥若定失萧曹。运移汉祚终难复，志决身歼军务劳。"苏轼赞道："密如神鬼，疾如风雷。进不可当，退不可追。昼不可攻，夜不可袭。多不可敌，少不可欺。前后应会，左右指挥。移五行之性，变四时之令。人也？神也？仙也？吾不知之，真卧龙也！"曾国藩写道："公以丞相而兼元帅，凡宫中府中以及营中之事，无不兼综，举郭、费、董三人治宫中之事，举向宠治营中之事，殆皆指留守成都者言之。其府中之事，则公所自治，百司庶政，皆公在军中亲为裁决焉。"

从此一发不可收。到了南北朝，中原地区有了王猛。他协助苻坚，振兴前秦王朝，诛除暴君，平定内乱，打击豪强，发展民生，增强国力，统一北方，将事业与个人名气提升到空前的境地。《晋书·王猛传》写道："猛宰政公平，流放尸素，拔幽滞，显贤才，外修兵革，内崇儒学，劝课农桑，教以廉耻，无罪而不刑，无才而不任。坚尝从容谓猛曰：'卿夙夜匪懈，忧勤万机，若文王得太公，吾将优游以卒岁。'"而在南朝，南奔贵族子弟中出现了优秀的政治家王导、谢安。他们先后主持朝政，任用北方士族士子，联络南方士族作辅助，建立巩固了东晋王朝。在王导执政期间，他调解北方士族与南方士族之间、王氏与司马氏之间的矛盾，使之处于相对平衡的状态，保持住了朝廷的稳定与发展，使朝野人心安定，经济逐步繁荣。谢安也是由于超人的声誉和出色的政治才能被推为宰相，谢家子弟等人也各领强兵遍布方镇。而他从容调度，东晋军队八万北府兵在淝水之战中击败前秦入侵的八十万大军，取得了巨大的胜利，开创了东晋王朝和谢家家族最为辉煌和最为荣耀的时期。到了唐代，李白赋诗赞永王东巡时犹比作谢安："但用东山谢安石，为君谈笑静胡沙。"

文人投笔从戎，封侯封王者代代有之，忠君报国，光宗耀祖成了读书人的终身的梦想。唐代裴度为唐贞元间进士，任御史中丞。他支持宪宗削藩，旋为相。后亲自出镇，督统诸将平定淮西之乱，以功封晋国公，世称"裴晋公"。此后历仕穆宗、敬宗、文宗三朝，数度出镇拜相。裴度坚持正道，辅佐宪宗实现"元和中兴"。为将相二十余年，荐引李德裕、李宗闵、韩愈等名士，重用李光颜、李愬等名将，还保护刘禹锡等人。史称其"出入中外，以身系国之安危、时之轻重者二十年"。宪宗为嘉奖裴度平定淮西，下诏加其为金紫光禄大夫、弘文馆大学士，赐勋上柱国，封晋国公，又诏韩愈撰《平淮西碑》，以示纪念。文宗在裴度去世后下诏追赠为太傅，谥号文忠。功德双辉，为后世敬仰。

更有明朝王守仁，数平内乱，折节悟道，修养敦厚，功勋盖世，成为大明功臣。《明史·王阳明传》赞曰："始以直节著。比任疆事，提弱卒，从诸书生扫积年逋寇，平定孽藩。终明之世，文臣用兵制胜，未有如守仁者也。当危疑之际，神明愈定，智虑无遗，虽由天资高，其亦有得于中者欤。"

以至到了清代，曾国藩、李鸿章、左宗棠均是书生出身，一旦起用，终能提卒百万，跨疆数省，平定叛乱，治理朝野，成为清代中兴名臣和文人楷模。

这些文人对个人理想的成功追求，使得他们用自己的一生实现了学以致用、忠君报国的抱负，达到了开边封侯、名垂后世的梦想，他们本身成为后世千百万读书人群起效仿的榜样，他们的业绩也就成为千百万篇文章反复吟唱的主题。

古代传统文人的第二个梦想却是隐逸梦。功成名就，列土封侯固然是历代文人终身追求的梦想，但是宦海浪急，仕途险恶，却是许多文人望而却步的事情。何况，儒家创始人孔子说过“邦有道则仕，邦无道则隐”；孟子也说过“穷则独善其身，达则兼济天下”。文人得意时仕，失意时隐，自古而然。因此，在漫长的中国古代历史上，出现了许许多多的隐士，以及由此延伸出来的隐逸文化。

最早的隐士记载于上古时期，帝尧遍访圣贤，想将天下让给比自己更有智慧的人来治理。他访到一个隐士许由，恳切地要将天下让他。许由不仅借故逃走，并以听到此话为可耻，觉得两耳受了污染，便去颍水洗耳，遇到隐居树上的另一位隐士巢父正牵牛犊到河边饮水。巢父得知许由洗耳之由，说道：“这个都是你自己不好，你果然诚心避世，何不深藏起来呢？现在你的两耳已经污浊了，洗过的水也是污浊的，我这只洁净的牛犊，不来饮你污浊的水。”说着，竟把牛犊牵到上游去饮水。后来有人赋诗歌颂道：“裴相功名冠四朝，许浑身世落渔樵，若论风月江山主，丁卯桥应胜午桥。”道出了隐逸之士的闲雅与高尚。

最著名的隐士生活在商朝后期，孤竹国君有两个儿子，长子伯夷，幼子叔齐。孤竹君生前有意立叔齐为嗣子，继承他的事业。孤竹国君薨后，按当时社会常礼，长子应该即位。但伯夷却说：“应该尊重父亲生前的遗愿让位于叔齐。”于是他放弃自己继承王位的权力，逃到孤竹国外。大家又推举叔齐作国君。叔齐说：“我若继承王位，既破坏了礼制，又于兄弟不恭。”也逃到孤竹国外，国人只好立中子继承了王位。叔齐和他的长兄巧遇在赶往西岐的考察途中。两人走到孟津，正赶上武王伐商。兄弟二人不畏强暴，上前拉住武王马缰说：“你父亲死了不在家守孝，还大动干戈，这能称得上孝道吗？你作为商朝的臣民，前去弑杀自己的君主，这能算得上仁义吗？”……武王伐商功成，伯夷叔齐隐居求志，不与武周为伍，谢绝周武王的封赏和高官厚禄。兄弟俩采薇而食，直到饿死首阳山。伯夷、叔齐耻食周粟，独行其志，饿死首阳山的事情，在全国产生了广泛的影响。后代许多著名思想家、政治家、史学家、艺术家、文人学者、帝王将相纷纷以各种形式歌颂、褒扬伯夷、叔齐。

西汉初的“商山四皓”，策应留侯，辅佐太子，瞬息一现，便打消了刘邦废太子的想法，让后来的人们想象商山四皓隐逸身份是何等的高尚，隐士的影响是何等的深沉。以至后来的开国重臣张良，功成名就，封为留侯后便不理朝事，不交朝臣，悄然隐于朝中，安然度过晚年。还有严光，拒绝了汉武帝的亲自征召和封赏，而隐居富春江。范仲淹《严先生祠堂记》中说："云山苍苍，江水泱泱。先生之风，山高水长。"在他看来，严光之德崇高如山、悠长如水。

随之而来的有东汉末年的"竹林七贤"，饮酒赋诗，放浪形骸，俨然是大隐隐于市的隐士们。在那个时期达到最高境界的当然是陶渊明了，年轻时的他本有"大济于苍生"之志，可是，在国家濒临崩溃的动乱年月里，陶渊明的一腔抱负根本无法实现。加之他性格耿直，清明廉正，不愿卑躬屈膝攀附权贵，因而和污浊黑暗的现实社会发生了尖锐的矛盾，产生了格格不入的感觉。为了生存，陶渊明最初做过州里的小官，可他看不惯官场上的恶劣风气，不久便辞职回了家。后来，为了生活，他还陆续做过一些地位不高的官，过着时隐时仕的生活。陶渊明最后一次做官，是义熙元年。那一年，已过"不惑之年"的陶渊明在朋友的劝说下，再次出任彭泽县令。有一次，上面派督邮来了解情况。有人告诉陶渊明说："那是上面下来的人，应当穿戴整齐、恭恭敬敬地去迎接。"陶渊明听后，不愿为五斗米折腰，就辞掉官职，回家务农去了。陶渊明当彭泽县令，不过八十多天。他这次弃职而去，便永远脱离了官场。此后，他一面读书为文，一面参加农业劳动。后来由于农田不断受灾，房屋又被火烧，家境越来越恶化。但他始终不愿再为官受禄，甚至连江州刺史送来的米和肉也坚拒不受。朝廷曾征召他任著作郎，也被他断然拒绝，最后在贫病交加中离开人世。他原本可以活得舒适些，至少衣食不愁，但那要以付出人格和气节为代价。陶渊明因隐于野，而获得了心灵的自由，获得了人格的尊严，写出了一代文风并流传百世的诗文，在为后人留下宝贵文学财富的同时，也留下了弥足珍贵的精神财富。他因"不为五斗米折腰"的高风亮节，成为中国后代有志之士的楷模。

隐士生涯从此成为中国文人崇尚的一种高雅生活方式，一种许多得意文人身体力行的高雅生活方式，一种就算是沉醉在功名利禄之中的官僚文人也不得不用来说给别人听，说给自己听的一段心灵深处的向往。在唐朝，王维赋诗作画，隐于辋川；张志和烟波垂钓，隐于江湖。到了宋朝，林逋梅妻鹤子，隐于孤山；元代吴镇画竹画梅，隐于魏塘。前赴后继，不绝如缕，一直到近代。

中国古代传统文人的第三个梦想，就是希冀自己得道成仙的神仙梦。

最早的文人神仙梦起于春秋战国时，兴许是惨烈的战争见得多了，生命瞬息消亡的短暂见得多了，那时的人们，企图逃出红尘，寻求解脱。特别是对人生、对社会思索比较多的文化人，逐渐开始希冀并寻求一种长生不老、超然物外的生活方式，即神仙生活。神仙的身世是凡人很难达到的，据说要达到那种物质上随心所欲，能力上变化多端，而且飞升自如的境界，只有精悟道书，内心修行，而且采药炼丹，才能列入神仙的班序。

当然，也有以信奉道教来进行入世活动的：战国中期的齐国兴盛起尊崇黄帝和老子的黄老道教，由此延伸出来，西汉初年清静无为的“文景之治”；张角兄弟三人创立了太平道，由此引起席卷全国的黄巾大起义。真正作为文人躲避灾祸，伸展本领，包含一些隐逸情绪的文人神仙梦，并不是借宗教力量起兵造反，只是在自己的灵魂深处寻找一方滋润心灵的净土，在文学作品中表达一种玄妙和情思。

对此，记载最多的是以葛洪为主题的文字了。从葛洪的平生看，在那个时代，作为读书人，和别人一样在反复地出仕。不一样的是，他始终坚持自己的信念：即采药炼丹。据记载：“葛洪听闻交趾出产丹砂，自行请求出任勾漏令。经皇帝允准后，遂南行赴任，途经广州，会晤刺史邓岳。邓岳表示愿供他原料在此炼丹，葛遂决定中止赴任的行程，从此隐居于罗浮山。其间，邓岳拟任葛洪为东莞太守，葛辞不就。他在朱明洞前建南庵，修行炼丹，著书讲学。因从学者日众，又增建东西北三庵：东庵九天观、西庵黄龙观、北庵酥醪观。在山积年，优游闲养，著作不辍。”如此优雅的生活，谁能不羡慕呢？何况同样是读书人，同样生活在动荡的年代。除此之外，蓬莱八仙也是文人羡慕、描写的对象：钟离权战败遇胡僧指点，逢东华先生授长生诀。吕岩襁褓中受马祖指拨，如愿遇火龙真人传天遁剑法。韩湘在蓝关为韩愈解说前程，等等，不一而足。余风所及，从唐宋传奇，到明清小说，出现了大量的文人神仙梦的作品。

比较著名的有南朝梁任昉《述异记》中关于烂柯的记载："西晋时有个叫王质的青年，一次上山打柴，来到王乔仙洞口。王质胆大好奇，心想人家都说洞里有仙人，我何不进去看个究竟？进到洞中，看见两个小孩正在下围棋。王质素好下棋，被两位小孩精湛的棋艺给吸引住了。两位小孩好像未发现有人进洞似的，边下棋边吃大枣，有时也顺手把枣递给他吃。看完一局棋后，小孩对他说："你也该回家了。"王质俯身去拾斧子，想不到斧柄已经烂朽，只剩下铁斧头了。王质回到村里，怎么一个人也不认识了，询问自己的父母及兄弟，才知道他们已经死去一百多年了。"还有唐宋传奇中杜光庭写的《虬髯客传》、李公佐写的《南柯太守传》，聊斋志异中的《成仙》等，都在诉说古代文人的神仙梦。

唐末、五代著名道士吕岩，号纯阳子，自称回道人。世称吕祖或纯阳祖师，为民间神话故事八仙之一。他在他的词《促拍满路花》中写道："西风吹渭水，落叶满长安。茫茫尘世里，独清闲。自然炉鼎，虎绕与龙盘。九转丹砂就，一粒刀圭，便成陆地神仙，任万钉宝带貂蝉，富贵欲熏天。黄粱炊未熟，梦惊残。是非海里，直道作人难。袖手江南去，白苹红蓼，又寻湓浦庐山。"看破红尘如此，神仙生活又是何等潇洒！

还有《三生石》传说，讲的是杭州灵隐与下天竺法镜寺之间那块"三生石"的故事。唐时洛阳名士李源，绝意仕途，在惠林寺隐居，发现寺中僧人圆泽颇有文才，为人又纯正，故结为莫逆之交。闲时，两人游山玩水，追古寻幽，遣兴抒怀，常有诗词歌赋相和。有一次，两人同游峨眉山。李源本想从荆州沿三峡到峨眉山。圆泽觉得这样不好，认为从首都长安斜谷路过去更为方便。李源坚决不答应，说："我已下决心谢绝人世，更无追求仕途的欲望，岂可再提到什么京师长安呢！"圆泽沉默良久，说："行止本不由人定，那就随你所愿吧。"于是两人从荆州入四川。路过南浦时，看见一位妇女，背负瓦瓮在汲泉水。只见她外穿旧衣，身怀六甲。圆泽对李源说："她就是我要托身转世的所在。这位妇人姓王，我本该成为她的儿子，已经怀了三年了，因为我迟迟不来投胎，所以她一直做不了母亲。今天既然遇上了，看来已无法躲避。"并与李源相约："三天之后，你到我投身的家里来，那时家人正在为新生儿沐浴。我将以笑为验。还有，请你记住，十三年后，我们还会在杭州灵隐天竺相见。"三日后，李源依嘱到圆泽投胎的家里，果然，那正被沐浴着的小儿，冲着李源开嘴笑了起来。十三年后，李源依约从洛阳前往杭州，欲在灵隐天竺与圆泽相会。到葛源亭畔，只听有人在隐隐约约地叫喊他。循声望去，只见涧水对岸，有一牧童，梳着菱髻，在牛背上，唱竹枝词："三生石上旧精魂，赏月吟风不用论。惭愧故人远相访，此身虽异性长存。"李源问道："圆泽身体好吗?"牧童笑着说："你是个守信用的人！可惜尘缘未了，请你继续勤加苦修。"说完又唱道："身前身后事茫茫，欲话因缘恐断肠。吴越山川寻已遍，却回烟棹上瞿塘。"唱罢，牧童拂袖隐入烟霞而去。这是一个余味无穷的神仙旧事，给多少文人留下了无尽的想象和向往。

还有，海南历史上第一位著名诗书画家白玉蟾，12 岁应琼州童子试，考官以"织机"为题，令其赋诗，白玉蟾应声吟道："大地山河作织机，百花如锦柳如丝，虚空白处做一匹，日月双梭天外飞。"主考官认为其诗意狂妄，未予录取。其后屡试不第，科场失意。他怀才不遇，看破红尘，厌恶尘嚣污秽，慕长生久视之道，久居武夷山，自赞曰："千古蓬头跣足，一生伏气餐霞。笑指武夷山下，白云深处吾家。"道尽红尘喧嚣，仙家清雅。

除了功名梦、隐逸梦、神仙梦，古代传统文人们普遍还有第四个梦想，就是一个希冀与美女相遇的浪漫梦，即：文人的温柔梦。

文人的温柔梦多在他们的文学作品中，比较著名的有《刘阮入天台》《柳毅传书》等。《柳毅传》写落第书生柳毅路过陕西泾河，遇见洞庭龙女牧羊荒郊。龙女自述在泾河夫家备受虐待，要求柳毅传书解救，柳毅慨然允诺。龙女得救后思慕柳毅，后经许多曲折，二人终于结为美满夫妇。柳毅传书故事展现出奇异浪漫的色彩和清新俊逸的风神。

据《搜神记》与《幽明录》中记载：刘阮天台之遇是这样的：汉代剡

人刘晨、阮肇到天台山采药。天台山崇山峻岭，峰峦叠嶂，刘阮二人只管埋头采药，不觉天色已晚，忽然发现山上有桃子，就随手摘几个来充饥。他们边吃边沿山湾小溪走，看见溪中有“胡麻饭”，想溪中既有饭粒，山中必定有人家，未走多远，看见溪边有两位十分漂亮的女子。二位女子看见刘阮二人，便笑笑说：“刘、阮二郎为何来晚也?”刘阮二人被邀到家。他们走进家门，房内绛罗帐，帐角上挂着金铃，上有金银交错，还有几名婢女。进入餐桌吃饭时，有胡麻饭、山羊脯、牛肉，菜肴相当丰富，又有美酒，还有吹拉弹唱。用完饭，几个侍女捧着桃子，笑说：“二位贵婿随我来。”进房后与二位仙女结为夫妻。过了十几天，刘阮要求回乡，仙女不同意，苦苦挽留半年。第二年子规啼春时，刘阮思乡心切，又提出回乡，二位仙女终于允许他们回去，并指点回去路途。刘阮到家乡却找不到旧址，到处打听，结果在一个第七代孙子口中听到，长辈传说祖翁入山采药，因迷路不知道去了哪里，刘阮在山上半年，山下已经到了第七世，过去了几百年时间，没了老家，只得返回采药处寻妻子。结果二人仙家，也找不到妻子，就在那溪边徘徊，空怀惆怅。

唐宋以后，乐籍制度盛行，文人携妓饮酒，主人设宴，邀妓陪客，也就成了常态。不论朝廷、地方官员，还是游学文人，每每宴会，必有美女相陪。虽说是乐妓，其中不乏因犯律没入乐籍的官宦家庭的妻女，这些人大都才貌俱全。还有一部分女子，虽在乐籍，却自幼受到严格的训练，琴棋书画，样样精通，长大后成了艳名遍江湖的才女。如：薛涛、严蕊等。她们的出现，给周围文人的生活带来明显的改变，使许多读书人把自己的温柔梦从希冀偶遇仙娥，转向寻求秀内慧外的身边人。

由此出现了众多此类题材的作品：如《李娃传》。描写的是荥阳公子郑生到长安应试，在平安里与名妓李娃一见倾心，后来资财耗尽，被老鸨设计逐出。辗转入协办丧事的殡仪铺，靠唱挽歌自给。在天门街的挽歌比赛中，郑生以声情并茂的动人表演为其所在的东肆打败了西肆，却被他进京入计的父亲认出。其父以他玷辱门庭，“去其衣服，以马鞭鞭之数百”，与他断绝父子关系，弃之而去。经人搭救，郑生保住了性命，却沦为乞丐。在一个大雪之夜，郑生行乞到安邑东门，被李娃认出。经李娃调护，郑生恢复了健康，并且科举连中，登第为官，与李娃结为夫妇。李娃被封为汧国夫人，郑生也与其父和好如初。《李娃传》中郑生的遭际给人们演绎了一场书生落魄，青楼知己相救的美好故事。

苏小小是南齐时钱塘名妓，她家先世曾为东晋官，流落到钱塘后靠祖产经营，成了当地较为殷实的商人，她的父母只有她这么个女儿，苏小小十五岁时，父母谢世，于是变卖家产，带着乳母贾姨移居到城西的西泠桥畔。她们住在松柏林中的小楼里，尽情享受于山水之间。因她玲珑秀美，气韵非常，在她的车后总有许多风流倜傥的少年，苏小小也乐得和文人雅士们来往，常在她的小楼里以诗会友，她的门前总是车来车往，苏小小成了钱塘一带有名的诗妓。后来，苏小小遇到了一位温文尔雅的公子，叫阮郁，两人一见倾心，阮郁应邀到苏小小家拜访，受到特殊礼遇。苏小小从此与阮郁形影不离。可是阮郁的父亲听说他在钱塘整日与妓混在一起，非常生气，把他逼回了建业。苏小小整日企盼，却不见情人回来，终于病倒了。这个南齐钱塘的名妓，与别的青楼女不同的是，除了会吟诗作赋之外，还蕴含着江南女子的雅致，她也就成了历代文人的一个梦想。以至后来的文人至今犹自传唱着以苏小小口吻写成的这首诗："妾乘油壁车，郎骑青骢马。何处结同心，西陵松柏下。"

中国古代传统文人心里大多都装着这样四个梦想，每个人都揣着隐逸梦、神仙梦，还有温柔梦，向着列土封疆、后世留名的功名梦拼搏。只是每个人不同的身世或不同的生活阶段，对每种梦有着不同的亲近感而已。

在传统文人身上，除却四个梦想以外，仍有四种情感存在，在外界环境的影响下，抒发各自的情感，为后世留下大量的文学作品。

首先是文人的伤春悲秋情。

伤春悼秋，说到底，就是从春花凋谢、秋叶飘零中感受时光的流逝，感叹人生的短暂。这种情感，正常的人都会产生，但是和大众不同的是，文人的这种情感深长、细腻，而且能够用美妙华丽的文字表达出来，流传下去。

人们都知道，最著名的伤感时光的文学作品是《诗经》中的"昔我往矣，杨柳依依。今我来思，雨雪霏霏。行道迟迟，载饥载渴。我心伤悲，莫知我哀。”刻画出主人公回想当初出征时，杨柳依依随风吹；如今回来路途中，大雪纷纷满天飞，时光如水流逝，伤人情怀。

在古代文学作品中，伤春主题的诗词浩若烟海。唐代诗人杜甫在《曲江诗》中写道：“一片花飞减却春，风飘万点正愁人。且看欲尽花经眼，莫厌伤多酒入唇。江上小堂巢翡翠，苑边高冢卧麒麟。细推物理须行乐，何用浮名绊此身。”对自己碍于生计，未能及时赏春伴春，任凭芳春归去感到悲伤。

宋代词人辛弃疾在其《摸鱼儿》词中写道：“更能消、几番风雨？匆匆春又归去。惜春长怕花开早，何况落红无数。春且住。见说道、天涯芳草无归路。怨春不语。算只有殷勤，画檐蛛网，尽日惹飞絮。”虽然，词人写此词是对朝廷别有规劝之意，但是从“更能消、几番风雨？匆匆春又归去”到“惜春长恨花开早，何况落红无数”，辛弃疾写出了对春归何等深沉的惋惜啊！

黄庭坚在其《清平乐》词中写道：“春归何处？寂寞无行路。若有人知春去处。唤取归来同住。春无踪迹谁知？除非问取黄鹂。百啭无人能解，因风飞过蔷薇。”山谷道人伤春别是一番心绪，问遍人间万物：“春无踪迹谁知？”其结果却是：“除非问取黄鹂。百啭无人能解，因风飞过蔷薇。”

欧阳修在他的《蝶恋花》词中写道：“雨横风狂三月暮，门掩黄昏，无计留春住。泪眼问花花不语，乱红飞过秋千去。”欧阳修倒好，风横雨狂时节，且不管已是暮春三月，就是黄昏已经关了门，也留不住春天匆匆归去的脚步，只好泪眼相问。一片痴情，令人叹息！

这么多的文人，用这么多的文章诗词表达惜春情感，而且他们的情感越来越浓烈，简直到了伤春伤心，泪染衣襟的地步，这是何等深沉的情感啊！

与此同时，在传统文人中散漫着浓郁的悲秋情节。

最早的悲秋诗文应该是战国宋玉的《九辩》：“悲哉，秋之为气也！萧瑟兮草木摇落而变衰。”以至后来的文人不时把宋玉悲秋作为典故来用。后来的文人的悲秋作品比比皆是，不可胜数，如唐代诗人王睿吟秋道：“蝉噪古槐疏叶下，树衔斜日映孤城。欲知潘鬓愁多少，一夜新添白数茎。”唐代诗人刘长卿吟秋道：“晚节逢君趣道深，结茅栽树近东林。吾师几度曾摩顶，高士何年遂发心。北渚三更闻过雁，西城万里动寒砧。不见支公与玄度，相思拥膝坐长吟。”

苏轼用《蝶恋花》词吟秋道：“昨夜秋风来万里。月上屏帏，冷透人衣袂。有客抱衾愁不寐。那堪玉漏长如岁。羁舍流连归计未。梦断魂销，一枕相思泪。衣带渐宽无别意。新书报我添憔悴。”东坡先生用自己羁留孤旅中的旅愁，渲染万里秋风带来的凄凉，悲秋，且悲个人身世，悲苦交加，感人肺腑。

宋代词人王沂孙在《水龙吟》中吟道：“晓霜初著青林，望中故国凄凉早。萧萧渐积，纷纷犹坠，门荒径悄。渭水风生，洞庭波起，几番秋杪。想重涯半没，千峰尽出，山中路、无人到。前度题红杳杳。溯宫沟、暗流空绕。啼螀未歇，飞鸿欲过，此时怀抱。乱影翻窗，碎声敲砌，愁人多少。望吾庐甚处，只应今夜，满庭谁扫。”南宋词人王沂孙，深秋时节，面对满庭黄叶，思绪飞扬：从渭水风生，想到洞庭波起，再想到重涯半没，千峰尽出。满目凄凉，满目悲伤。

一直到晚清，词人李雯犹自用《鹊踏枝》吟道：“惨碧愁黄无气力，做尽秋声，砌满栏干侧。疑是纱窗风雨人，斜阳又送栖鸦急。不比落花多爱惜，南北东西，自有人知得。昨夜小楼寒四壁，半堆金井霜华白。”晚清词人李雯独对栏杆，听风听雨听落叶，归鸦斜阳，寒霜月色，在他的眼里，尽是秋凉。

在无意的人们眼中极为寻常的季节变换，给中国传统文人这么深沉的思索，创作出这么优美的文章诗词来。

古代传统文人的情感中最深沉的是伤今怀古情。

怀古的情感总体说来是比较伤感的。但其中有两种比较强烈的情愫：一种是忠君爱民的情怀；一种是怀才不遇的愤慨。正如宋代吴潜在其《满江红·送李御带珙》词中写道：“报国无门空自怨，济时有策从谁吐。”著名的怀古诗更有唐代陈子昂《登幽州台歌》：“前不见古人，后不见来者。念天地之悠悠，独怆然而涕下。”登台怀古，前无古人，后无来者，陈迹满目，感怀万分，怆然涕下。

如辛弃疾的《永遇乐·京口北固亭怀古》：“千古江山，英雄无觅、孙仲谋处。舞榭歌台，风流总被、雨打风吹去。斜阳草树，寻常巷陌，人道寄奴曾住。想当年，金戈铁马，气吞万里如虎。元嘉草草，封狼居胥，赢得仓皇北顾。四十三年，望中犹记，烽火扬州路。可堪回首，佛狸祠下，一片神鸦社鼓。凭谁问：廉颇老矣，尚能饭否？”从南宋统治者偏安江南的背景，用刘义隆、孙权、刘裕、廉颇等典故。既表现了作者对统治者不思恢复的强烈不满，又表现了对统治者不重用自己的愤慨，既怀古伤今，又怀古伤己。

而王安石的《桂枝香·金陵怀古》：“登临送目。正故国晚秋，天气初肃。千里澄江似练，翠峰如簇。归帆去棹残阳里，背西风、酒旗斜矗。彩舟云淡，星河鹭起，画图难足。念往昔、繁华竞逐。叹门外楼头，悲恨相续。千古凭高，对此漫嗟荣辱。六朝旧事随流水，但寒烟芳草凝绿。至今商女，时时犹唱，后庭遗曲。”作者临江览胜，凭高吊古。感叹六朝皆以荒淫而相继亡覆的史实。写的是悲恨荣辱，空贻后人凭吊之资；往事无痕，唯见秋草凄碧，触目惊心！

其他著名的怀古诗词有杜甫的《咏怀古迹五首》。这五首诗分别吟咏了庾信、宋玉、王昭君、刘备、诸葛亮等人在长江三峡一带留下的古迹，赞颂了五位历史人物的文章学问、心性品德、伟绩功勋，并对这些历史人物凄凉的身世、壮志未酬的人生表示了深切的同情，同时寄寓了自己仕途失意、颠沛流离的身世之感，抒发了自身的理想、感慨和悲哀。同样著名的诗词还有刘禹锡的《西塞山怀古》、苏轼的《念奴娇·赤壁怀古》，写这首词时苏轼已年近半百，但没有受到统治者的重用，空有报国之志而又报国无门，壮志难酬。从词中所描写的周瑜雄姿英发，羽扇纶巾，指挥若定的形象，明显地看出作者写词的目的是怀古伤己：借周瑜的年轻有为抒发自己年近半百而功业无成的感慨。

还有文人的生离死别情。

生死离别，痛彻心肝。这一切不仅仅是文人的感怀，世人都一样。

不同的是，文人不但更敏感，而且把这些敏感的感觉诉诸文字，给后世留下许多感人肺腑的文章。

古人出行原因大体可分为赴考、出使、迁谪（宦游）、征戎、乡旅、归隐等。古代道路崎岖难行，交通工具落后，一别动辄多年，再会难期，因而古人更重离别，或折柳送别，或摆酒饯行，或写诗相送，其间充满了殷殷的叮嘱和深深的情谊。

南朝文学家江淹《别赋》，通过对成人、富豪、侠客、游宦、道士、情人别离的描写，生动具体地反映出齐梁时代社会动乱的侧影。用“黯然销魂者，唯别而已矣”的一句总论，发人深省。写出“别虽一绪，事乃万族”，分离之苦的共性，也写出了不同类型分别的特点，最后写出“别方不定，别理千名，有别必怨，有怨必盈”，指出分别的痛苦“使人意夺神骇，心折骨惊”。难尽难诉的离别之深情，刻画出了离人之间刻骨铭心的苦楚。

生离死别情类诗人多缠绵凄切，充满感伤情调。如柳永的《雨霖铃·寒蝉凄切》：“念去去，千里烟波，暮霭沉沉楚天阔。多情自古伤离别，更那堪，冷落清秋节！”最著名的如王维的《送元二使安西》：“渭城朝雨浥轻尘，客舍青青柳色新。劝君更尽一杯酒，西出阳关无故人。”还有白居易的琵琶行：“浔阳江头夜送客，枫叶荻花秋瑟瑟。主人下马客在船，举酒欲饮无管弦。醉不成欢惨将别，别时茫茫江浸月……”还有王勃的《别薛华》、宋之问的《送别杜审言》、柳宗元的《重别梦得》等，数量繁多，不胜枚举，只要我们打开古代文人的文集、诗词集，就能感到浓郁的离别情感，悲凉的离别场面。

最后我们还应该留意古代传统文人的感事伤怀情。

和文人的伤怀吊古情一样，传统文人的感时伤怀情是入世的。在“处江湖之远则忧其君，居庙堂之高则忧其民”上，基本上是一致的。不同的是，有些文人的作品侧重于战争、朝廷大事，最著名文章的有范仲淹的《岳阳楼记》，李华的《吊古战场文》，杜甫的《茅屋被秋风所破歌》等。《吊古战场文》有感于玄宗后期，内政不修，滥事征伐而发。据记载，天宝十年夏，剑南节度使鲜于仲通讨伐南诏，“军大败，士卒死者六万人”，“天宝八载六月，哥舒翰以兵六万三千，攻吐蕃石堡城，拔之，唐军率死者数万”。这些由唐王朝君臣的骄恣、昏暴所发动的“开边”战争，给各族人民带来了深重的灾难。因此，唐代大诗人李白、杜甫对唐王朝的黩武政策、对“开边意未已”的“武皇”所发动的不义战争，都有过批判。如李白《羽檄如流星》、杜甫《兵车行》等。对古战场也都作过悲凉惨悴的描绘，如：“下马古战场，四顾但茫然。风悲浮云去，黄叶坠我前。朽骨穴蝼蚁，又为蔓草缠……”杜甫《遣兴三首》之一：“野战格斗死，败马号鸣向天悲。乌鸢啄人肠，衔飞上挂枯树枝。士卒涂草莽，将军空尔为。”南宋末年，文天祥在潮州与元军作战，被俘，途经零丁洋时，元军逼迫他招降坚守崖山的宋军，他写下了这首《过零丁洋》诗：“辛苦遭逢起一经，干戈寥落四周星。山河破碎风飘絮，身世浮沉雨打萍。惶恐滩头说惶恐，零丁洋里叹零丁。人生自古谁无死？留取丹心照汗青。”以诗明志，表现出视死如归的高风亮节和大义凛然的英雄气概，而且饱含沉痛悲凉，既叹国运又叹自身，把家国之恨、艰危困厄渲染到极致。由悲而壮、由郁而扬，迸发出“人生自古谁无死，留取丹心照汗青”的诗句。慷慨激昂、掷地有声，以磅礴的气势、高亢的语调显示了诗人伟大的民族气节和舍生取义的生死观。生活在鸦片战争前夕的龚自珍，以强烈的爱国主义精神，主张改革内政，抵抗外国侵略。他感时伤怀写下了《己亥杂诗》：“九州生气恃风雷，万马齐喑究可哀。我劝天公重抖擞，不拘一格降人才。”抒发了他高度关怀民族、国家命运的爱国激情，写出了作者对清朝政府从不重视筹划关系和国计民生而感到忧虑。唐朝李绅《古风二首》：“春种一粒粟，秋成万颗子。四海无闲田，农夫犹饿死。锄禾日当午，汗滴禾下土。谁知盘中餐，粒粒皆辛苦。”

如杜甫的“三吏三别”，杜甫在洛阳回华州途中，耳闻目睹了这次安史之乱中人民罹难的痛苦情状，经过深思，写成“三吏”“三别”。他在“三吏”中愤慨道：“暮投石壕村，有吏夜捉人。老翁逾墙走，老妇出门看。吏呼一何怒！妇啼一何苦！”又在“三别”中感慨道：“寂寞天宝后，园庐但蒿藜。我里百余家，世乱各东西。存者无消息，死者为尘泥。贱子因阵败，归来寻旧蹊。久行见空巷，日瘦气惨凄。”特别是杜甫的

《茅屋为秋风所破歌》写道："自经丧乱少睡眠，长夜沾湿何由彻！安得广厦千万间，大庇天下寒士俱欢颜，风雨不动安如山！呜呼！何时眼前突兀见此屋，吾庐独破受冻死亦足。"当人们读完最后一节的时候，就感受到他不是单纯地描写他本身的痛苦，而是通过描写他本身的痛苦来表现"天下寒士"的痛苦，来表现社会的苦难、时代的苦难。如果说"归来倚杖自叹息"，对他叹息的内容还理解不深的话，那么"呜呼，何时眼前突兀见此屋，吾庐独破受冻死亦足"，确实看到他并不是仅仅因为自身不幸遭遇而哀叹，而失眠，而大声疾呼吧！在狂风猛雨无情袭击的秋夜，诗人脑海里翻腾的不仅是"吾庐独破"，而且是"天下寒士"的茅屋俱破……杜甫这种炽热的忧国忧民的情感和迫切要求变革黑暗现实的理想，正是中国传统文人忧民精神的深刻表现。

综上所述，中国古代传统文人的内在精神世界是极其丰富的，他们有着各自不同的生活经历、不同的人生遭际，因此催生了各自的各种梦想与各自不同的情感。这些梦想在他们一生中或刻骨铭心，或虚无缥缈，或几曾经历，或终生追求，伴随着千百万中国传统文化人生活在大千世界，并且在浩若烟海且精妙绝伦的中国文学中，凭空增添了无数壮志凌云的抒情和功名无望的叹息，增添了无数与世无争的自赞和山岳烟霞的羡慕，增添了无数世外洞天的希冀和超然出世的向往，也增添了红颜慰心的盼望和对荒漠孤行的厌恶。对于这些学富五车的传统文化人来说，既有胸怀志向的抱负，以及由此产生的敏感犀利的思想情感，又有恰如其分表达自己想法的文学创作能力，故此，他们对着古迹就会凭吊怀古，对着季节就会伤感惋惜，对着世事就会慷慨激昂，对着离别就会哀伤悲叹。他们的这些行为和因此产生出来的文学作品，从各个方面完整地刻画出了中国传统文化人丰富的思想感情和细腻的内心世界，给我们留下了汗牛充栋的文学作品，使我们中华民族成为文脉绵长、举世罕见的文明古国。

所以，我们可以肯定地说，在逝去的那个时代，中国传统的文化人传承着中华文化，创造了中华文明，他们是当之无愧的中华民族精神主体。

2018 年 8 月 29 日

那一种深沉，那一种厚重

——读《西北心像·陈天铀山水集》

以前和几位书画朋友谈论国画作品的品位，一位朋友坦然地说道：“国画作品的品位，其实不用看画面，只要看看画家的落款，从其中的文学底蕴与书法功底，就可以断定这幅国画作品的品位了。”真是醍醐灌顶！回来我按他的方法去读国画作品，果然屡试不爽。特别是在读陈天铀先生的国画作品时，其作品中史学、文学、绘画以及书法等诸多知识与其美术素养，天衣无缝地结合，浑然一体地呈现，让人在震撼之余，由衷地感到：中国画就应该是这样的，只有这样的国画才能表现和解说数千年中华文化的博大精深与源远流长。

对陈天铀先生的国画，艺术界评价一直很高。特别是我很尊敬的一位画家经常称赞陈天铀先生的治学与画作，故此我在书画展中每每留心去读，时时流连在其画作之前，悉心体味，试图从中领悟到先生在创作时所赋予作品的诸多思想与情感。直到有一天，挚友从金城寄来这本青海人民出版社出版的《西北心像·陈天铀山水集》，一经打开，满室云烟，满目风尘，苍苍茫茫，斑斑驳驳，仿佛有那么多古往今来，那么多沧海桑田，蓦地挤满书斋，好半天我醒过神来，才觉得以往画展上徘徊在先生画作前，所见不过是管中窥豹，只见一斑而已。

读陈天铀先生的画作，我的第一感觉是其作品题材的厚重。

先生的画作，主要是西北山水，其中许多是以佛教洞窟寺院和长城关隘烽堠为背景的画作。《西北心像·陈天铀山水集》收入了八十余幅作品，其中有一半作品都是以此类背景作为主题，而这类背景主要分布在甘肃。时人有多少人真正了解甘肃呢，说到大西北，特别是甘肃，许多外地人想到的就是茫茫的大沙漠，无际的戈壁滩，偶尔有几簇芨芨草伴着沙柳，还有骑着骆驼出行的当地人……我们在甘肃走动，如果离开繁华的城市，西行接近河西走廊一带，也会看到戈壁沙漠，童山秃岭，野地枯坡，一派苍凉景象。正是这些颓败景色，借着季风，推着流沙，又乘着千百年漫漫岁月，在物象上掩盖了昔日的繁华，只给这里留下了荒废的寺庙，颓僻的烽堠。在心境上切断了历史上繁华的记载，让那些曾经的辉煌碎裂成片，沉淀在颓城荒寺之下，飘落在孤堠残洞之中。其实，正是这些流沙，这些季风，恶劣的自然环境，一步步地逼退了这里的土著居民，防止了对诸多文物的人为破坏，给后代保存了这份厚重的历史。使得后来人能够在此发掘考古，徜徉徘徊，凭吊怀古，切身体味华夏文化的厚重与博大。而陈天铀先生的国画作品以此为主题，厚重地抒写，深沉地吟唱的，正是文人墨客震颤在笔底泪间的历史回响。一个绘画作品的深度，首先是题材的选择，这一段被人们几乎忘记的大西北历史，绝不是甘肃的历史，也不仅仅大西北的历史，而是整个中华民族的历史。从大地湾的营建到伏羲时代的辉煌，从秦人的兴起到酒泉四郡的设置，从河西走廊的开通到安西都护府的建立……太多的历史事件曾经在这里演绎，太多的历史记载在这里起笔。作为生活在这里的画家，陈天铀先生从他的艺术生涯里，感觉到仿佛自己对此负有一种艺术使命感，画笔就应该从这里铺开，用它去揭示和还原，艺术地再现曾经的繁华，曾经的壮阔，以及当下的兴衰。

读陈天铀先生的画作，我的其次感受是画面的厚重。

年轻的时候，可能是对陇上巍巍峨峨的峰岭，横无际涯的原野，支离破碎的沟壑看得太多了，我初次看到林风眠、黄永玉的作品，完全被他们作品的秀丽明快的画风打动了，一下子觉得这就是绘画的主流，优秀的国画作品就应该是这样的。国画作品就应该这样去创作，去感动人。中年以后，随着生活阅历的增加，渐渐对自己的这种认识产生怀疑。如果只是写实中国山水，为九州山河写真立传，江南山水的佳丽、西南山水的奇秀、中原山水的雄奇等，都可以用不同的画风表现，但是不能认为那一种画风就是国画创作的主流。

陈天铀先生生于大西北，他在《西北心像·陈天铀山水集》中说：“予虽祖籍江西赣州，然自幼生于陇陕之间，黄土塬上。由勉县，风州，秦州至金城。生于斯，长于斯。”黄土地的滋润与养育，使他对这方土地有了深厚的情感，深刻的认识，也为他的画风的形成创造了极好的条件。在他的作品里，很少有晚风拂面的轻柔，而多的是岁月流逝的沉重。占据主画面的是那么多高山峻岭，遮天蔽日似的；那么多悬崖绝壁，刀劈斧斩一般。还有那么多城府烽堠，那么多寺院庙宇，那么多岁月消磨中犹自残存的佛龛佛窟，那么多风雨侵蚀中色彩斑驳的塑身图绘。先生的作品构图奇特，色彩厚重，似乎诉说着岁月的久远，事物的变迁，光阴的流逝。我看着这一幅幅画作，有时候突然去想，只有先生的画风才能准确地表现出千百年来被细沙掩埋，被寒风吹皱，又被烈日烤裂的这方土地。只有先生的画风才能正确地表现出世世代代在这方土地上寻求生路、忍受饥寒战乱，而不知中原物华为何物的苦命人们。也只有先生的画风才能正确地表现出这方土地上在战乱中添一盏灯油，读几卷旧书，延续一脉圣贤之道的儒生们。

读陈天铀先生的画作，我最大的感受是他的画中承载的深沉心境。

“白马西风塞北，杏花春雨江南”，是自古以来的诗词意境，也是画家们经久不息的老画题。而创作大西北所需要的是对这里人文环境的认识，对这里地域文化的领会。陈天铀先生有着极为深厚的文学功底和绘画研究理论，这些对他解读大西北，乃至华夏文明起源地的历史起着关键作用。他在《西北心像·陈天铀山水集》写道：“曾忆老母幼时所授；‘莽莽万重山，孤城山谷间。无风云出塞，不夜月临关。属国归何晚，楼兰斩未还。烟尘独长望，衰飒正摧颜。’又云：‘西使宜天马，由来万匹强。浮云连阵没，秋草遍山长。闻说真龙种，仍残老骕骦。哀鸣思战斗，迥立向苍苍。’‘戍鼓断人行，秋边一雁声。露从今夜白，月是故乡明。有弟皆分散，无家问死生。寄书长不达，况乃未休兵。’萦回心际，久不能忘，予尝云：身行万里半天下，归来还看自家山。余虽非陇人，却以陇民自居，处黄土之塬，居陇上之山，深知夕阳芳草寻常物，解用却为绝妙词……”陈天铀先生自幼受到家庭的文化熏陶与滋养，至今回荡在胸臆间的仍然是“莽莽万重山，孤城山谷间”边塞的情节、“浮云连阵没，秋草遍山长”古战场的情节、“戍鼓断人行，秋边一雁声。露从今夜白，月是故乡明”那一抹淡淡的乡愁。许多南方人来到大西北，既为山水的雄浑广袤震撼，又为地方的偏僻荒凉叹息，先生却是以一个读书人的胸怀，透过这些外在的现象，看到了隐藏在风尘后面的历史，感到沉淀在荒漠底下的文化。

除外，我们仔细去读先生的作品，还可以感觉到他受到汉文化熏陶，形成感时伤怀的文人情怀后，夹杂着大西北历史风尘的厚重情感。河西走廊连绵雄壮的祁连山麓，虽坍犹存的长城烽堠，边草弥漫的戈壁，时不时出现在他的画作中。虽然先生没有去刻画战争，画面上并没有战马嘶鸣，战车倾倒的厮杀，更没有尸体横卧，兀鹫盘旋的血腥。在那种平静祥和的画面上，偶尔露出远山的城墙烽堠，或者近处的佛塔经幡，蓦地一股远古飘来的苍凉感觉慢慢地弥漫开来，让人想起在这里，芸芸众生曾一步步走来，他们创造了繁华，而且繁华到甘凉之州富甲天下的地步；经过了战争，战争惨烈到十室九空，居民灭绝的程度；也承受了衰败，山川几度寥落到土地荒芜，黄沙弥漫的境地。更让人去想，今天的繁华，莫成又是一番周而复始的轮回？是什么让这里的人们守住这方土地，承受这些苦难，世代繁衍，生生不息，去追寻、去祈求下一轮繁华和辉煌？是那些虚无缥缈中注视着人间的三清始祖？是那位极乐世界里慈悲着尘世的佛陀？还是在冥冥之中掌管着人们生死富贵的命运之神？我们不知道从哪里来，也不知道到哪里去，但是知道我们是和祖辈一样实实在在地在这方土地上走过来，活下去的。不同的是在不同的时代，各自不同的信仰支撑着人们去经受苦难，创造幸福，这就是这方土地上千百年来兴衰万事万物的真实。

对这些随历史烟尘飘散，被历史沙尘掩埋的过去，以及在过去根基上演绎的今天，文史作品在努力发掘与描写，使人们感受到人类星星点点的进步的残存；用绘画作品来表现大西北的这一切，读到画面，能够从人类过去的厚重历史中感受到今天的繁荣，这就是陈天铀先生绘画的莫大魅力。

2018 年 11 月 21 日

海南书画展前言

带着黄土高原的深沉，带着初拂三陇的春风，我们甘肃省书画研究院名誉院长史振业、院长张正功一行 15 人，来到美丽的海口，为贯彻落实习近平总书记在十九大报告中指出的“文化是一个国家，一个民族的灵魂”和“在庆祝海南建省办经济特区 30 周年大会上的讲话”精神，为海南全岛自由贸易试验区建设与发展，用精心创作的书画作品，献上一曲来自大西北的文化赞歌。

甘肃省书画研究院成立于 1992 年。是以在甘肃省长期从事美术事业工作，并作出过突出贡献的离退休资深书画家为骨干的艺术团体。经过多年的发展和创新，形成了以德高望重的老艺术家为旗帜，以德艺双馨的实力派书画家为引领，以五个专业研究室为基础，学术研究与普及提高为一体的内部机制。书画研究院常年举办书画展，出版《陇原书画》刊物，并在省外设有创作基地，成为在省内外有着一定影响力的书画团体。

民族的自信，也源于文化的自信。我们相信，通过书画交流，甘肃省书画研究院的书画家们在精神境界、书画造诣方面必将有大的提高，创作出更加贴近生活、紧随时代的作品。

2019 年 4 月 8 日

写给临夏广场书店的一席话

我们临夏人心里都很清楚，由于历史上，以及过去的种种原因，临夏曾一度沦为省内文化发展比较落后的地区之一。

正是存在着地区之间较大的差距，在我们临夏，普及、传承中华文化成为一项艰巨而漫长的事业。经过多年来，近乎一代人的努力，今天的临夏，已经是一方经济发展、文化繁荣的热土。这里有全州文化部门与教育工作者的不懈奋斗；也有临夏州内新华书店在极为困难的条件下盘活资金，调购书籍，超时销售，为广大读者提供源源不断的精神食粮的巨大努力。尤其是坐落在临夏市广场边的临夏广场新华书店，位置显著，居民集中，场地宽敞，布置高雅，图书齐全，既是全市的文化地标，更是临夏市及州内各县读者专程造访，且流连忘返的地方。

我是临夏广场书店的老读者了。从 20 世纪 80 年代调来永靖工作后，只要到临夏开会，或者走亲戚，我总要挤出一会时间去广场书店看看，掏出留守囊底的羞涩钱，买上几本心爱的书籍。并把买到的每一本书，看成这次来临夏的收获和纪念。记得 1986 年，我在这里买到了朱东润先生著作《陈子龙及其年代》，边走边看，欣喜若狂。后来买回来的还有鲁迅先生著作《中国小说史略》、张鷟著作《朝野佥载》、张友鹤先生选注《唐宋传奇选》……这些散发着墨香的书籍，不知让我翻阅了多少遍。这些书籍至今安放在我的书架上，等待着我的下一次细读。几十年来，这些书籍不但给了我心灵的慰藉，也给了我知识的滋润，伴随我度过了漫长的艰苦时光。引领我这个没有读完小学课程的技术工人漫游于知识海洋中，学习文化，增长知识，支持我走到今天，成为甘肃省人民政府文史研究馆研究员。

现在，只要到临夏，我还是挤时间到广场书店，在宽敞雅致的书籍展厅里，伴着优雅音乐，伴着众多的读者，徘徊在整洁的书架旁，徜徉在辽阔的知识原野，感叹岁月，感悟人生……

2019 年 4 月 12 日

雨 思

面对南海，高耸的椰林，只是路旁的景观；成簇的三角梅，也不过是旷野的点缀。身为北方长大，且奔走了大半生的书生，看到这些，自然感到很新奇，仿佛游走在梦幻之中似的，时时处处拨动着人的心弦。然而，最能牵人心绪的，还是郊外一座三层的小楼房。

这是有着一处硕大院子的人家，楼周围留有宽窄不同的空闲地，生长着高大的树木，树之间掺杂着颜色各异的花卉。这些在海南倒也是常见的东西，只是楼东侧长着一株高大的芭蕉，肥硕的枝叶向四周披离着，恰好有一枝斜斜地伸过来，横在窗户上，似乎不是采集阳光的叶片，而是装修时刻意设计的绿幕，用来遮风挡雨一般。

小窗为椭圆形状，蕉叶的存在，给四季炙热的海南，平添了一丝凉意，一丝生气。看到此番景象，我不由去想，这间房子有什么用途呢?

如果是卧室，正巧主人还年轻，有生计要奔波，就稍有些可惜了，让这景致多的时间闲置着，似乎有些空守闺房的浪费味儿。当然，最好是书房，而且住着如我一般有心思终日徘徊在书架间，俯身在书案前的闲人。

每日清晨，我必去椰林间的小道徒步，舒身，权作晨练。回来早餐毕，携一壶清茶，悠然步入书房，开始周而复始，却是日日崭新的每一天。若是晴天，也无须担心，疏林荫翳，阴雨迟滞，这里缺少的正是阳光。那柄蕉叶享受阳光之余，无意间正好为书房送来一窗浓绿，也为淡茶添上几分淡彩。

当然，最好的是南海随来随去，躲也躲不掉的雨天。夜雨掩着晨曦，早餐后，搁在阳台上的雨具犹自滴水，淡淡的茶味慢慢飘过。主人无须在书架间徘徊，也无须在书案上俯身，只需坐在藤椅上，背靠蕉窗，打开那本没有读完的文集，对着文玩，静静地去听窗棂间美妙的雨声。

听雨倒是有许多讲究的事情，在我看来，人世间最美妙的声音，莫过于雨声与鸟鸣。两者是自然界最为曼妙的天籁。故此，须倾心静听，容不得半点的干扰和些许怠慢。固然，雨润燥土，滋养万物，突遇骤来之雨，夹带风声的雨珠击打满是浮土的地面，扬起微微细尘，发出的“噗噗”声音，瞬间响彻耳际。你自然无暇顾及额头与发际的流水，欣然搜寻天地间连成一片的绝伦击打声，犹自喃喃道：“让暴风雨来得更猛烈些吧！”因为在我生活的陇上，天雨水就是生命之水啊。

离开农村好多年了，多的日子在钢筋水泥做的楼房度过，越到后来，慢慢地不愿去听雨声击打玻璃雨幕时缺乏生命力的响动。觉得有人为痕迹，假得太实在了。如同室外立着一支乌合之众，临时拿起的乐器不和谐地演奏着，难听的曲子无非提醒人们：雨还在下着。

竖起耳朵几十年，绝妙的雨声就在林间叶上。记得是一枝斋北堂上，一架遮去大半个院子的葡萄树，分出一枝绿荫给我的书房。雨天，我静坐在书案前，倾听雨声在窗外响起，想象着雨珠在葡萄叶上跳跃和跌落。那成串的雨声，现在想来，那么清越，那么美妙，只是有些琐碎，毕竟葡萄叶抵不上芭蕉叶的肥硕。

我曾想象，眼前这个房间正是书房，而主人正是我，又恰逢雨天，我会度过此生极是细腻的一个雨天：茶味清香，而且悠长。文玩只是在指掌间把玩，而藤椅上的我，凝思静虑，一门心思捕捉蕉叶间传来的每一声清音，想象跌落在叶柄、叶面与叶梢上的雨声，奏响的不同音调。那是放置于窗前的一张古琴，雨珠从各自的来处落下，高低不同，轻重各异，仿佛是无形的妙手在弹奏，曲声时而苍远而深沉，时而激荡而清越，好像在述说着过去、今天和未来的事情，述说着过去、今天和未来的人生。

自然，长时间的沉思，会想起那件与雨天和蕉叶毫无牵连的事情来——

刘家峡僻为旅游地，青山绿水，林木花海，加上奇峰旷野，荷池芦荡。景区边带水次的村庄，青瓦高屋，绿树小院，吸引了众多的游客，也吸引了不少租房营业的生意人——这里正是操持餐饮业的小老板们开“农家乐”的最佳地方。几年时间，太极岛旁出现了各种供游客吃饭休息的“农家乐”。每年年初，总有人寻问租赁农家院落，开新的“农家乐”。其中一个小院，正房是五间瓦房，旁边有几间厢房，可住宿，也可作厨房，而且三面是树，正面临水，只有一径小路穿过草地，直抵篱笆围绕的院子。这年年初，来了一位租客，和房主讲好租金租期，干什么营生呢，房主不必费心去问，四周都是“农家乐”，想去只能是餐饮休闲之类罢了。

签好合同后，房主自去地里忙活，无暇过问，匆匆数月后，附近负责“农家乐”卫生的张大爷提醒说：“租你家房子的租客不像在经营餐饮业，一直没有游客，你去看看，不是在搞什么违法的营生吧?”房主吃惊之余，回忆道：“当时交房租很爽快，签约也老到，承租户是个文文静静的青年，他能干出什么违法的事情呢?”赶去看过，一切正常，年轻人雇了一位同村的姑娘做饭，确实没有看到游客，似乎人家还在准备开张。

直到这年深秋，千亩荷塘里只剩下残荷败叶，万顷芦荡中满是芦穗和蒲棒时，那个文文静静的租客，交回了小院的钥匙。从房主的口中，人们才知道，租这个小院的年轻人根本不是什么餐饮业老板，却是一位青年作家。他只是在这里雇了当地一位姑娘为他做饭，自己在租房中静心创作。整个春夏秋三季，映着山光，映着水色，他完成了一部小说《悠长的峡谷悠长的风》，而那个雇来做饭的姑娘，与他朝夕相处，心心相印，成了他心仪的妻子，双双比翼，带着沉甸甸的文稿，离开景色秀丽的农庄，走向远方的城市。

谁能想到，在这游客络绎、灯红酒绿、嘈嘈杂杂的地方，还有散发着幽香荷花池，还有鸣叫着苇莺的芦苇丛……生活在这里演奏了一曲平静而优雅，浪漫而神秘的乐章。

骤雨变作细雨，水珠蓦地从高处跌落，汇集起来，一串串滴到窗前的蕉叶上，敲出几节时紧时慢清脆的音节，轻轻地拨动我心中最柔软的心弦。

蕉叶上的雨声，真是人世间最曼妙的声音，它和鸟鸣是可遇可求可倾心的天籁。

2019 年 4 月 18 日

旗袍四季秀河州

有次陪客人去湿地看晚秋的马鞭草，正当极目于无边的紫色花海里，漫步于荻芦小道上，蓦然，从斜斜的花间尽头，款款地走近一队撑着阳伞的女子。一色的窈窕身材，一色的姣好面目，一色的浅绿旗袍，而且一色的婀娜多姿。仿佛旷野间飘过的一缕轻纱，自如而婉转。

也是一个暮春的午后，和家人游松鸣岩。铺天盖地的碎花开成了花毯，大家游目山川，盛叹良宵美景时，在松间沙路上，走来一队女子。梅色的旗袍，素素的团扇，加上浅浅的笑容与款款的走姿，身后是巍峨的松鸣石岩，嵯峨而苍远，脚下是星星点点的碎花，漫长而明快，一幅多么让人难以忘怀的美景啊！

最叫人惊叹的遭际却是去年七月的一个午后，我们三两同道在人称“千亩荷塘”的太极岛赏荷。这个季节，这里正是花事极盛的时节。粉色、白色、红色的荷花尽展嫩瓣，尽露香蕊，仿佛尽诉幽怀。旁边就是“万顷芦荡”，芦穗初吐，绿风不起。几多游客踌躇满怀，徘徊不能离去时，一队身着藕色旗袍的女子，斜依粉色小伞，微动腰肢，曼曳碎步，从荷塘边向远方走去。众人目光追随，却无力挽留，任凭这群妖姬渐行渐远，了无痕迹。我恍惚间有一种幻觉：她们绝不是着旗袍的女子，而是荷花之精灵，化为人形，飘荡出荷塘，飘落在人间。

这一夜，我咀嚼着几次和旗袍秀女子们的巧遇，追寻着一个断断续续的长梦：

……鹅黄的柳条才垂下，漫浸的春水已上涨。迎着和风，负着初日，一队着嫩绿色旗袍的女子，走向斜坡，立于高处。三五成群，星眸四望。坡下，三两位女子，身着嫩绿色旗袍，伴着河州花儿《四季歌·采青》轻快的曲调，迎面走过来。且看那旗袍，虽然都是嫩绿基调，却不是一色尽染：从脚下绿色深处，渐升渐淡，至胸际，绿意尽褪，几乎近于素色。而靠近其右腋处，似有山石痕迹，向胸部，伸出一丛兰花。三五兰叶，托一枝斜出的兰花。看去当是画家李洪洲的手笔，极其简练，又极具韵味。兰花右侧稍高处，正是书法家任志翔逸出古香新意的墨痕：“只为馨香重，求者遍山隅……”

……一阵荷风蒲雨后，数十位身着藕色旗袍的女子早已立在河湾蒲芦间隆起处。素伞在肩、在手，若依若携，似乎意不在遮去盛夏的骄阳，只是在把玩而已。随着花儿《河州大令》高亢的歌声，近前引领全队的三五女子迟迟而来。那高挑而勾勒着优美线条的身材，只是为了展示这个独特的旗袍：藕色基调，依然是从脚面开始依次减色，至胸际，渐为全素。从左侧胯处倾斜着由画家车玉琳作的一幅荷花：深浅两团荷叶，极有墨妙，衬出一柄艳艳的荷花，开到极致，艳而不俗，一直到上腹处。右胸际是书法家宛廷聚大气的题字：“映日荷花别样红……”

……金风轻拂，玉露初降时节，在秋实丰硕的山野，自有数十位身着浅黄色旗袍的女子，散散漫漫地聚在那里，三五成群，手持纨扇，仿佛欲扑蝶，仿佛欲遮口。其实，只为信手捻动罢了。一曲河州花儿《水红花令》悠悠地荡过来，歌声里，几位女子以颀长的身姿诠释着这身旗袍构思的奇妙：亮黄色的底色，不容一丝杂色，依旧自下而上减色，在右胯处是画家杨占福画的一树深色黄菊，几枝墨色菊叶，推起数朵黄花，曳风含露，写尽其妙，全是韵人雅士的风度。左上侧是书法家马尊贤厚重的墨迹：“且看黄花晚节香。”……

……隆冬的山坡上，积雪勾画一轮沟壑，冬日淡淡，朔风微微，坡前站着十几位身着银色旗袍的女子。在河州花儿《尕马儿令》的乐曲中，迎接款款而至的三五引领者。她们面目清秀，神态清冷，苗条的右腋下伸出一枝画家朱平作的古梅。枝柯横斜遒劲，花朵深浅各异，俯仰侧倚，自具姿态。其左侧稍高处，是书法家李良云流畅的行书："遥知不是雪，为有暗香来。"……

……一切都指向繁华，一切都指向幸福，归于雍容富贵。河州的初夏，牡丹盛开的时节，花丛中聚集着众多女子，身着旗袍，与花交相辉映。近前的三五人，白色旗袍，胸际左侧，是画家石兰英画的牡丹：拳般大小的花朵相互簇拥，深浅相抵，高低错落，右侧是书法家焦玉洁的随意书法："国色天香。"其绝妙处应在河州花儿《白牡丹令》的歌曲中。一位绝色女子，身着白色旗袍，身披白色披肩，宽可覆腰，长可及地。女子回身旋转，一幅巨幅牡丹图飘然展现于前。画家石兰英的佳作，一树牡丹，写尽意趣：枝叶若有若无，只是衬托。三朵硕大的花朵，浓淡相映，溢满披肩，满巾芬芳。花上方一行为焦玉洁自得其意的行楷："美人国色在西方。"……

记得有一次和朋友们看晁楣先生的版画，漫漫的原野，肥沃的黑土地……一切一切，美得令人窒息。仿佛是在汲取艺术营养，大家静悄悄地，展厅一片寂静。后来，在《夕阳无限好》作品前，有人说道："这一幅版画更显活力。"画面远处是赭色林木，近处有几棵暗红色大树，一群白鹅沿着林间小溪奔来，在浓浓的秋色中画出一条弯曲而亮丽的弧线，画面顿时一扫原野上的寂寞，充满生机，充满活力。

美丽的河州，如果只是山川秀丽，也仅仅是自然风光优美，算不上是人文河州的秀美。而这些美丽的女子用绝佳的身材、优雅的走姿展现绚丽的各种旗袍，行走在河州的美丽山川间，这山川，这万物，才算真正地鲜活了起来。只有这样，人们在更深的层面上感受到河州山川的美好，河州人文的美好，河州人们生活的美好。

2019 年 4 月 29 日

书法提名展前言

在大河奔流，群山簇拥的兰州；在鲜花盛开，大地绿染的季节，由中共兰州市委宣传部、甘肃省书画研究院、甘肃省老科协书画研究院联袂举办的庆祝国庆70周年系列书画展拉开了序幕。

此次“不忘初心盛世情怀”庆祝中华人民共和国成立70周年书法作品提名展，是我院书画同仁对党中央关于构建中华民族核心价值观的热烈响应，也是大家对多年关心与支持我院工作的全省各界朋友的真诚感谢。随即，我们还将举办“庆祝中华人民共和国成立70周年书画作品展”，进一步扩大与广大书画爱好者的交流，丰富广大人民群众的文化生活。

中国书法源远流长，作品风格异彩纷呈。甘肃是华夏文明的重要发祥地之一，丝绸之路的咽喉要冲，自古不乏书法篆刻名家与名作。我院提名十五位书法家开展书法创作活动，各自用不同的风格，不同的形式来表现对幸福生活的感受和对博大精深书法艺术的理解。

此次参加展出的作者，有多年潜心书法研究，享誉陇原，乃至在国内书坛有影响的老年书法家；也有数十年立志书法创作，形成鲜明个人书风的中年书法家；还有朝夕临帖，悉心揣摩，精心创作的青年书法朋友。从他们身上和众多作品中，我们可以看到不同年代的人们对中华文化的深深依恋，对书法艺术的苦苦追求。

让我们在庆祝中华人民共和国成立70周年之际，共同飨赏本期书法作品展呈现的一瓣心香。

2019年5月8日

夏古城发掘宣传与甘肃省文化旅游业的发展

近年来，不断有专业机构评定甘肃省为亚洲最佳旅游胜地之一。对此，我深信不疑，因为甘肃省的旅游资源无论从地理的多样性、民族的多样性，乃至文化遗存的多样性，在全国范围都是屈指可数的。其中，地域文化在国内更是具有无可替代的独特性。

甘肃省的地域文化的现状与独特性：以大漠雄关为标志的边塞文化具有其他省不能比肩的特点：首先，由临洮发起的秦长城，一直延续至河西走廊，与明长城相连接。沿途既有千里戈壁，万顷大漠，祁连雪峰，瀚海沙尘；更有以阳关为代表的嘉峪关、玉门关等众多关隘，以金塔烽火台为代表的马圈湾烽火台、大小方城烽火台等烽燧。这些历史遗存是国内其他省份根本见不到的。其次，由这些古代关隘、烽燧支撑的中国古代边塞文化，对中国古代文学、思想产生的深远影响，是任何一个省份不能希冀的。据史书记载，华夏民族西北起源，中原兴盛。常说的“东夷”“南蛮”基本上是在较短时期内比较和平地融入华夏民族之中。历时两千年，断断续续的兼并与反兼并、掠夺与反掠夺的战争，主要发生在中原华夏民族与“西戎”“北狄”之间，而甘肃，正是当年的主要战场。连年的战争，长期的戍边，繁重的徭役，给人们造成了巨大的心灵伤害。由此产生出了大量反映战争戍边、人民疾苦的边塞文学作品，产生了高适、岑参、李颀、王昌龄、王之涣、王翰等一大批边塞诗人，他们以赋写边塞诗歌而著称。写出“孤城遥望玉门关”“西出阳关无故人”“前军夜战洮河北”等诗歌。更有以李华《吊古战场文》、李陵《答苏武书》为代表的众多描写边塞的文章，“胡笳互动，牧马悲鸣，吟啸成群，边声四起。”这种边塞文学以大量的散文、诗词作品描写边塞风光、战争场面，尽道古战场的苍凉悲壮，对古代和后世文化产生了巨大的影响。

甘肃省还有一群以敦煌莫高窟为代表的摩崖石窟，这些石窟以高超的造像艺术和绘画艺术闻名于世。我们今天谈论的敦煌学，是指以敦煌遗书、敦煌石窟艺术、敦煌学理论为主，兼及敦煌史地为研究对象的一门学科。涉及敦煌学理论、敦煌学史、敦煌史事、敦煌语言文字、敦煌俗文学、敦煌蒙书、敦煌石窟艺术、敦煌与中西交通、敦煌壁画与乐舞、敦煌天文历法等诸多方面。引起全世界的研究与探讨，形成了一个世界性的综合学科。

除此之外，还有以卦台为主的天水伏羲文化，以大堡子山及其附近的圆顶山为主的礼县先秦文化。

甘肃省西南部文化遗存的缺憾：从全省古代文化遗存的知名度看，甘肃省最著名的文化遗存，应该是以敦煌莫高窟为代表的文化群。从这些古代文化遗存所处的地理位置看，以敦煌莫高窟为代表的文化群正在甘肃省北部。相比较之下，甘肃省西南部至今没有在国内产生重大影响的古代文化遗存。

至此，只谈发现在临夏州广河县阿力麻土乡的夏朝早期都城。这个遗址的发现和研究情况，我在2017年甘肃省文史馆与甘肃省行政学院共同举办的“甘肃省经济文化发展论坛”上提交了一篇论文《漫步阿力麻土，寻求夏朝初都》，进行了初步探讨。现在笔者从另一个角度谈谈甘肃省临夏州广河县阿力麻土乡夏古城，以及夏古城的发掘与甘肃省文化旅游业的发展。

夏古城是夏朝早期都城的理由：

首先，夏古城的文化遗存。

1. 大夏古城遗址

大夏县的县治就在今广河县阿力麻土东乡族乡古城村，尚存两处古城墙遗址，附近有较大面积的石灰三合土地坪遗迹。关于大夏古城面积，据《元和郡县志》云：“大夏水经大夏县南，去县十步。”下古城东起自寺沟桥，西至于赵家桥，呈四方形，长宽各600米，总面积有36万平方米。有人说这个“下古城”，就是“夏古城”。根据黄文弼教授“我国先秦时代的大夏人，河州为其中心活动区。大夏县及大夏水之名，是因古代大夏国而得”的观点。夏古城应该是古代大夏国早期的一个古城。

2. 棺木山遗址

大夏古城遗址北面有一座卓然独立的小山，峰顶有酷似棺木的人工筑台，故叫棺木山，附近有一处堡子遗址，所以也叫堡子山，为省级文物保护单位“赵家遗址”。这座山山势高耸，四周为墓葬，墓坑整齐排列，从山下环绕山顶蜿蜒到山峰高处，山顶西头有一个小土堆，为人工堆成，明显是祭坛，应为夏朝人祭天、祭祖的祭祀之地。

3. 大禹兴起之地与活动范围

《史记·六国年表》明确记载：“禹兴于西羌。”就是说，大禹兴起于西羌。最早的西羌，是生活在今甘肃，青海的黄河、湟水、洮河、广通河（古大夏水）、大夏河一带是古代民族。

大禹是夏部落的首领，带领大夏等众多部落，治水成功，众多部落推举其为禹王。当大禹当上华夏古国的国主时，把夏部落的“夏”字，取名为自己的国号，后人称其为“夏禹”，开创了华夏文明。

大禹生于叫石纽的地方，石纽就是大夏县西 10 公里的今和政县蒿支沟。据《太平寰宇记》所引《十道录》说：“石纽是秦州地名。”《金楼子》亦云：“禹长于陇西大夏县。”（《水经注·卷二·河水》）

其次，夏古城周边的文化遗存在广河阿力麻土乡夏古城附近，1924 年发现齐家文化，具有明显特征：

（一）陶器

临夏人将陶器称为“夏陶”，可见临夏陶器与夏的关系。其特点是：

1. 数量很大，从 1949 年前到改革开放初，在广河发现了大量齐家陶器，数量极为巨大。

2. 齐家陶器的造型艺术极佳，每一件都是艺术品。

3. 齐家陶器表面有丰富的图案纹饰。

（二）玉器

在广河发现数量众多的齐家古玉，其中有大玉刀和大玉璋。大玉刀和大玉璋主要流行于夏代，是夏文化的标志，亦是齐家文化的特色。

（三）铜器

齐家文化出土铜器遗址至少有 15 处，总数已超过 130 件。青铜的出现，标志着齐家文化进入青铜时代。

（四）手工业水平

夏时有较全面而先进的手工业技术，齐家文化时期，手工业已达到当时的空前水平。齐家玉器制作精美，至今还让人惊叹不已。制作的陶器虽然没有马家窑那样华丽繁缛的纹饰，但制作技术及器形设计已达到崭新的高度，还有原始纺织业等。“夏后氏上匠”——齐家文化高超的工艺水平，令人叹为观止。

综上所述，中国社会科学院研究员易华等专家们的推测：广河阿力麻土乡夏古城是夏朝早期都城。我经过三次考察，也觉得，阿力麻土乡夏古城应该是夏朝早期都城。从商朝、周朝国都变迁来看，当时是处于民族大融合、大迁徙的时期，一个朝代的都城至少要经过四五次迁徙，给后代留下四五处都城。可以这样推断：广河县阿力麻土乡夏古城是大禹所建的夏朝早期都城。大禹应该是从这里兴起，带领部落大众，完成黄河上游洪水治理，建立夏王朝，逐步走向黄河中下游，走向长江流域的。

夏古城的发掘与甘肃省文化旅游业的发展

今天，笔者只是从发展甘肃省旅游业的角度，谈谈对广河县阿力麻土乡夏古城发掘、宣传的重要意义。

近年来，临夏州旅游业刚刚开始起步，目前还停留在游客游览自然景点的阶段，而且，这里没有承载着深厚人文沉淀的名山大川。虽然，这里地处和政盆地，兰州—民和盆地分布的古生物生活地区，和政县也修建了一定规模、展品众多的古生物化石馆，为古生物的研究和游客参观，创造了一个比较好的环境。但是作为蕴藏着华夏民族初期文明的发祥地之一，应该进行大规模发掘、宣传，使其重新焕发光辉。

一、尽快进行夏古城的发掘，建成夏古城展览馆

1. 实施对夏古城的发掘。

大夏县的县治就在今广河县阿力麻土东乡族乡古城村，称之为“古

城”。关于大夏古城面积，据《元和郡县志》云：“大夏水经大夏县南，去县十步。”下古城东起自寺沟桥，西至于赵家桥。呈四方形，长宽各600米，总面积有36万平方米。目前，这些地方均为当地农民的耕地。从地面部分看，尚存两处比较明显的古城墙遗址。从农民在农事活动时形成的部分剖面可以看到，约在地面下1.8米处，有很大面积的石灰三合土地坪遗迹。如果，进行大面积发掘，就能从地下发掘出议事厅、广场、民居等遗址，恢复夏古城的都城面貌。

2. 实施对夏古城祭台的发掘与保护。

大夏古城遗址北面有一座卓然独立的小山，峰顶有酷似棺木的人工筑台，故叫棺木山，附近有一处堡子遗址，所以也叫堡子山，为省级文物保护单位“赵家遗址”。这座山山势高耸，四周为墓葬，墓坑整齐排列，从山下环绕山顶蜿蜒到山峰高处，山顶西头有一个小土堆，为人工堆成，应该是祭坛，是夏人祭天、祭祖的祭祀之地。

当下现状是，夏古城祭台整体保存比较完整，山顶祭台能够清楚看出人工筑成的痕迹。整个祭台山体也没有大规模取土等后人生产造成的破坏，除了便于从山上运送东西等农事活动，修建的一条盘山土路，基本上保持着当初的形态，但是，人们为了从环山墓葬中搜寻陪葬品，这里的所有坟墓全部被挖开。

从众多墓葬埋葬时头朝围绕山顶祭台，墓口基本处在同一弧线，墓与墓之间距离相近的形状看，这里埋葬的应该是夏朝早期头领、巫师、祭司之类有着一定社会地位的人。应尽快对山顶祭台进行发掘与清理，并且修建保护围栏。同时，对山体上所有墓葬，进行一一发掘、清理，修建保护围墙。

3. 进行对夏朝文物的征集与保存。

我在上一篇论文《漫步阿力麻土，寻求夏朝初都》中谈到马志勇、马俊华、马宝明三位先生关于齐家文化就是夏文化的论点的正确性。因此，征集和收藏齐家文化文物，就是当下进行夏古城发掘的重要工作之一。

首先是对齐家文化中的陶器的征集与收藏。

齐家文化中陶器是出土数量最大、流失最多的文物。齐家文化最初出现在1949年前与1949年初，当时人们没有对出土陶器是文物的概念，认为是“鞑子坛坛”，是殉葬品，留着不吉利，多数当时就遭到破坏。陶器出土的第二次高峰是“文化大革命”后期——“农业学大寨”中平田整地时，临夏州地处偏远地区，那时的人们没有文物保护意识，陶器流散破坏严重。第三次高峰应该是改革开放初期，外地，甚至港澳地区收购商纷纷涌入齐家文化覆盖地——广河、东乡、积石山、永靖农村，不但大量收购藏品，而且雇人盗掘，齐家文化陶器遭到进一步流失。

其次是对齐家文化玉器的征集与收藏。

齐家文化中极有代表意义的玉器，世称“齐家玉”。已经发现的有玉刀、玉璋、玉琮、玉环等器物，齐家玉质地优良，数量众多，在文物考古者与收藏界享有很高声誉。其发现与流失情况基本和齐家陶器相同，只是齐家玉毁坏的比较少，流失的比较多。

再次是对齐家文化铜器的征集与收藏。

齐家文化处在新石器晚期，齐家文物中的铜器发现数量较少，在新石器考古中有着极为重要的意义，故此特别珍贵。齐家铜器出土数量少，基本都收藏在省内外博物馆，尚有少数文物流散在民间收藏家手中。

鉴此，应该尽快开展文物征集与收藏的抢救性工作，同时，修建大型夏都文物展览馆，为今后夏朝早期都城——夏古城的全面发掘和面世，做好物质准备。

二、进一步加大对夏古城的宣传

根据国内数十年对夏朝都城的发掘研究，可以肯定地做出这个结论：即至今为止，国内没有发现夏朝早期都城。其中：

1. 河南二里头文化遗存。

二里头遗址经过半个多世纪的发掘考证，花费了大量的人力与时间，徐旭生先生亲自带队参与，夏鼐先生为之命名，其结论为“初步被确认为夏代中晚期都城遗址”。

2. 山西夏县的古安邑。

除了禹王城的传说，人们能够见到的只有建于东周，沿用至北魏的小城和战国时期的文化遗存，并无夏朝故都的物证。

3. 历史上常说的禹都平阳古城，即现在的山西临汾市，基本上没有关于禹都的文化遗存，也没有这里曾经是远古夏朝都城的佐证。

4. 前国家主席杨尚昆曾经为之题写了“大禹故里”的四川省北川羌族自治县，其主要依据只是当地有“石纽”等与大禹记载文献相吻合的地名，而这样地名相吻合的情况，在各地都有存在。

以上可见，在理论上可以认定，而且具备夏朝早期都城的地方就在甘肃省临夏州广河县阿力麻土乡夏古城。夏古城的宣传具有特别重要的意义。

我们一直坚信甘肃省是中华文明的重要发祥地之一，虽然近几年考古发现了距今八千年的大地湾遗址，出土了一定数量的陶器，发现了一定规模的大厅、民居遗址。但是，这些史前部落遗址与华夏文明的上古三代——夏商周相距甚远。可见，甘肃省作为中华文明的重要发祥地之一的历史发展环节中仍然缺少关键性的一处链接。夏朝在这里兴起、建都，从这里走向中原的史事，正好补齐了大地湾到大堡子山先秦遗址之间的缺失，为甘肃省为中华文明的重要发祥地之一提供了实物与理论证据。故此加大对夏古城的证实与宣传，是对甘肃省就是中华文明的发祥地之一一说的证实与宣传。其意义不仅如此，而且对甘肃省旅游事业的发展有着深远意义。

甘肃省文化旅游资源目前主要集中在河西走廊一带，形成了以敦煌石窟为代表，辅以嘉峪关等地边塞文化旅游地，因之这里旅游事业极其兴旺。甘肃南部至今没有与之相颉颃的文化遗存。如果我们抓住时机，发掘打造夏古城——夏朝早期都城，把遍及甘肃中部地区的黄河上游及其支流洮河、大夏河流域的齐家文化作为夏朝早期文化来发掘、整理、研究，打造一个夏古城为主，河湟二十四关为辅的大禹远古文化旅游地，与甘肃省北部边塞文化相对应，形成“北有敦煌，南有夏都”的旅游格局，双翼齐飞，对甘肃文化，特别是甘肃旅游业的发展起到拓展区域、提升品位的良好作用。

2019 年 5 月 10 日于一枝斋

大夏河畔的画家们之六

参透画魂的车玉琳

与河州人谈天，大都能说出那句“牡丹随处有，胜绝是河州”的诗句来，这里是西北牡丹之乡嘛。爱牡丹的人多，自然咏牡丹、画牡丹的人也多。以画牡丹耀眼河州画坛的画家里，多年来人们默默地注视着不断变法的车玉琳，仿佛注视着那只破蛹而出的凤尾大彩蝶。

车玉琳先生自幼爱好国画，也许是河州家乡情结吧，他喜欢家乡，也喜欢花卉，更愿意把自己对美好事物的感受表达给身边的人们。但是他觉得只靠语言来描述所见到的那些百般娇艳的花卉显得太单调，用文字表达千姿百态的花卉太贫乏。浅显的语言无法体现微风中微微颤动的新叶之嫩，苍白的文字无法描写晨露里尽显纹路的花瓣之美；转瞬即逝的语言也不能定格花团锦簇的春天，铅字纵横的文章不能留住随风归去的三春繁华。他考入临夏师范起，就选择国画作为终身的爱好。以自己摸索到登门求教，一直到参加工作后，边上班边学习，又考入兰州教育学院，师从范有信、张葆冬等名师，接受系统的正规教育，车玉琳终于走进了中国画这座艺术殿堂。

纵观书画艺术，不论学习，还是创作，不外乎两种境界。其一是写形，即国画的一般阶段；另一种是追神，自然是更高阶段。我们看画家创作的花鸟作品，时时被他们辛勤的创作精神所感动，被他们高超的国画技法所折服。从写生到白描，从工笔到写意，画家紧紧扣住枝干正背明暗，花叶的俯仰侧倚，能够画出各自理解中的许许多多作品。正是在这里，车玉琳先生的国画表现出大异于别人的一面。虽然，他的画路主要也在花鸟，但是人们很少在他的画展中看到特别具象的作品。似乎他入门就写意，如同未曾练步的儿童起身就开始小跑一样叫人感到十分诧异。其实不然，熟悉先生的朋友都知道，他的练步远比别人早，只是表现形式不同，扎实的基础训练使得他立足稳，行步工而已。就像人赞杨凝式的书法一样："世人尽学兰亭面，欲换凡骨无金丹，谁知洛阳杨疯子，下笔就到乌丝栏。"

这一切都要从车玉琳先生的画室里说起，熟悉他的朋友都知道，车玉琳先生有几个画室。一个在学校里，是他抢抓课余时间记录绘画心得的；像诸多上班族一样，一个自然在家里，是他利用业余时间养护艺术生命用的；和许多书画家不同的是，他还有一个画室，在市中心一处仄巷小院里，青瓦土墙，花栏藤架，极为清幽，名之为"怡心阁"。有人问他，要这么多画室干什么？他只是笑笑："画画呗。"把答案留给了来人。其实，答案就在这些画室里，成捆的画稿，满墙的新作，颜料挤着墨汁，镇尺压着滴水，一片狼藉，几无插足之地。显然，狭小的楼房容不下偌大的画案，更容不下如此的凌乱。许多书画家一出师门就忙忙地投身社会，把主要精力放在了创作上，想把自己学到的国画理论知识尽快付诸实践。当然，这是无可厚非的事情，但是也不能放弃基础学习与训练啊。一度时间，我对车玉琳先生的绘画也是这样想的。熟悉他之后，我才知道，是我凭空臆测他了，车玉琳先生在国画方面的学习和创作有比较明显的分路。在他的国画学习中，主要还是传承传统画法，他用大量的时间和精力临习古代画家的传世作品。从这些古代画家的画作中学习当时画家的技法与画风，进而追寻画家创作此作品时的心境和画家与作品对中国画发展的影响。同时，他留心当今国画的发展趋向，对一些影响国画进展的突出画家和画作，反复观赏、临习，力求从中汲取艺术营养。他在学习绘画时，对名画临摹自然是力追原作，也是从形到神，中规中矩地来进行。他学习国画时的写生白描稿，数年来，册册摞摞，用不同的侧面、不同的角度画出了那些春风里自如的花卉。花托、花瓣、花蕊，甚至叶脉，都画得一丝不苟，都交代得清清楚楚。他的这种厚古人而不薄今人的学习理念，能不断夯实国画基础，为一直进行的国画创作不断注入艺术营养，使他以较快的速度提高国画创作水平，走出了一条自己的艺术之路。

到这里，我们还要提及车玉琳先生的为人。初次接触他的人都有这样的感觉，他待人很诚恳，是个谦谦君子；熟悉他的人觉得，他喜欢交友，喜欢饮酒，像个大男孩。为此，一些人颇有微词，总觉得他既是中学教师，又身为临夏知名画家，言谈举止都该有个范儿吧。其实，这些正是车玉琳先生性格的独到之处：他生性坦然，坦然得近乎对谁都不设防，坦然得近乎将本身的癖、疵都毫不掩饰地裸露给这个世界。如果有人问我，车玉琳先生的癖在哪里，我会毫不犹豫地告诉他，除了大家都知道的画癖外，他还有交友癖。社会上普遍认为，书画家的苦志在千里游学，更在十年寒斋，哪有时间去交友，泡在酒场呢？这些只是泛泛之论，真正的艺术家都是至情至纯的人，他们最需要社会对心灵的震荡，最需要生活对灵感的拨动。十年寒斋是寂寞的，每当车玉琳先生经历一段时间的探索后，隐隐约约感到多年追求的意境就要在自己的笔下展现出来，落在宣纸上的却依旧是昨日河山；恍恍惚惚见到了梦寐以求的笔墨情趣，画出来的仍然是旧时感觉。此时，一切都是那样贴近，一切又是那样遥远。与其坐在画室中叹气，倒不如约几位好友，温一壶村酒，浅斟低唱，诉尽心中感慨，道出胸间的郁闷。也许哪一位酒友不经意的一句闲聊，一件可说可不说的旧事，会理顺他的心路，拨亮他的心灯，开启新的创作智阀。抑或，十年寒斋也是狭小的，每当车玉琳先生经历一个阶段的探索后，突然觉悟了，妙笔生花，画室满是春晖，苦苦求索了数载，惨淡经营了几周的佳作跃上书案。他绕案呼叫，喊来家人欣赏，都不足以表达内心的欣喜之情，此时此刻，他急切切地召集同道，寻找旧友，斟村酒，布时菜，意气风发，谈笑自若，把收获融进酒里，将喜悦分给大家，将朋友们的期望与建议留给自己。这就是文人常态啊。明人张岱在《陶庵梦忆》中说得好："人无癖不可以交，以其无深情也；人无疵不可以交，以其无真气也。"车玉琳先生在书画界和社会上有那么多的朋友，他的国画作品日新月异，从他的处世待物上，从他的性格上，我们可以深层次感悟到的也就是这个道理。

车玉琳先生在国画方面的学习和创作有比较明显的分路。在他的国画创作中，他一反常态，与恪守绘画传统的画友同道彻底分道扬镳：他的牡丹，从花叶到花瓣，极具意象。仿佛画出自然界那种圆润的椭圆花瓣和三峰相依的花叶都不能表达自己对花卉的理解，不能表现自己心中花卉的神态。只有用自己独特的枝干、花瓣、花叶造型，独特的枝干、花瓣、花叶着色，独特的画面构图，才能完成自己为花传神的心愿。所以，相当一段时间里，我们看到的是除了先生近乎三角的花瓣，近乎鹅卵的花叶，还有近乎朝霞的粉红色。为此，许多朋友都为他捏着一把汗：执着的车先生啊，这种稍不留神就会掉下去的努力，会把你带到哪里去呢？诚然，天道酬勤，功夫绝不负有心人！经过他数十年的坚持，顶着那些一夜成名的诱惑，抵挡着身边朋友们的规劝，蹒跚在羊肠般的小道上，依旧按着自己的理想经营着那"三亩半车家田"；数十年的勤奋，好不容易等来的暑假，他却年年告别温馨的家庭，一肩画夹，朝夕冷羹，风尘仆仆地奔走在数千里外的洛阳牡丹苑中，菏泽牡丹圃里，画尽花王，参透画魂。数十年的呕心沥血，让朋友，让社会一步步接受他独特的花卉造型、花卉设色。终于，车玉琳先生完成了自己的蜕变：从此他的作品有了自己构图，他的花鸟有了自己的造型，他的设色有了自己的韵味。面对这一切，他清楚地记得，多少年来，如何用纸上调色，来尝试让花瓣色彩清雅而除去灰调；如何用交错的细线条来努力勾勒边线，使花卉产生动感；如何用宿墨、陈色着色，使花瓣、花叶形成极其微妙、若有若无的晕渲……在他的眼里，在他的心中，每一树花卉就是有着鲜活生命的美女。她们不但有不同的容貌、不同的风情，也有不同的经历，还有不同的性格。描绘她们就是在给人间的美好象征写照，给人间的美好象征传神。他说道："我认为画画是人生最好的修行，最好的精神世界。它无需通过别人的同意，在自我想象的艺术空间，尽情发挥，尽情演绎，把一份美好的画面、色彩展现给别人，让生活有了欢愉。悦己、悦人、悦世界！"

数十年来，他就是这样想的，也是这样做的。然而，到现在，车玉琳先生并没有觉得自己成功。他觉得自己的国画之路刚刚开始，他为自己今后的学习创作定了更高的远期目标：向文人画的高峰攀登。为此，他给自己制定了近期奋斗计划：一是苦攻书法；二是钻研文学。看着他默默地拿出碑帖文集，虚心求教于身边的书法、文学爱好者，好像三月不知肉味的心境，我们被感动了，一个人的一生是漫长的，那些无所事事的人们不是每天都在这样感叹吗？一个人的一生是短暂的，勤奋的车玉琳先生也是这样感叹的，这又是一种怎么样的人生啊！

古河州是牡丹之乡，河州画坛上多是擅画工笔牡丹和小写意牡丹的画家。我们渴望河州画家们凝神聚气，泼墨挥毫，创作出大写意的花卉，犹如徐渭、齐白石那一路的文人画，不知车玉琳先生有意否？

2016 年 8 月 1 日

大夏河畔的画家们之七

走近自然的张杰

书画圈子里的人们说，书画家和书画作品都有地域性。虽然有着媒体的支持，但除了那些知名的全国大家和本省名家，别的省份或地区的书画家，在一般书画爱好者心里，并没有多少印象。故此，我们看当下的书画界，许多人在提高创作水平的同时，也在不断加大宣传力度，获取更多的社会认可，尽力扩大自己作品的覆盖面和业内的知名度。

任何事物都有两面性，书画活动也一样。在不断提高创作水平的前提下，努力步入更加专业的领域，对书画家来说，有着视野更加开阔，交流范围更加宽大，自身创作水平迅速提高的优越性。同时，也存在着追随流行时风，浸淫各种应酬，置身俗氛，使作品渐离源头，沾染俗气的风险，这些又是书画创作最应该规避的东西。时下风气如此，社会物欲横流，能够急流勇退又是极其艰难，在常人看来却是有违常理的事情。谁能料到，事情的另一面性也曾发生在临夏，而且就在我们身边，年近八十岁的画家张杰先生就是逆流而上，似乎在用自己大半生经历演绎一个回归自然的艺术人生。

画家张杰，临夏和政人，祖上都是以耕种为业的农民。自幼他放牧割草，拾粪捡柴，在村巷田头间成长。也许是天性使然，也许是秀美山川景色熏陶，幼年的他喜欢观察身边的一切。自入小学开始，便摹画山石树木，飞禽走兽，对此感到其乐无穷。这就是一个农家孩子绘画生涯的自我启程。就这样简单，就这样自然。一双淳朴而好奇的眼睛，游离在林草茂盛，禽鸟众多的乡间世界，他看到什么，只要感到有趣，就用稚拙的笔去表现什么。喧闹在树梢上的鸟雀，悠然在山坡上的牛羊，盛开在路旁的花卉等，身边的一切都是他的摹写对象。就这样顺理成章，大自然给了童年的小张杰绚丽多彩的大千世界。他度过漫长而单调的农家日子，度过趣味横生的童年，不知不觉之间，完成了此生的美学启蒙。

艰难的求学之路

我们都知道，把兴趣作为生活的一种爱好用来调节心情，是一种活法，把兴趣转变为爱好，再把爱好上升为此生追求的目标，却是另一种事情。书画家们心里都很清楚，选择了书画，而且把它作为一生的追求，就是把自己的这一生押到终身不能悠哉散漫，终身须吃苦奔走的这条路上。

张杰先生的绘画学习之路，较之其他地区的学生更为艰难。张杰出生、生长在偏僻的大西北一个多民族杂居的边关小镇：设县不到二百年的和政驿。这里文化原本落后，清末光绪年间才开设龙泉书院，家境稍好一些的学童才有了读私塾的去处。他们张家既非官宦人家，也不是书香门第，而是一户普普通通的庄稼人，所以祖上并没有人读过书，或有过功名。

虽然，1949 年后和政县有了几处一定规模的学校，学童们可以就近学习语文、算术等基础知识。但是想要正规地学习绘画，从师资到教材，在那个时代的小县城里是不敢奢望的。就在这样的条件下，学生时期的张杰，想尽办法收集、临摹连环画，并从各种非专业书籍、报刊上临摹图片和插页，摹写自己身边见到的一切。功夫不负有心人，经过多年的努力，他能够比较熟练地应用线条与色彩，也初步掌握了人物和动植物的造型，画出了许许多多的写生和画作。从此，他把自己的目标定为学习绘画，将来当一名画家。

一个农村的孩子，走上学习绘画之路，不缺乏的当然是吃苦精神和坚持下去的恒心，而最缺乏的正是课本和学习资料，还有专业老师的指导。为了弥补自己学习绘画时这方面的缺憾，他背着画作，利用假期等空余时间去临夏、兰州寻师求教，一直坚持到上中学，并且报考了甘肃省艺术学校美术系函授班。记得有一年，他报考甘肃艺术学校美术专业，一直没有接到笔试通知，当他风尘仆仆地赶到那里时，得到的回答却是，笔试早已结束。不死心的他赖在教学楼长椅上就是不回去，等了好长时间，终于等来了函授班的蒋艺文老师，问他是从哪里来的考生，他回答是临夏和政县，那位老师紧接着问道，你是不是张杰？因为他在函授班的绘画作业给这位老师留下了很深的印象。老师请示系主任，经同意，美术系开会研究，破格为他举办笔试，看到他在规定时间内出色地完成了写生等考试，系里当即为他开具了录取通知书，让他返回原籍办理入学手续。可惜，那年他中学还没有毕业，学校不给办理相关手续，告求无门，只好作罢。多么好的一个学习机会啊，眼睁睁地看着流失了去，这也成了他终身遗憾的一件事。

命运就是这样捉弄人，等到他中学毕业，却没有了考取甘肃艺术学校美术系（后合并入西北师大美术系）的机会，他却以较好的成绩考入西北民族学院教育系汉文班。经过两年的学习，他终于按捺不住内心深处对绘画的渴望，不顾自己已经学了两年的本科专业，反复要求转入只是专科的艺术系美术班，并以优秀的成绩完成学业，毕业返回临夏。

参加工作以后，张杰先生的绘画兴趣更加高涨。当时，有个油画专业的高才生从浙江美院分到他所在的单位：临夏州展览馆，这个人就是现在油画界著名的画家周大正。周大正先生高超的油画水平和全身心投入创作的敬业精神立即吸引住了展览馆里所有的年轻人，特别是生性好学的张杰。从此，他在馆里承担各项宣传工作时，主动要求给周大正打下手。他挤时间，偷偷把周大正老师在大学九年的专业课笔记全部手抄下来，为此手上磨出几处厚厚的硬茧。经过十年的朝夕相随，不时请教，虚心学习，身体力行，他的油画创作水平有了显著提高，为后来的绘画创作奠定了坚实的基础。回忆起这段生活，他说道："虽然生活条件艰苦，但绘画方面收获最大。"一位长期和他一起从事专业创作的著名画家说："张杰的油画基础就是那个时期打的，他的油画水平明显比后来的几位油画系毕业生要高得多。

离奇的工作经历

分配到临夏州展览馆，从事绘画宣传工作，在张杰先生来看，是如鱼得水，最为惬意的事情。在这个岗位上，他配合周大正老师和馆里各位同事，把每一幅宣传画、每一次展览作为学习提高和展示能力的机会，高质量地完成，他们的努力受到有关部门的表扬和业内人士的肯定。

同时，张杰先生积极投入绘画创作，仿佛在验证着古人的积学思想：厚积薄发。他多年的刻苦学习，多年的醉心绘画，还有多年的生活积累和艺术积淀，开始喷发。在这段时期，他完成了众多的绘画作品，十余幅作品入选甘肃省美术家协会举办的展览。其中：《松高洁·陈毅》入选西北五省（区）版画联展，并在五省杂志发表；油画《田头》赴京展出，并在国家级杂志上发表；与同事合作的年画四条屏《广阔天地》和自己创作的年画《门神》均由甘肃人民出版社出版，面向社会发行。水粉画《弘扬国粹·健身强国》和《春耕》入选甘肃省美协举办的庆祝中华人民共和国成立四十周年展览，并获优秀奖。

这些作品竟然是当年只有十余年工龄，三十余岁年龄的青年画家的创作，实在让人感到振奋！

按照常理，工作积极性如此高，专业水平发挥得这么好，张杰先生作为业务骨干，从此应该一步步走向更高的业务岗位，如上调到省级文化部门，如果机会更好一些，也有可能选调到国家级文化单位。在那里，年轻的画家张杰，完全可以凭借自己的刻苦学习，自己的勤奋工作，以及与周围优秀的画家交流，迅速提升业务水平，创作出数量更多，质量更上乘的绘画作品，开拓出一片更加广阔的艺术天地。

事情的发展却完全超出了一般人想象，那时的张杰所遇到的工作环境却是不断地政治运动和对知识分子的改造，以及对专业人员的控制性使用。而他又是一个酷爱绘画专业，对政治不敏感，性格率直的人。我们回头去看，命运对这个有才华、有毅力的年轻人是何等的残酷而不公！面对充满风波的工作和生活环境，张杰自然无力改变，也只能泰然处之。这倒也好，他因之免去了许多无谓的应酬，他有更多的时间钻研绘画。然而，更大的挫折还在等待着他，就在他一心一意完成着一幅幅绘画作品，不断提高自己的创作水平的时候，当时文化部门的领导，突然把他下调到各方面条件很差的广河县文化馆。广河是少数民族聚居县。那时，这里没有图书馆，没有体育馆，全县没有专业美术老师，是一个文化建设极为落后的地方。张杰先生知道这里艰苦的条件无益于他的绘画交流与观摩，而且他返回州展览馆没有什么希望，便调到自己的故乡和政县，去了那里的文化馆。

广阔的生活空间

回顾张杰先生大半生的生活经历，给人一种似曾相识的感觉：历史上许多文化人都曾在事业上受挫，失去了优越条件，但是却在不自觉间实现了自己文化与精神方面的梦想。

如历史上著名的诗人陶渊明，年轻时他就有“大济于苍生”之志，可是，在国家濒临崩溃的动乱年月里，陶渊明的一腔抱负根本无法实现。加之他性格耿直，清明廉正，不愿卑躬屈膝攀附权贵，因而和污浊黑暗的现实社会发生了尖锐的矛盾。为了生存，陶渊明最初做过州里的小官，可他看不惯官场上的恶劣风气，不久便辞官回了家。后来，陶渊明当彭泽县令，不过八十多天，便弃职而去，永远脱离了官场。此后，他一面读书为文，一面参加农业劳动。后来由于农田不断受灾，房屋又被火烧，家境越来越恶化。但他始终不愿再为官，最后在贫病交加中离开人世。他原本可以活得舒适些，至少衣食不愁，但那要以付出人格和气节为代价。陶渊明因归隐于山野，而获得了心灵的自由，获得了人格的尊严，写出了一代文风并流传百世的诗文，为后人留下宝贵的文学财富。

一代文豪苏轼，更是命运多舛，身陷乌台诗案，屡起屡贬：从贬黄州，到贬儋州，再到廉州，历尽了宦海风波，受尽了官场倾轧。然而，这些反而增加了他的阅历，激发了他的灵感。在凄风苦雨的日子里，他并没有沉寂和消沉下去，写出了《前后赤壁赋》等精妙绝伦的散文，收作《东坡七集》；写出了《念奴娇·赤壁怀古》等豪放沉郁的词，结集为《东坡乐府》；还创作出众多风格独特的书法作品，其中就有被誉为天下第三行书的《寒食帖》，从而成为中国文学艺术的一座丰碑。

虽然，张杰先生不能和这些历史上的大文豪同列，但是他的生活经历、他的艺术追求以及他的思想变迁，或多或少显示着一种生活环境变化对文人艺术创作的影响来。

张杰先生刚调到和政县的时候，面对艰苦的生活与工作条件，想到自己的专业与今后的发展，真的很是悲伤。经过了一段时间的消沉，一种自小养成的乐观情绪代替了他一度产生的对命运的哀怨，他决心把在基层生活中能够接触各类人物的优越条件利用起来，抓紧时间，完成尽多的写生，为今后的绘画创作打好基础。就这样，他开始了新的艺术创作。

和政县是一个回汉民族杂居的地方，集市众多，商贸比较发达。张杰先生不断出现在人头攒动的各个集市上，人们用异样的目光打量着这个文化馆的老师：他既不问行情，又不做生意，不管风吹雨打，来得最早，回得最晚，到底是在干什么呢？时间长了，大家看出来了，他是个画家，整天专门找那些长相与一般人不一样的人来画像。真是这样的，他留心一些长相独特的人，要么是一脸稚气，散发童趣的孩子；要么是神态轻盈，充满朝气的青年人；要么是脸庞苍老，刻画着岁月沧桑的老翁。还有那些身着艳丽民族服装的妇女，肩负农具或土特产的农村汉子。随即，便用他熟练的画笔，准确而流畅的线条，勾勒出那些具有动感的身体，刻画出充满质感的面庞，一个个带着生活印记的人物便活脱脱地呈现在那块画板上，定眼看去，这个人的生活经历、性格特征已经跃然固化在画板上。他的这种人物写生活动，一直坚持到他的后半生。多年来，他完成了自己人物写生的夙愿，练就了对人物，以及动植物造型能力的准确把握，线条的熟练运用，积累了大量的写生画稿，积累了大量的人物、动植物素材，为自己日后的绘画创作奠定了厚实的基础。

真是“十年磨一剑”，张杰先生的绘画学习与创作，何止是十年！和政县与康乐县均在临夏地区，属于二阴山区，雨量充沛，树木繁茂，风景优美，这些为他的风景画创作带来了良机。他重新拿起在临夏州展览馆用精了的油画笔，开始了油画创作，用油画为这里的山山水水造影，为这里的山山水水立传。不要说秀绝西北的莲花山和炳灵寺，誉满全省的冶力关和松鸣岩，就是那些绿荫掩映的农家小院，深入山间的碎石小径，还有那些流淌在山间的清澈小溪，以及雪山辉映下的凤凰山，都在他的画笔下生色生辉，一派生机。而且，和政县正是他的家乡，这里有淳朴的民风，深厚的中原民俗遗存，尤以庆丰收、庆新春的秧歌闻名河湟，被人们誉为“和政大秧歌”。在和政县他经过多次观摩，熟悉秧歌队伍里每一个角色的脸谱服饰，每一个角色的唱腔舞姿，创作出了大家熟悉的画作《闹新春》，这幅画作以著名的和政大秧歌喜庆春节为主题，狮龙翻动，锣鼓齐鸣，人物环舞，洋溢喜庆，极尽其妙，生动地表现了河湟地区人们庆祝美好生活，享受清平岁月的心情与场面，受到人们盛赞。未几，作为优秀年画，由甘肃人民出版社出版发行。

山川钟秀，寄情于人。一个艺术家往往可以用他的人格魅力和艺术造诣，带动一个地区的艺术发展。多少年后，人们慢慢发现，只要有艺术家在一个地方落户，这个地方就是再偏僻，也有许多艺术人才产生，形成一个艺术小气候。仿佛一粒种子入土，几经繁衍，必然会形成一方绿洲。张杰先生也是一样，他在中晚年坚持免费教授美术爱好者，在他的培养和熏陶、感召下，和政县出现了一批爱好绘画，把艺术作为一生奋斗目标的青年人。这些人在他的引导下，刻苦学习，深入探讨，打下了良好的绘画基础。多人考入高校美术系，毕业回来，成了这里的书画骨干。也有人学成留校，执教高校美术系，成为和政学子的骄傲。

“文革”结束后，甘肃省美协第一次吸收会员，临夏地区共有四个画家加入协会，张杰与孔德良、陈龙、石兰英一起成为临夏州最早的甘肃省美协会员。

丹青不知人将老，在朝夕的画案上，在日午的树影里，还有在悠长的村道间，张杰先生匆匆忙忙地生活在他的世界中，不知不觉走过了五十几年的艺术之路。有一次与他聊天，回忆自己大半生的绘画学习与创作和当下创作时间的紧迫，他猛地昂起头来，豪迈地说道：“绘画没有画好，书法没有练好，一回头，已经八十岁了。我不能老，也不承认自己老了。这一辈子还有许多的画没有画，许多的字没有写，我怎么会老呢！”浩然之气，溢于言表，令在座的诸位深感振奋。

这就是从临夏州展览馆下调到小县城的张杰，这就是再也没有重新返回地区专业艺术部门的张杰，这也就是往来于村道乡间，与农夫村妇为伍的张杰，正是这样的环境，这样的生活，使先生完全摆脱了世俗的干扰、名利的侵袭，让先生不断汲取本源的艺术营养，创作出大量散发生活气息和泥土芬芳的作品，也逐步完成了一个艺术家的人格修持。

2019 年 10 月 15 日

恩师说

我国是文明古国，文化传承，源远流长。春秋之时，孔夫子收徒三千，悉心讲授，儒学始行。孔子、老子、墨子、韩非子……各家师长也都是著书立说，开门收徒，在那个战争频繁的岁月，生生地制造了一个空前绝后的百家争鸣时代。那是多么不可思议的时代啊！就连隐居在鬼谷的鬼谷子先生也是暗授兵书，干预世事，终究教授出孙膑、庞涓，一时间在中原地界斗得难分难解，给后来人留下了围魏救赵等战例。

自兹，仿佛成为定式，各派学问，均须师传，方为正派。直到汉武帝时期，“独尊儒术，罢黜百家”后，儒家的学问，仍然采用师徒传授的形式。在此以前，我们知道，学生常年，甚至终生跟随师长，首先是学习先生的道德人品，其次是学习先生的文章学识。目的多是增加自己的学问，进而提高自己的道德人品，绝少功利想法。就算汉代初期受知于汉高祖，曾经为刘邦制订礼仪制度的著名儒生叔孙通。此前，他的学生要求老师推荐自己给刘邦，目的不外乎想把学到的“经世致用”学说拿出来，在楚汉争霸中试试，看看自己是不是经纶手而已。

事情发展到唐代以后，科举取士，问题也就出现了。明清以来，按当时的习惯，教过自己的老师叫业师，学生自幼跟随学习为人处世，学习文章学识，应该是师恩最重的人。举人、进士参加科举时的主考官叫座师。座师位高权重，对考生来说，他们能够定夺他们升黜，关乎入仕，关乎一生的飞黄腾达，却大都之前并不相识，亦无师恩。但是，问题就在关乎考生的入仕，关乎士子的飞黄腾达。以至在那个时代，科举出身的官员们一入仕途，便很少提及业师，特别是绝少提及那些还在三家村私塾教授童蒙的业师，官僚层的人在仕途上念念不忘的也只有座师。他们在官场与人攀缘起来，往往低声自诉身份：与某某属同门，说的是自己与某某同是某权臣或上司为主考官时考中的考生。在官场炫耀的时候，则是朗声高报家门：某某为恩师，说的是某某是自己的座师。从此投其门下，匍匐叩拜，执弟子礼，称其恩师。恩师一说，起源于此。

这些年，书画圈子里新奇的事越来越多，有些当初受人诟病的事情，时间一久，人们也慢慢习惯，见怪不怪了。谁知近来，许多书画家追本溯源，另辟蹊径，开口某某为其恩师，闭口某某为其恩师，令人大感惊诧且疑惑：传承中华文化，何以如此？细细想来，恩师之说，不外乎此类：

曾经在高校艺术系学习书画专业，数年后毕业，数十年书画市场冷落，自己的专业也是颇为寥落，毕业后与老师各自天涯，绝无往来。说起当年的授课老师，只是淡淡的一句：给我教过素描，或者给我讲过临帖。谁知世事沧桑，如今书画市场见好，书画家受人尊敬。而且老师的名气大增，或身居书坛、画坛要职，或在书画界有着莫大的话语权，便不由得改了口去，经常念叨：某某是我的恩师。

曾经参加过美院、书院培训班，接受专业培训，由于时间紧迫，培训老师在台上滔滔不绝，参会人员在台下浑浑噩噩，自己并没有什么明显的亮点，不能给老师留下深刻的印象。想借此机会拜在老师门下的远大理想无法实现，剩下的便只有悻悻心绪，只得铩羽而归。但是老师的名气太大了，得不到实惠，就弄个虚名，从此逢人便说：某某是我的恩师。

曾经高价参加某大师工作室的培训，除了以低于市场价的价格“收藏”了若干幅大师的作品外，很难见到大师本人，大师的当面授课更是寥若晨星。每年数次的面授和平日里寄过去的作业基本是由大师的高徒们代劳。虽然，回到自己的圈子，俨然是大师的关门弟子，开口便是：某某是我的恩师。

伯乐难遇，奔投无门，曾经托人携礼品与书画作品登名家之门，碍于熟人面子，也不忍拂了求学者的恳切，老师侃侃而谈，简简单单一两个小时，学生诚惶诚恐，恭敬地站着，未必能够领略名家语言中的玄机，老师只是草草看过带去的作品，点评也颇难切中学生创作要害。说破了无非是乘兴而来，败兴而归的事情。从此自然天各一方，了无来往了。对外自然不是这个说法了，便逢人说道：某某是我恩师。

凡此种种，不一而足。界外贤者必然会问，既然如此，为何此风愈演愈烈呢？这种事情细想去大凡是为其自身利益罢了。

从弟子方面说，一旦投入名师门下，创作水平有些许提高。大多数人的心思却在加入更高一级的美术家协会，抑或书法家协会上，并且以此为台阶，弄个理事干干，抑或在画院、书法院弄个特聘书画师当当。倘若到这一步，便可以追随在恩师鞍前马后，狐假虎威。自然，作品润格一路飙升，彻底告别了阮囊羞涩的苦日子。

从恩师方面说，许多人虽然没有受到过本师座的朝夕教导，其艺术水平与潜质也极泛泛，但是人家凭借种种机会，种种理由奔投到自己门下，恭恭敬敬地执弟子礼，节前节后孝敬不必说，作为艺术名家，一呼百应，前呼后拥的排场还是需要的。何况，每一个弟子，实际上就是本师座的一台宣传机。不分场合，不论时间，动辄我的恩师何等了得之类，大造声势，舍其而谁能？

如此说来，师门难道只是乌烟瘴气了，其实不然。颇为清静的师门，我倒是见过一二：

誉为当代画圣的著名连环画家刘继卣先生，“文革”时，他在北京的四合院里，满墙大字报，遍地碎字画、烂瓷片，一脸颓丧的画家刘继卣跌坐在破烂中。正在这时，房门又一次被推开，一个红卫兵模样的人走了进来，他就是沈风涛。刘继卣诚惶诚恐，赶紧解释道："红卫兵小将刚刚破完四旧。"谁知道，沈风涛小时候就爱《鸡毛信》《大闹天宫》，是从兰州来拜望刘继卣老师的，老师听后很是感动。那一天，他在刘继卣老师那里待了五个小时，老师当即应他的要求画了数幅小品相赠，并到街上的照相馆合影留念。数年后老师谈及往事无不感慨地讲："小沈，不容易啊！那个年代像你这个年龄的人都是来'拆庙'的呀，唯有你小子是来'烧香'的哟！"刘继卣老师的女儿在她的回忆录中写道："那是42年前的1966年夏，'文革'最激烈的时候，说起来颇具戏剧性，那时我父亲因被批反动学术权威，家里已被红卫兵'光顾'了三次，四合院内狼藉不堪，外院大门的下半部全被砸空了。沈风涛那天穿着褪色的军装，佩戴着红袖章出现在门口，让我们全家着实惊恐了一阵子。后来得知他是从兰州来看父亲的，因为喜欢爸的作品，之后又和爸去西四照相馆合影留念。在那动乱的年代，此举虽是单纯的，但与我家周围的人形成了鲜明的对比，给我留下了深刻的印象。"沈风涛自兹与刘继卣先生交往十七年，每每去京出差必在先生家中问道求学，一待就是一天并常在先生家中就餐。同时，十七年间，他与先生书信来往不断，问道求学，受益匪浅。他的朴实真诚，深深地安慰着刘继卣受伤的心灵，伴随先生度过了那段灰暗的日子。艰难岁月结成的感情是极为真诚的，多少年来，刘继卣先生及其家人都把沈风涛当作自己的家人看待，刘继卣老师的两个女儿一直把他亲切地称呼为："大哥。"就是刘继卣先生仙逝后，依然人来信往，络绎不绝，供放在先生家中的那一座刘继卣青铜雕像，正是沈风涛在纪念刘继卣逝世二十周年时，特请罗代奎老师创作的作品。前些年，他去北京参加刘继卣先生百年诞辰纪念活动，回来只是给亲朋好友说道："那尊雕像还是供奉在家里。"不过，我与沈风涛先生交往多年，只听他说刘继卣先生的绘画是属于时代的，全民族的，先生的绘画水平是后来人很难达到的。虽然，在诸多方面受惠于先生，说起他与刘继卣老师的关系，他只是说“问道于先生”，可我从来没有听到过他说刘继卣先生是他的恩师。

还有一个人，就是蒋志鑫。1974年他从甘肃师大美术系毕业分配到家乡平凉群艺馆，领导歧视，同事排挤，加上农村出身，家庭困难，日子的艰辛几乎要把他的专长、他的生活希望全部压碎。就在他百无聊赖之时，著名画家王文芳来平凉采风写生，看了他在如此条件下创作的画稿，王文芳老师十分高兴，说道：“画了这么多啊？”而且一针见血地指出：“你的画问题不在技法上，而在眼光上。”随即，王文芳老师资助路费，亲自给群艺馆领导做工作，让他到北京去进修。在北京进修中蒋志鑫住在王文芳老师家里，在老师的画室里学习，在老师的画案上创作，老师还多次带他去外地采风，参加活动。他朝朝夕夕吸收老师的艺术滋润，道德滋润。不但如此，这次来北京，近一年的进修期中，他的生活费用都是老师负担的。进修结束时，老师不但给他资助了回程路费，还给他的母亲准备了礼品。20世纪70年代，可是一元钱难倒英雄汉的艰苦岁月啊！20世纪80年代，在王文芳老师的大力帮助下，蒋志鑫请假、凑钱，经历千难万险，终于在中国美术馆举办了个人画展，而且这次展览在北京，在兰州产生了巨大的反响。多少年来，人们都不相信在那个年代，一个名不见经传的甘肃基层画家能够在中国美术圣殿举办个人画展。但是人们都看到，从此蒋志鑫在美术界站了起来。这里除了蒋志鑫作品浓郁的地方特色和鲜明的个人风格，王文芳老师在北京美术界前后奔走，多方照应也是起着关键性作用的。试想想，在那个年代，如果没有王文芳老师鼎力相助，蒋志鑫，这个农村出身的基层画家能不能坚持住自己的专业都是问题，谁能想到他由此艰难中起步，带着自己的画作，带着自己的理想，一步步走向全国，走向世界。读《蒋志鑫自述》，他用一个章节写了“遇见恩师”，熟悉的人们都觉得蒋志鑫先生就应该称王文芳老师为恩师，这个恩师称呼包含着深深的师生之情，听着分外贴切，分外真诚。

还有一位是杨立强先生与他的恩师蔡鹤汀。1968 年春天，刚刚 20 岁的他在一个偶然的机会去西安投奔蔡鹤汀先生。当年在西安，蔡氏兄弟的画名如日中天。但当时的蔡鹤汀、蔡鹤洲先生和众多书画大家一样，正处在人生的低谷。蔡鹤汀怎么也想不到在轰轰烈烈的“文革”当中，竟然还有人背着画稿，从外地一路寻来，要拜自己为师，学习绘画。惊诧之余，也为之感动，就留这个淳朴聪慧的甘肃小伙子在家里一起生活，一起学习，蔡鹤汀老师一面闭门创作，一面向他尽心传授画艺。平日里，先生自感身体和精神好时就会铺纸示范，让他全程观看作画过程，深入讲授用笔用墨的方法，讲章法结构，画面物象之间的呼应，讲授什么是画格，什么是画境，画家在创作过程中的感情升华等。每过一段时间，老师便把杨立强的画稿铺开了，认真阅读，为他一一点评。兴到之处，老师动笔示范，让他当场临习，体味个中意趣。有时，老师还饶有兴趣地讲他和画家朋友的趣事，讲自己的生活经历，以此对他进行品德熏陶。经过长时间相处，老师对他很是喜欢，对他寄予厚望，把他的名字由“力强”改为“立强”，希望他立于自强。与老师在一起的数年时间里，初入社会的他，从处世做人到画理画艺，各个方面都深深地刻上了老师的烙印，给今后成为今天饮誉国内外的国画名家奠定了坚实的基础，蔡鹤汀就是杨立强先生的恩师。

可见，在艺术界恩师确实是有的，自然，恩师也是可以称呼的。但也绝不是关系泛泛，就可以随便挂在口上去炫耀的。

2020 年 1 月 31 日

兰斋幽香洇墨香

前些天，一位外地的书友看了杨志文先生的《中秋寄怀诗》：“秋山隐隐漫轻纱，篱畔萧萧几树花。试问云中人字雁，一帘幽梦寄谁家?”后问道：“他是在跟你学习古文吗?”我掂量自家的古文水平，便一笑否认。倒是我一直也在品读杨志文的诗，特别喜欢他去年作的那首《曲岸偶题诗》：“北风萧索乱蒹葭，落日横江噪暮鸦。心绪一怀无寄处，且随流水到天涯。”杨志文先生是我多年的书法知己，写得一手独具风格的魏碑。业内的人都知道他是从张猛龙那里走出来的，而且浸淫于魏碑数十年，形成了浑厚且灵动，开张又温婉的鲜明艺术特点。他的书法多年来对地方书法兴起起着引导作用，是临夏书坛一位有影响力的书法家。经常有人和我讨论，学习魏碑难吗？难在哪里？我答道，当然难了，难在变通。好在没有人再问怎样变通，其实，我也不知道魏碑创作中，怎样来变通。故此，我一直在思索，杨志文是如何从魏碑大胆的结体，奇特的用笔中去掉其火气，渗入婉润，写成自家书体的。正当我苦苦思索他的书法作品的变通的日子里，杨志文却逐渐以古体诗创作唤起众多书法爱好者对他的关注，也唤起大家对书法本源的思索。这些促使我不得不回转思路，对杨志文的艺术人生不断去遐想。

杨志文是企业中层管理人员，他供职的濒临破产的企业在偏僻的盐锅峡。且不去说这个国营化工厂当年的红火和曾经的风风雨雨，我们只知道他化工专业毕业后就在这上班，半生辛劳。如今，厂子人员流失几尽，厂内长满野草，他犹自守护在这里。盐锅峡原本是人员稀少的乡间小镇，就是当年化工厂全盛的时候，外来人都觉得这里没有多少人，何况现在，当地的一家国营水电厂家属全部搬到了省城。原本两千多职工、六千多家属的化工厂，只剩下百十人在此淹留，这里显得越发荒芜寂寞了。放眼望去，村落远近，树木茂盛，是一派黄土高原河谷常见的田园风光。只是落到眼前，空旷的厂区，悄无人烟，厂房败落，野草滋生，满目凄凉。不禁让人感叹，真荒凉啊！站在这里，一个想法油然从心底升起：天底下最荒凉的景色应该不是大沙漠，也不是戈壁滩，而是野草缠绕着废弃设备的破败厂房！

杨志文的家就安在厂子家属楼。好几次，听到朋友问他，为什么不把家搬到县城，或者兰州去，他只是笑着说：“我的老家在盐锅峡，兰斋和快哉亭也在这里啊。”快哉亭是他建在黄河边芦苇丛中的六角亭，在亭了立柱上镌刻着他撰写的楹联：“常因翰墨频病酒，每与相思屡伤怀。”而兰斋是他的书房。对兰斋他曾赋诗《吟兰斋》：“一弯冷月挂枝头，料峭春寒上小楼。我爱兰斋清雅味，情迷砚海荡心舟。”读过这首诗，圈子里好多人曾想，到底是个什么样的亭子，号以快哉；什么样的书房，名之兰斋。人们都有意找机会去盐锅峡，看看他的快哉亭与兰斋，领略兰斋斋主生活的清雅味。

兰斋是一套不算宽敞的住房，在家属区一处比较偏僻的楼房里。客厅通着阳台，被辟作书房，除了偌大的书案、几个坐处外，其余地方都养着兰花。墙壁上排列的字画和各种精致的花盆里的各类兰花，让来人进门就感到主人的志趣。客人的到来，每每使斋主杨志文特别高兴，引导赏花，安排品茶，抿酒将半，便和朋友们谈书法，谈文学，甚至谈到了人生志趣。村酒微醺时，兰斋内已经满是感慨，又有人趁机鼓动道：“搬到县城去，好经常聚聚。”杨志文略显迟疑，有些怅然在他的眉宇间慢慢地铺开来，细心人就能感到自古岁月的难缠和当今生活的不易。

正是生活的不易，给杨志文先生心里留下了一缕淡淡的忧愁。

而这一缕忧愁，给他的生活平添了悠悠的节拍，也在他的作品中酿造出一味涩涩的醇香。

我的青少年时代是在那段无法读书的年代度过的。不知道因为什么，在工厂当学徒的我，突然想起来要读书。那个岁月，买不到可读的书，借书也着实不易。好不容易借到的第一本是《唐五代词选》，先入为主，随即又借到《花间集》，依然多得是闺思恋情，给我染足了旖旎的脂粉香。等后来读到《唐宋名家词选》《东坡乐府》《稼轩长短句》，胸臆已经都是忧愁了。故此，我读杨志文先生那些带着淡淡的忧愁的诗句，感到由衷的亲切：仿佛漫步于山野间小径上，看到从远处村落飘来燃烧草木的淡淡炊烟，自然而然地撩起悠悠的乡愁来。

拂不去忧愁的生活给杨志文最多的还是寂寞。偏僻的小镇，空旷的街道，稀疏的居民，这些只是表面上的寂寞，真正的寂寞是多少年来严严实实笼罩在他心灵上的空旷和荒芜。说是读书人要耐得住寂寞，两耳不闻窗外事，板凳要坐十年冷，我觉得这些只是说给心底嘈杂、静不下心读书的名利场中的人听的。而读书习字数十载，山中寒暑不知年，杨志文这样的读书人，最大的愿望就是有一个，抑或几个书法朋友、文学知己，时不时相聚，谈书法，论诗词，如陶渊明在柴桑一般。奇文共欣赏，疑义相与析，三两杯村酒，浇一胸的块垒。

可以想象，不要说读到一篇扣人心弦的好文章，就是看到一幅震撼人心的好书画，那种澎湃于胸中的激动，那种起伏于心里的微波，不能与人分享，岂是三杯村酒可以发泄的！何况，春明景和，群花溢香，杨柳滋绿，无俗事烦人，有野鸟助兴，宣纸可心，毛锥随意，焚一炉篆香，铺纸挥毫，笔不滞墨，纸不拒笔，洋洋洒洒，顿时写成一幅年来尚在梦魂中日夜思慕的作品。此时此地，那种快意，那种愉悦，天生就是与知己分享的。哪有深深地埋在心底，朝朝暮暮，无时无刻去折磨自己的道理！空空的书房，遥远的友人，梦中的知己，又能和谁倾诉呢？只能是绕书案狂呼，续之拍案叹息了啊！

抑或寒雪乍袭，晓风拂窗，兰斋已透入丝丝冷意。这个时节，行人稀疏，杂事寥落。兰斋斋主只身独步于护河长堤上，沉咏于快哉亭畔。望去大河两岸木叶脱落，寒霜初降，难免触景感怀，自伤不能自已。便赋《初冬怀远》诗：“又是初冬满地霜，红衰翠减感凄凉。欲笺心事凭谁寄，且借长空雁一行。”徘徊良久，无人伴寂寞，何处话衰落，蹒跚怅望，满目惆怅。回到兰斋，反复梳理此时的心绪，难以抚平胸中的起伏。蓦然体味出岁月匆匆，人生短暂，老之将至。复吟《新年感怀》：“每对苍颜总感伤，如烟往事怯思量。韶光过尽书生老，梦醒犹惊鬓染霜。”书生老去，往事如烟，这些都是一个读书人心灵深处长久的颤动，也是不敢自弃的读书人脑海里对此生勤奋的沉闷回响。它却最能勾起向朋友倾诉、听朋友和鸣的迫切欲望，期盼着精神层面的娓娓交流。书友、诗友、知己又在何处呢，这些也是笼罩兰斋的寂寞浓雾。

更何况朋友会离别，读书有心得，学书有感悟，书斋有雅趣等，这一切，都会时不时扣响他内心敏感的钟磬，揉动他内心悠扬的筝琴。钟磬清越，筝琴悠扬，杨志文先生环顾身边，缺的正是书友诗友、知己知音，也只好挥毫临纸，将一曲曲高山流水留之于墨迹琳琅的书法之中；品茗低吟，将一缕缕情思留之于郁郁乎文哉的诗句里。伴着兰花清香在寂寞的兰斋里暗自芬芳，自我欣赏。自然，这一切如掩不住清香的深巷村酒，偶尔飘出山外，使人们知道偏僻寂寞的盐锅峡小镇有一处书房叫兰斋。兰香伴着墨香的兰斋，有一个读书人叫杨志文。

2020 年 2 月 9 日

书斋闲话之一

案边说砚

朋友藏有一方洮砚，且不说是老坑石，就是那刻工也颇具匠心。占少一半的是黄膘，层层次次地，全部雕为老松枝干，剔去浮石层，把那层汇聚着水纹的碧色石雕作一池野塘。看去，一树老松，枝干树皮苍老，柯柯累累，斑斑驳驳地直对来者。树梢松针团团簇拥，一脉苍翠。映着蓝天，掩着春水，满是生命的顽强和岁月的沧桑。而松阴下的野塘，似有清风拂过，长草若有若无地摇曳，推起一池波纹，蓄起一派生机。厚厚实实，玲玲珑珑的一方砚石，造出层层几处景物，托起满满一腔情怀。妙夺造化之工，确是一方好砚。

百年前那些年代，读书人都有一方自己使用的砚台，造型大都很简单。而且体型小，只是便于携带，能够研、存一凹墨而已。时至今日，人们的生活水平提高了，许多人将练书画作为消遣，砚台也就成了这个圈子里经常说起的话题。有人问我有多少方砚，我只是笑笑。

我不蓄砚，书架上放着的二十余方观赏砚，多的是朋友们送的，觉得我好书法。还有几方是书画商拿来换作品时留下的，大多数是洮砚，也有几方歙砚和端砚。

哪一个书画家不想拥有一方质地与刻工均为上乘的好砚？古香古色的砚石躺在画案上，就是不去使用，看看也是一种享受。

近二十年的日子，我基本上是在书房里度过的。有时候练字写累了，写文章卡壳了，百无聊赖地在书案周围徘徊，落入眼帘的自然是那些砚台。起初，我仔细去观察它们不同的砚色，分辨砚石水样的纹路，质朴的黄膘。时间长了，便用手去抚摸砚体，感受温润的质地、精妙的图案与刻痕。砚石给了我一种心灵慰藉，自后便怀着几分情感去和它交流，慢慢地我有了好砚石之癖。阅石既多，脑际时时存留着几许砚品：有砚池中黑涛涌动，砚边沙梁上唐僧四众跋涉的通天河降妖砚；有砚头淡云钩月，砚侧荷池旁素娥轻移莲步的寒塘素娥砚；还有砚池水波荡漾，一头老牛浮鼻回望朗月的吴牛喘月砚。回想起来，最喜欢或最难忘的却是两方刻作工艺品的砚石。

其中一方是宽约尺五，长约两尺的洮砚石作品。都说是老坑石，石料原为不同颜色的三层，都被刻砚师巧妙地利用起来，最上一层是赭红色，这一层几乎全部剥去，只留下两处，一朵刻荷花，一苞刻花蕾。赭红色层和底下碧绿色层中间夹着铜钱厚的一层黄膘，这个层面，大部分刻作荷叶。荷叶姿态各异，或舒或掩，相叠相依，迎风映日，占尽风情。荷叶之间又剥去几处掌心大小黄膘，僻为空缺，却另有用场：露出最下层碧绿色石质，且有水纹，正好雕成水面，让浮萍来繁衍，让鱼虾去嬉戏。正是这样一方砚石演绎出这样一方风景，仿佛是夕阳下的荷塘，一片夕阳，一片金黄，斜斜地射在荷塘里，留在荷花荷苞中，射在荷叶苇草上，顿时给晚风中的荷叶涂满一层金色，富丽堂皇，摇曳生姿。记得有一年，我从太极岛荷塘边走过，目睹同样的景色时，不禁吟道：“野塘新荷逸远香。”再眺眼望去，又似乎是秋凉八月，露寒野塘，剩余的几个荷花荷苞顽强地竖在水面上，枝干下满池的荷叶依然如盛夏般平铺着，但都显出深深的颓色，金黄金黄地浮在水面上，任凭凉凉的秋风拂去微尘，荡起涟漪。叫人不由得忆起那句古诗：“留得残荷听雨声。”恍惚间，耳际真有窸窸窣窣的细雨声响起，砚石上悠然弥漫起一丝淡淡的悲秋味儿来。

另外一方正是我新得的端砚石作品，与刚才那一方砚石比较，前一方是满池的荷花荷叶，颇有气势。而我的这一方砚石，是荷花池中的一角，只是小巧。仿佛故宫比私家园林，官宦闺秀比小家碧玉，虽然都是荷塘景色，毕竟着眼不同，风格各异。我的砚石取景小，但是尺幅却比那一方要大些，而且构思与刻工也足与它砚相颉颃。端砚石很有些厚度，四周淡黄色中掺几团赭红色红晕，还露几处淡绿。刻工依其自然形状全部雕凿为叶柄在外，叶面朝内，叶缘卷曲的图案。沿着周边看去，含着赭红色红晕的黄荷叶，上面竟然散落着几处铁锈色蚀斑，好像是盛夏烈日灼伤的残留，缠着浅黄色叶筋的淡绿荷叶，枯润相间，似乎向人们昭示身下水土的涵养。被这么多荷叶维护，这么多荷叶簇拥的中间正是匠心独运处，左侧是从蒲草旁边长起的高低不一的四柄荷叶，撑开的两柄叶面微倾，承露盘般的在那里享受阳光，自是悠然自得。而折叠的那两柄荷叶茎脉暗鼓，正在使劲撑开叶面似的，彰显力度。撑着那几柄荷叶的枝干横斜交错，表面上分布着星星点点的小刺儿，不要说去抚摸，看去都有刺人的微疼。占据右下部的是一团平铺在水面上的硕大荷叶，深绿色的叶面，印有团团水渍，蓦地，叫人感到清凉的池水就在荷叶下波动。其他空余的地方被深深凿了下去，成了荷塘水面，池水中除了水藻浮萍外，最引人目光的是两尾鲤鱼，鳍须微动，相对而来，弯起满是金鳞的身子在游动，不远处却是一只静静的竖起壳儿的田螺。

这是荷塘一方小景，江左刻工，家临池塘，朝夕相伴，尽得其趣。所以，运刀操作，自然会极尽其妙了。砚石到我的书房后，我不时观赏。叹息之余，不由得去揣摩砚身，享受那种温润的感觉。且寻思，把它当作砚池，需要多少墨汁，而且用后怎么洗干净啊！一位求我写“禅茶一味”的朋友笑道：“天成的茶台嘛，中间大荷叶正好放四只茶杯呢。”

至今，我没有舍得在砚石上放四只茶杯，任其静静地躺在我的书案上，朝夕陪伴我练字，写文章。一次夜半，窗外黑云翻滚，书斋里似有簌簌声作响，我急忙披衣去探望，妻子喃喃道：“不就几本旧书嘛，看什么呀?”其实，我突然觉得书案上那方砚石里这阵正是水雾空蒙，鱼龙腾跃着的。

最是我的小外孙女满是童趣，时不时便凑过去往小鱼身上浇水。末了，歪着小脑袋问道：“姥爷为什么最喜欢荷花砚台?”好半天我没有答上来。真是的，可能是喜欢荷花吧，连给小外孙女起的名字也是“逸荷”。

2019 年 10 月 20 日

书斋闲话之二

案边说纸

把书法作为爱好，这是我一生中重要的选择。蓦然回首，我已经深深浅浅地在书法道路上印下了近五十年的足印。自然，这大半生日子里，除了上班工作外，业余时间多是在书案边消磨。现在想来，多年来最叫人窘迫的事，莫过于筹措书法练习用纸了。

练书法每天都需要纸。那个时候，大家的工资都很低，掏钱买毛边纸练字是不敢想象的奢侈事儿，唯一的办法就是找废纸。虽然我身处机关单位，公费订阅的报纸比较多，但是旧报纸不易到手。大部分干部家在农村，旧报纸用处着实多，家中老汉们要用它卷旱烟棒子，年轻人们要用它糊墙头、打房屋顶棚。几个城里的干部和家属也要用旧报纸包东西、衬衣柜。反正，隔日的报纸总被勤快的人们收了去，见不到踪影。一次，有个单位的保管员叫我帮忙整顿仓库，我意外地从废置的文件柜里发现一摞发黄的旧报纸，便悄悄地收了起来。我干完活儿，顾不上洗脸，高兴地抱着往自己的办公室跑，却被一位领导看到，以为我要拿去糊墙头，随口说，太旧了，糊墙不好看。我掩不住心中的快乐，冲口说出用作练字。谁知道从此出现了转机，这位领导告诉他的通信员，不时给我留一些旧报纸。后来他得知《参考消息》纸质吸水性好，就一直把看过的《参考消息》留给我。记得那时，用旧报纸正面临楷书，背面临行书。反复数次，直到看不清楚笔画了，才算作罢。多年后，我的书法作品从悬挂墙壁，到入选展览，练习用纸仍然是旧报纸。经常有人问道："你练书法用的是什么纸?"我也就幽幽答道："旧报纸啊。"

那时，用宣纸搞创作，我觉得是很遥远的事情。有时候去省城兰州办事，不由自主地就走进庆阳路省工艺美术社，去看看满架成摞的宣纸，解解眼馋。不过，去多了，也就知道了那时的宣纸依次分为“红星”“红旗”“彩旗”三大类。红星最好，据说是书画大家敢用，也才能用得起的。红旗也是省上书画老师们用的。彩旗嘛，用的人比较多，但对我这样的爱好者，一次只能买十来张，小心地用旧报纸卷着带回家。有重要活动时，偶尔写一下，一年不过数次而已。

也是命运眷顾，我工作生活的县城，文化馆有个副馆长是个画家，又是我的同乡长者。那时县文化馆里，培养基层文艺爱好者是他们的工作范围，这位馆长给我赠订了一份上海出版的文学杂志《萌芽》，还每年赠送十张彩旗宣纸。《萌芽》杂志上的许多文章对我很是滋养，我至今还能记得精彩的情节和文字段落，为我后来的文学之路产生了长远的影响。赠送的宣纸总是舍不得用，高高地搁在书架顶上。偶尔因投稿拿下来用，却因为平日很少在宣纸上创作而产生心理负担：止不住指腕颤抖，写不好字，作品反而没有在练习纸上写的成功。此后很长时间里，凡是遇到宣纸，或者在名贵纸张上去创作，心里就发怵。记得有一年，我在一个基层支行当美工，地区工商银行抽调我去做办公环境美化，工作结束时，有个部门负责人说他们仓库里有宣纸，让我去取一些自己用。开门后，他们离开，让我自己去拿。我一眼便看到，是刚打开用了几张的一刀红星宣。红星宣专用水印清晰地透出纸表，纸张在阳光下暗暗反光，仿佛泛着一层柔和的羊脂玉色。惊喜之余，狠下心来卷了二十张。到家在书案前反复抚摸，心里直乐：我也有红星宣了！朝夕相守，却舍不得使用。直到数年后，省书协为庆祝中华人民共和国成立五十周年书展征稿。我决心投稿，为了少一些心理负担，我从中选出一张原本就有一轮淡淡茶渍的宣纸，用行草书张炎《解连环·孤雁》词句：“楚江空晚，恨离群万里，恍然惊散。自顾影、欲下寒塘正沙净草枯，水平天远。”至今还记得，宣纸是那样受墨，绝无滞疑；毛笔又是那样自如，随心所欲；心情也是那样愉悦，亢奋激越。仿佛是一个渴望驰骋战场的战士，弥漫的硝烟，正好激发起冲锋陷阵的激情。投稿未几就收到入选通知。数年后，见到那位部门负责人，闲聊到当时赠宣纸的事，他惊诧道：“那次你拿去多少宣纸？”我嗫嚅道：“二十张。”他有些诧异地说：“你只需留几张，其余都拿去嘛，剩下的没用处，房屋漏水，泡烂扔掉了。”我当时一惊，脱口喊了出来：“天哪，毁了那么多宣纸，那可是红星宣啊！”

岁月如梭，时至今日，宣纸早已经不是按红星、红旗、彩旗三大类来分。虽然红星宣一直保持宣纸中绝对顶级的地位，而红旗宣、彩旗宣两类早已绝迹了。替代红旗、彩旗类的却是五花八门的品牌，大凡都有“名人专用”字样，用起来，效果并不比当年的彩旗宣好多少。闲暇时，我偶尔去隍庙走走，还能看到书画用品店里的宣纸还按产地、原料区分。有以檀纤维为主制成的徽宣，还有以竹纤维为主制成的川宣，以及北方以杂草纤维为主制成的草纸。这种草纸在过去是很难入书画大雅之堂的“农村用纸”，今天竟以其质朴至极，反而受到了书画家的青睐，正应了“大俗大雅”那句俗语。有次在安徽宣纸店喝茶小憩，一个年轻顾客问店老板：“既然宣纸分作徽宣、川宣，为什么又叫生宣、熟宣？”因为是熟人，店老板努嘴让她问我，我便随口答道：“这又是按制作工艺说的，宣纸制作有一道上矾工序，不上矾的宣纸是生宣，一般用于书写行草书和写意画创作；上矾的宣纸叫熟宣，一般用于书写小楷和工笔画创作。而介于二者之间的半生半熟宣，叫玉版宣，一般用于楷书书法和兼工带写国画创作。”我只是信口一说，倒让询问的年轻人明白了个中又一种道理。

自从书法作品渐渐能入众人眼后，我也学会了以字养字。前些年，自己用卖字的余钱买来几刀红星宣，放在书柜纸架上，心情好的时候就用来搞创作，其余的普通宣纸随手作练习纸来使用。因为经常用宣纸，遇到过几次有趣的事情：有次，一位比较熟悉的企业家邀我去兰州，说帮他选购些宣纸，我知道他不太爱看书，问道："你用宣纸干什么？"他只是笑笑，我猜想是他业务往来的需要，就精心挑选了几刀好宣纸，便回到小镇。没有想到，我刚进家门，他和司机也跟着走了进来，抱着宣纸嚷嚷道："给你买的，我用宣纸干什么？"困惑了半天，我才想起来，曾经为他办公室送过书法作品，可能是人家表达谢意吧。有意思的是，有一次，我去买印泥，一位熟悉的宣纸店老板套近乎地说："以前买去的红星宣用完了没有？还有的话，我全部高价收购。"我才知道当时每刀不到一千元的四尺老红星宣已经涨到六千多元了，听说还在上涨。宣纸价格飞涨令我一阵惊诧，但近来自己学习条件的改观，给我了长久的欢愉。与宣纸价格一路走高一样，我的书法爱好条件也和当时不可同日而语了，如今不仅有了自己独立宽敞的书房，而且除了按类别放置文学、艺术、古文、白话文等自己心爱的书籍外，还有了按四尺、六尺、尺六宣、尺八宣放置宣纸而设计的专用宣纸橱柜。看着整齐的书籍，满架的宣纸，我顿时涌起"无暇南面称孤"的书生豪情。

双鬓染霜后，我参加的书法交流活动逐渐多了。在南方的活动中，在书法创作和宣纸使用方面，明显感到宣纸真有点"欺北"。我是甘肃人，从小生长、工作、学习、生活在北方，总觉得在差一些的宣纸上搞创作，掌握不好用墨。墨浓了，拉不开笔；墨淡了，涨洇不说，缺乏墨彩，不忍卒视，令人气馁。所以，外出活动时，挑挑拣拣地，多的时间花在选择宣纸上。说来也怪，也有次意外：有一年与三五友人结伴去游南海，同行友人有个兄长定居海口，听说我能写书法，这位先生匆匆地买来宣纸，打算留字补壁，也是留一缕乡愁的意思吧。兴许是他不接触书画的缘故，兴许是宣纸店老板欺生的缘故，买回来的宣纸真的是无法恭维。如果在北方，我是肯定不敢在人前碰这种宣纸的。可这是在他海边的家里，只见蕉叶覆窗，花香扑鼻，茶酒接踵，乡音盈耳，情境很是温馨。无奈之下，我只有迎难而上了。谁知道，下笔就感觉到纸笔交融，笔墨相发，格外遂意，我边创作边暗暗称奇。未几，就有随意挥洒之趣。先用尺八屏宣纸，行楷创作出新作诗四条屏《南海寄兴歌》：“天外鲸鲵鼓腥风，缥缈石塘排乌云，云起仲夏虾水寒，五更直逼三亚城，亚龙湾里无余物，椰树成行蕉成林，千里怒风摇日月，万丈惊涛动乾坤。连宵风雨洗山川，清晓浪歇天色晴，起伏余波拍长堤，堤上细沙净如银，初阳欲蒸岛屿水，夜风自拂渔家灯，三更鱼虾来窥岸，平明鸥凫绕滩鸣，是处寒暑无时节，十月南洋传信风，芒果倭瓜聊可食，蛤蚧鳌鱼味自珍，但使酷暑褪八月，终岁可作鹿城人！”诸位多有赞赏，不知道是酒力，还是乡情，在一片鼓动声里，半借醉意，我又在纸质更差的尺六宣上创作出草书口占诗《登沧海楼》：“天外长风送雨来，乌云直逼画檐头，指顾江山形胜地，登上沧海第一楼！”惹得满座赞赏，举杯欢笑。回来后，我把这次奇遇告诉陇上书画朋友们，许多人都说有过这样的感觉。有人解释道：“南方空气湿润，使得宣纸纸性变得柔和，创作自然没有燥涩感。”一位直爽性格的画家甚至嚷道：“再好的宣纸到了北方就成了差纸，再差的宣纸到了南方就成了好纸！”愤愤地，仿佛有些许不平情绪。大家听了，觉得特别逗人。

2020 年 4 月 22 日

书斋闲话之三

案边说笔

因为喜欢书法，我年轻时就知道了毛笔最初出现于商朝。后来又知道毛笔的诸多名称，楚国称为“聿”，吴国称为“不律”，燕国称为“弗”，秦国称为“笔”。但是对我来说，多少年来，在书房里最纠结的，还是如何才能拥有一支好一点的毛笔。

我接触毛笔比较早，在那个无忧无虑的童年，就已经开始使用毛笔。那时我和哥哥上小学，每天都有大楷作业。字帖是父亲写的，我们把它衬在纸底，一笔一画地模仿着。刚开始担心笔颤，就把笔杆紧紧地贴在脸颊上，父亲回来纠正过也就好了。最烦心的是每个周末下午要写周记，这天中午就得开始准备小楷笔。小学生不懂保养毛笔，细细的笔锋总是分着叉。书写之中，嘴抿手捋，弄得脸上手上都是墨迹，这就是我起初用毛笔时遭遇的片段经历。

后来，遭遇十年动乱，命运到底没有让我们读完小学，就随着父母亲被“遣返原籍”。参加工作后，自己年龄小，孤孤单单地在外地当学徒，不知哪根筋转了，突然想学书法。现在想来，大凡是受父亲小时候上过私塾，毛笔字好的影响吧。此时，“文革”尚未结束，拜书法老师很难，但毛笔倒也好买，只是质量很一般。就这样我和毛笔做伴，开始了近半个世纪的纠结生涯。

第一支好一点的毛笔是我在 20 世纪 70 年代末，参加省书法家协会（筹备会）办的书法培训班，班上七里河文化馆的老师统一购买的。记得每支五元钱，现在看去很便宜，可在那个年代，却是我足足三天的工资。在那次培训班上，我不仅知道了毛笔有“圆、健、齐、尖”的四德，还知道了最有名的毛笔是湖笔。至于知道毛笔中还有宣笔、川笔之分，太仓毛笔、侯店毛笔、长康毛笔以及文港毛笔之选，已经是数十年后的事了。

可能是那个年代书法学习练习纸多是旧报纸，为了寻求笔涩感，专门找粗糙的纸张，在上面练字。这样却很费笔，一支毛笔写不到半年就已经又脱毛又分叉，没有了笔锋。手边留着的那一支好点的毛笔，总是舍不得用来练字，几毛钱的毛笔又总是开叉。故此，每到一个新地方，总是先去文具店看看，希望能买到一支能用的廉价毛笔。朝思暮想的好事终于让我遇到了：有次去省城兰州办完事，陪同行的同事们转商店。在一处不大的书店里，找到一支实木杆毛笔，价格适中，买回来试用，此笔刚柔兼济，四面出锋，十分得心应手。我不但用这支笔来创作，也用它练习，整整用了十年。后来，这支笔终于写秃了，但我不忍心把它和其他废笔一起埋进笔冢。至今它还静静地躺在我书房的笔筒里，看着一枝斋里我的书法破茧的过程。有时偶尔取出来谛视，盘绕在笔杆上清晰的木纹，仿佛是我曲折的书法之路。

我们那一代的年轻人都爱看《红楼梦》，我的思绪也时不时流连在大观园里，除了羡慕贾宝玉身边旖旎温婉的佳丽风情外，也羡慕宁荣二府中无处不盛的典雅文风。毕竟，这一切与我这个终日挥汗在粉尘弥漫的铸造车间的工人相距太远了。工余小憩时，坐在冰冷的沙堆边，思想犹自漫游《红楼梦》，充其量也不过是又一次精神大餐而已。细想来，我并不像一些同龄人从长相、性格诸方面认定大观园里某个女子为心中偶像。只是极羡慕探春房内：“当地放着花梨大理石大案，案上堆着各种名人法帖，并数十方宝砚，各色笔筒，笔海里插的笔如树林一般”的摆设。这哪里是女子闺房啊，简直是一方书法圣地呀！我羡慕探春书案上的各种名人法帖，但我那时只是在书法学习初期，书法入门时老师对我的箴言是“守一本帖，将来旁通其余”。故此，手边的三五本字帖也就够我朝夕临摹的了。也羡慕那数十方宝砚，但我也绝不产生拥有这种宝砚的奢望。一方五元钱的机制砚，能存住墨汁就可以了，梦想什么宝砚！最最让人眼馋，而且心惊肉跳的是笔海里插的树林一般的毛笔！我经常想象那树林一般的毛笔，肯定有四五十支吧，那么多啊！越是买不到或买不起毛笔，就越是想什么时候我能有探春房里那样好的毛笔呢，哪怕是有四五支毛笔也就此生足矣了。

闲暇的时候，我经常端详手中的毛笔，感觉这些年毛笔的变化真大。我生活在乡间小镇，孤陋寡闻，真的不知道这个世界上，有多少人在练字、学画，多少人在从事书画活动。茫茫九州中，又有多大的纸笔市场。市场开放后，各种笔厂笔肆应运而生，各种名笔也逐年上市，这些毛笔有着精致的笔管，笔管上镌刻的不同字体的笔名、厂家名，又填充着醒目的颜料，再配着精美的木质笔盒，直叫我们这些多年四处寻笔的书法爱好者在琳琅满目的文房四宝店的橱窗前，眼花缭乱，无所适从，徘徊掂量，反倒挑不到一支顺心如意的毛笔来。

真的，好毛笔很难遇到，而好用的毛笔谁又不去珍惜呢？我有位朋友在单位负责接待工作，有次上面领导要来检查工作，通知上说同行有位书法家，打算给地方同志留一些作品，也是体现领导对基层的一种关怀。这位朋友急忙准备文房四宝，还特意把我从杭州为他代买，多年珍藏的一套毛笔带了过去。据说活动当中，那位书法家提笔就写，洋洋洒洒，写了几幅字，临结束收拾他的印章时，便顺手用废宣纸把这套毛笔卷了起来。我的朋友一看不好，赶紧让女服务员去提醒道：“老师，毛笔不是赠品，是借的。”谁知人家脸色一沉，照旧把这套毛笔装入文具包，扬长而去。事情的结局大出人们的预想，朋友满腹不痛快。回来又央求我，帮忙代卖一套，价钱贵点也可以。我喟然长叹，心里清楚，买好毛笔是撞运气的事情，专门去买，只能在外表华丽、精致的毛笔阵中徘徊，谁知道哪一支是好毛笔？谁又能透过这些精美的外表，找到一支好用的毛笔？大家都在茫然中摸索，好用的毛笔遇到了，当然高兴；好用的毛笔损坏了，难免带出一点情绪来。有次参加书画笔会，主办方安排一个小姑娘给我和几位书画家搞服务，小姑娘添茶，端水果；取纸，递印泥，很是勤快，不时说几句喜欢书画，敬仰老师的话来，笔会上的气氛很是愉悦。笔会上有个书法家带来一支他在台湾旅游时购买的毛笔，笔杆只是普通的山竹，上面没有镌刻什么品牌或厂家名。大家使用起来都觉得格外顺手，仿佛给每个使用者量身定制一般，真是放之四海而皆准。喜欢之余，难免与带来的各种名笔去对比，仔细看过来，这些毛笔的制作功夫下在笔管上，而台湾地区生产的毛笔却在所用笔毫上下功夫。虽然，毛笔都注明狼毫、兼毫（狼毫与羊毫兼半）、纯羊毫，可那些都是商家的噱头。哪有那么多黄鼠狼毛与山羊毛做毛笔，给近几千万书画家使用，市场上无一例外都是人工纤维，而台湾地区生产的毛笔所用的全是动物毛鬃。原料不同，使用起来自然效果迥异。这支笔引得与会的书画家都来围观试用，赞不绝口。笔会创作结束时，打下手的小姑娘一脸崇敬地要给老师们洗笔，反复说道：“能为老师们洗一次毛笔也是我的荣幸啊！”本来大家不敢摆名人谱，让别人替自己洗毛笔。话说到这个份上，盛情难却，大家就把毛笔都交给她去洗了。好一阵后，小姑娘送来了洗过的毛笔。只听一声惊叹，却见那位老师握着这支毛笔，几乎要喊出声来。原来小姑娘根本没有洗过毛笔，为了表达她对老师们的敬意，她用热水反复横折揉搓笔毫，直到没有一缕墨水滴出，才停了下来。所有经她洗过的毛笔，锋毛纷披卷曲，已经不能使用。老师们惋惜的神色一直持续到笔会结束。后来“笔会上‘粉丝’代洗毛笔”作为趣谈传说到今天。经此“耳濡目染”，我知道我国台湾地区和日本产的毛笔比较好用。前些年，我去台湾参加书画交流，临行时就有个想法，设法购买几支毛笔带回来。没有料到，那次活动对方安排得前紧后松。台北汉文化炽盛，从博物馆到文化大学，连续举办座谈、书画创作等交流活动，没有时间外出观光。直到我们到了台南，参观台南大学美术系，吃惊于这里不设中国画教学，更不要说书法。偌大的高雄市立历史博物馆，展示的全部是西画和摄影作品，竟然没有悬挂一幅国画或书法。经过几次座谈，我才知道台南崇尚西方艺术，此地哪有什么毛笔？剩下的只是观光。只见海风习习，海浪滚滚，面对无际的太平洋，只有一丝孤悬海外的莫名惆怅。

岁月倥偬，回首以往，我的大半时间和精力都是在纸笔间消磨去的。自从学会了以字养字法后，自己的书房里有了杂木雕花书案，也有了刻工精致的砚台，明眼人都能分辨出来洮砚、端砚、歙砚来。笔呢，伸手就可以抽出笔挂上按笔锋分类的长锋、中锋、短锋毛笔，取出笔管里按用途区分的小楷、中楷、大楷、斗笔来。而且，还有几种笔管上刻有“一枝斋主专用”的定制笔。这些毛笔横斜参差地挤在几处，没有数过，反正有许多。闲时，徘徊在书房里，不自觉地取出些毛笔，反反复复地观赏，仿佛若有所得一样。妻子不解地问道：“毛笔咋啦？”怎么回答她呢，我突然想起南朝的名士阮孚，闲的时候，便自己吹火消蜡，修理木屐，还叹息说：“未知一生当着几两屐！”大概也就是这种心境吧。

2020 年 4 月 26 日

书斋闲话之四

案边说印

走进一枝斋里，最养眼的物什自然是砚台，别样的砚石，奇异的心裁，各自营造出一个个很文化的主题。最显眼的应该是毛笔，或横斜参差地插在笔筒里，或步调一致地挂在笔架上，拥挤出一方方热闹。而最值得深究的却是印章，仿佛是腼腆的大家闺秀，浑身都是含蓄，各自静处在锦盒中，全不在乎外面书案上的纸裂墨溅，风云开阖。

爱好书画的人们，没有不喜欢印章的。但从喜欢使用到喜欢欣赏，就有个过程。我闲时，经常翻看自己的印存，明显感觉到，起初的印章都是为了使用而刻制，到后来，逐步转为使用兼把玩了。

我的篆刻想法源于20世纪80年代，有次出差去北京，从微薄的工资中挤出余钱，千里迢迢背回一本邓散木先生的《篆刻学》。几经批阅，顿觉醍醐灌顶，从此便手痒不已，就动了凿石弄刀的心思。我的第一方印章就是在这种心态下，在一方青田石料上自己刻制的。印石呢，是从隍庙文具店买来的。那个时候印石不贵，偶尔还能淘到几方受刀与质地很不错的印石呢。只是当时在兰州找不到篆刻用刀，没有办法，只好自制。凭着旧日里的钳工手艺，拍铁成型，淬火锐锋、安装手柄，自制出一支篆刻刀来。那些年，凭着这支“汉阳造”，不知道刻坏了多少印石，终于，在我的书房里留下了十余方至今犹可一用的图章。

我淘到过两方好印石，最好的一方印石是半掌大小的寿山石，通体鹅黄，自底而上渐渗浅红，宛若寿桃。这方印石不仅刻制容易，不进不滞，很是受刀；而且光洁温润，极似田黄，很宜观赏与把玩。我放在书斋博古阁上把玩数年后，请一位篆刻家镌刻闲文“似水流年”，意取自明人汤显祖《牡丹亭·惊梦》：“则为你如花美眷，似水流年，是答儿闲寻遍，在幽闺自怜。”只是作为书法作品用印，毕竟有点大。除了展览投稿，这个年头，谁还创作六尺整张以上的作品啊！故此，作为观赏印，它至今静静地踞于博古阁间，对着初日波光，悠然地泛着如玉的光泽。

另外一方好印石，也是无意之间淘到的，是一方比那个“寿桃石”略小的自然印石，老板说也是寿山石。正面看去，体形浑圆，仿佛小半大碧玉依着半大羊脂，足以颉颃人家的“鱼脑冻”。印石质地婉润细腻，置于手中把玩时，手感极好，而且没有砂钉，又不迸裂，也不粘刀，极易镌刻。我便用自制刻刀镌刻印文“潜荡真情”，其意源于清人左辅词《南浦·夜寻琵琶亭》句“是江湖倦客，飘零商妇，于此荡精灵”。此印犹可作闲文印一用，且缘于其色可餐，因之平日里又与“寿桃石”印一道踞于博古阁间，黄白相间，养我倦眼。另外，因为书法爱好，结识了一位多在旷野间行走的朋友，他先后送我青海桃花印石、朱砂印石各一方，桃花印石碧若春水，浮以白翳，放在朱砂印石边，碧水赤焰，最是收人目光。

诚然，淘到好印石的机会还是比较少，特别是近几年来，人们淘印石成风，卖家百般造假，稍能入眼的印石动辄数千。百般无奈，我独步在河畔乱石滩上，徘徊寻觅。小镇偏远，爱好奇石的人并不多，人们不知道我欲何为。恍惚间，我先后寻到两块半圆片状石头，白云中夹着暗红色絮带，细心打磨后，颇为朗润，只是质地较为坚硬，刻起来并不容易。我决心挥汗镌刻，稍大一点的那方篆刻闲文为“淡泊生涯”，读书人练书法，终生不懈，且志趣远在名利场外，过的就是平淡生活。因为大小适宜，放在案头，时时印纸，颇多得意。稍小一点的那方，仍然镌刻闲文，印文为“鸡鸣梦断”。许多人不解其意，我每次解释道：“这是从宋人刘克庄词《沁园春》句：‘饮酣画鼓如雷，谁信被晨鸡轻唤回’中引意而来，不过是晨鸡醒尘梦的意思。”这方印文不入俗尘，印文章法、线条还简练遒劲，我更是喜欢使用，所以多的时候用在我四尺以内的作品上。

几年后淘不到好的印石，我逐渐断了淘印石的念想，很少再去文玩店翻动成堆的印石。越是不动念想，反而越是有不期之遇，有次途经一处小镇古玩店，碰到一方旧印。硕大的印身几乎有我书案上乌木镇尺的一半大小。通体呈象牙色，雕有龙钮，四面刻着微雕文字，印文是：得意唐诗晋帖间。俨然一腔文人情怀！印文为小篆，篆刻极佳。店老板以天价出售，我告诉他，这是一方古印赝品，有明显的问题：印文为得意唐诗晋帖间，自然是宋代以后的东西。印雕龙钮，唐宋以后，民间是不容许使用龙钮印章的。如果是大内的物什，四周的微雕档次不够。店老板无语，我便以极低的价格淘到手。毕竟一方硕大的寿山印石，高古的印文内容，精妙的篆刻印文，盖在巨幅书法，或是大型匾牌上也很受用。不然，时时把玩，也是书斋一乐啊。

自己刻印，要有独自的想法，这样的印用起来到底心情更好一些。盛年时，看到齐白石先生印谱，其中有印“中国长沙湘潭人也”。此印的镌刻自然是极好的，但嫌印文过于直白。我从金城归依故土河州，便在一方极普通的青田印石上镌刻“烟雨河州路”。印文出处是拙作《河州书怀》诗句：“边地农事晚，麦熟七月暮；山家畏瘴疠，泥径无人渡；沉沉云接天，茫茫雾掩树；消魂梦一柯，烟雨河州路。”款式制为封泥印，印在大幅书法作品空白处或册页衬页、手卷拖尾处，既有些许装饰效果，又明言此作品创作于古河州，也稍存一分含蓄。

书法这条道上走的时间长了，书画圈子里熟人多了，作品交流也多了。几个篆刻朋友要给我刻斋名印，告诉是“一枝斋”，有个朋友笑问：“是一枝独秀的意思吗？”我赶紧解释道：“语出《庄子·逍遥游》：‘鹪鹩巢于深林，不过一枝；偃鼠饮河，不过满腹。’只是乐天知命，无甚奢求的意思。何况鹪鹩为林间一只小鸟，我乃世间一介布衣，同以焦氏为姓，正好名我书斋。”如此这般，几年过来，倒是收到了白文、朱文好些斋名印。还有位朋友据此为我镌刻一方朱文小玺“栖林巢一枝”，虽是巴林印石，印文、印石却很是精致。这些印在使用之外，静卧印盒中，或方或圆，自然可爱。盖于作品之上，温温蕴蕴，颇多回味。

古人治印，都是为了实用，印材最早都是铜。我读《十钟山房印举》，特别喜欢汉铜铸印的浑厚与汉铜凿印的犀利，毕竟那些都是文物，躺在博物馆里，供人参观。而且印文与书法作品作者相左，无法使用。近几年得知我的两位朋友善制铜印，看到网上有现成未刻铜印出售，出于好奇，便购进一些分别给他们送去，一段时间后，朋友们镌刻好，并另外增加了几方铜印，一并送来。二十几方系着印绶的铜印和我外定的专属斋号印一起搁在博古阁里，黄灿灿的一片，颇为壮观。而且，配着专用印袋，外出时系在腰间，好带也好用。只是腰间系着铜印，到底也会惹一些不必要的麻烦：有次参加笔会，朋友途中送一方铜印，我顺手系在腰间，谁知在码头等船，遇到一位书法朋友的熟人，看到我腰间的印章，大声诉苦：“有次在街上让那个熟人写书法，人家推托说，没有带印章，看看，你都带着印章呢。”愤愤之色，形于脸上。我顿时觉得特别好玩，大街上求字，到底属于不很尊重文化的行为。人家推托，也是文化人的修养，给你留一分面子罢了。难道让人家大动肝火：“真的让我用手指头给你在大街上写字吗?”想来想去，问题还是出在夏天，我衣着单薄，让他看到了我腰间的铜印。

因为喜欢书法，喜欢篆刻，也喜欢印章。故此，我陆陆续续收得近百方印章，摆在博古阁间，朝夕相伴，暇时把玩，乐在其中。有印就得有印泥，记得二十年前陪一位收藏家朋友去广河，朋友收藏古玉，一门心思在齐家玉上，无暇他顾。我此刻百无聊赖，目光只是在墙壁上一幅不知何年何月的旧书法作品上游动。店老板看着看着突然问道：“这位老师懂字画吧?”便掏出一方锈迹斑斑的铜印，让我辨认年代。我让他找一盒印泥，他跑了半条街，只找到一瓶墨水，无奈下，涂抹后，印在台历空白处，印文霍然是“左军司马印”，我从印文内容、印文风格和印纽，初步断定是一方汉印。店老板大为吃惊，说：“这个老师的学问大得很，连我县中学校长都不认识呢!”我只是一笑：“人家校长又不是搞书法的。”更有一次，我路过一个单位接待处，人家央我题字。且不说，找来的宣纸很不受笔，临题毕，单位派出去几个人，只找回来一盒办公用印泥。这种印泥会跑油，我只好嘱咐不能装裱，只能刻匾。

数番困顿后，我越发懂得收藏印泥、珍惜印泥了。多年来，我先后购置了上海西泠印社的八宝印泥、朱红印泥、美丽朱砂印泥、姜思序堂古法印泥、蓝珀印泥等近十盒印泥。随我在素宣、色宣、册页、手札、长卷上盖用，用不同的印色，恰如其分地表达出每一方印章的艺术风格来。

2020年5月3日

文言散文

杨志文常用印谱序

篆刻一艺，由来既久，商周铭鼎，春秋、战国铸符，秦汉刻印，皆记篆文。及两汉，官印、私章，多做证信，此乃篆刻之滥觞也。

文人治印，凿之于石材，印之于书画，传云始于元末王冕，斯境一开，天下效仿，蔚然成风。明季正、嘉之际，长洲人文彭复振篆刻之风，金石书画，流播海内，文人学士，闻风而动，皆以弄朱玩石为雅尚，遂有皖、浙、邓、歙诸派，佳作时现，名家接踵，与此盛极矣。

古人治印，印之于书画信函，初欲证信。然多以自作语入印，诸如“一窗晴日”“五五学梅”“吾眼有神吾臂有鬼”，词意雅致，亦潜心志，犹若古时吉语入印者。亦有自号、郡望入印者，诸如“高阳世家”“铁围山行者”，古意盎然，聊表心际，似诉身世。然殊多以斋号入印者，诸如“龙禅室”“一粟山房”“三砚斋”，以记遭际，颇多意趣。世代亦不乏起斋庐于印石上者，此亦文人之故态耳。

乡党书友杨志文与吾从往几二十年矣，读书习字，甚为勤奋，其书法诸体皆佳，尤善魏碑，苍茫高迈，良多佳趣。乙未岁末，携《杨志文常用印谱》过枕波楼，遂留置一枝斋，余展玩月余，殊觉爱赏。谱内集陇上名家所凿、河湟佳刀所刻姓名、斋号、肖形、闲文印近百幅，风格迥异，精妙俱臻，尤以闲文印为最。读之当知吾友杨志文独具古君子之心境，真风雅之士也。

2015 年 12 月 22 日

长堤赋

永靖县小川黄河南岸建有长堤数十里，景色绝佳，吾独怜之。因赋以颂焉：河出积石峡，阻于刘家峡高坝，浊浪缓流，落沙沉泥，竟作百十里长湖。斯时也，湖面镜如，湖水碧如，殊异于上下段之浊流者。其尾处，刘家峡曲折环回，石壁森然，处处限流，时时滞波，碧水亿万斛，跻身长峡，前突后拥，冲峡而出，反身西向，划雾宿山为二。北岸乃胖哥川，传云允吾城故地，今之永靖县城也。南岸作王家大山，山阴为罗家川。河水掠其地而西，激土为岸，积石为滩，与胖哥川相望，互作抵牾。建城者多有巧思，假南岸筑长堤十里许，绕以巨石，实以熟土，铺以矩砖，树以曲栏；树柳槐桐其间，以覆行人；植红柳白刺青藤其外，以掩南坡。堤成数年，秀色灿然，为吾乡之一景也。余归依故土，舍之于北岸悬索桥侧，隔河而起一枝斋枕波楼。故每每揭帘望之，朝暮散漫行之，兴致所致，必叹、必吟、必赋。其词曰：春行堤上也，其兴则春水似染，碧波绿浪，轻拍漫溢，如醉如梦。长堤逶迤，偶见首尾，杂树葱笼，各呈其姿。老槐初醒，尽举苍枝，直欲舒展。枝上嫩叶方出，团团簇簇，卧枝点梢，微展素绒。高柳性遽，蔓然河畔，缕缕长条，尽垂水次，覆堤探水。柳花鹅黄，尽攀柔条，摇风舞波，万千潇洒。堤侧杂榛亦不让高树，细枝星叶，依次怒发，散之若星，聚之若烟，不炫不哗，自得其乐。其暮则，春水逾碧，若有蓝意，曼绕长堤，且歌且行。堤上槐叶尽展，绿意半透，争雨夺光，渐成嫩色。柳枝犹自垂绦，柳叶如眉，如穿如系，缀枝映波，暗自舞动。微风漫拂，柳絮轻扬，槐枝榛条，俱托轻絮。望之遍地野烟，漫天空蒙。絮落其坡、其径、其圃，花草朦胧，宛若丹青。絮入其川、其塘、其溪，成队成团，随波起伏，逐流聚散，飞鸟叼衔，游鱼唼喋。间或春风乍起，直擎苍穹，山人因之吟道：游丝漫天春云薄，嫩草横路野山深。此时闲步堤上，可与家人赏波、赏叶、赏花、赏羽翎。夏行堤上也，孟夏则河水清澈，碧湍素波，激石漱岸，略不稍歇。长堤漫漫，杂树突兀，槐枝奇崛，槐叶深碧，俱伸老枝，时拂来风。槐花缀枝，红白争色，蓬蓬勃勃，香气迷漫。柳枝纷披，柳叶浅绿，尽举长枝，竞探滩渚。长坡杂榛各具花萼，沙柳花卉细小，绕枝皆粉瓣，攀梢簇发。白刺花苞稀疏，叶间多蓝瓣，隔枝映照。更兼藤蔓延伸，日见其长，叶叶如掌，志欲承露。其仲夏则，绿水起伏，朝夕涨落，湍急浪高，驾风急驰，水气森森，沁人心脾。堤上槐柳擎天，高枝掠云，枝叶蔽空，似无阙处。林间日午，恍若重阴。闲步长径，苍翠盈目，青岚绕身，人面衣襟皆绿。此时徜徉堤上，最宜与三两钓客闲话，且宜观浪、观日、观荫翳。秋行堤上也，其初则绿水清冽，素湍平阔，峡风逐波，涛声起伏。堤上杂树枝叶俱老，深浅相间，穿插勾连，自成绿幕。长坡榛梢犹红，繁叶骇风，枝冠震荡，犹露细果。啄食山雀，或飞或跃，或啼或鸣，与人争喧。其晚则，金风动波，碧水蓄凉，堤白石浅，鱼虾潜鳞。秋堤泠泠，寒霜振林，肃杀万物，木叶飘零。朝暮行散其间，落叶遍径，若履黄云。坡上碎叶尽脱，树下坟然。半旬晴日，落叶具枯，步入则窸窣声彻，绕足不绝，人或叹之：何其幽哉！间或长风越岭，贯峡直下，枝条横掠，黄叶翻飞，不见山径，阻人归路。山人尝赞曰：落叶好个秋邪。此间行堤上，唯与三两野老缓步慢行，话桑麻，叹兴衰，且听风、听雨、听落叶。冬行堤上，则一无所看。迟日慵慵，朔风冽冽，寒波吞雾，冷水生烟。堤上枯树刺空，疏林萧然；败草腐叶，铺地卧坡，河水如凝，滩堤如睡。然夜雪初霁，长风未至，天地皆白，渚石杳然，堤树似影，河桥似梦。鸥凫远翔，游鱼深潜，南堤寂静若旷野。此时正合吾辈二三子，徜徉堤上，数行行迹，深浅蜿蜒，不知所来，亦不知所去，殊可乐也。然暮雨已收，天无片云，朗月悬照，尽洗乾坤。长河声静，人语寥落，树影覆地，恍若浮萍，湿风摇曳，菱藻开阖。人行堤上，若乘轻舟，徘徊湖中，随意西东。赏斯景则春夏秋皆宜，吾祈诸君亦有此缘分也。

鸣呼！南堤之景，孰能独写，山人笔拙，最难赘叙。节序往复，风物自异，流水年华，优游何迟！

2016 年 7 月

《炳灵寺石窟篆刻书法集》跋

或谓三代无印，斯论行世久矣。降及春秋战国，鲁君召子贡，授予大将军印，苏秦身佩六国相印，史料凿凿，信非印玺之滥觞也。及后，秦凿猎碣，汉铸玺章，泱泱千载，不绝如缕。复及元明，王冕以钟乳石治印，文人群起效仿，竟为时尚。文彭以方圆篆法治印，开浙派之先声。流风所至，群贤承应，终衍歙派、皖派、邓派，水聚波涌，传响于今。亦谓初制古玺印之时，或有肖形印出焉。

肖形印之作，虽古而有之。然凿佛形于方寸，以为佛形印，乃近人所为耳。金城钱默君先生，早岁习篆，中年治印，半生凿石，卓然独立，为我三陇巨刀。耳顺之后，潜心佛形印，立誓留影于石窟，传神于佛陀。数十年间，涉大漠，穷戈壁，攀悬崖，探幽窟，遍历敦煌、云冈、麦积山、榆林诸石窟。心追历朝佛造像，手摹诸窟佛壁画，流连窟中，几不知肉味。归于传舍，其兴未尽，执笔操刀，秉烛绘凿，更残漏尽，犹自弄石。故有《敦煌飞天百印》《甘肃石窟印谱》等数十册佛形印行世矣。先生造佛像于印石，大非近人泛泛凿形，万佛一态。其所凿佛印必有真佛像可依。印成，识者皆知此印乃某寺，某窟，某佛，某菩萨者。故谓先生为治神州佛形印第一人者，可也。

金城李雅成先生自幼雅好文翰，习篆半生，书艺文采颇高。而立年后，浸兴于古文字，搜括断碑残片，置之案左，坐拥观览，无舍昼夜，以壮阔胸臆，兼养浩气也。年逾耳顺，每每以小篆作巨幅书作，煌煌具章法文理。观者叹其制谋篇之奇崛，结体之高古，行笔之遒劲，或曰苍苍然书而有法，岂非二李之遗风哉！

炳灵寺文物保护研究所所长贺延军先生，风雅之士也。来守是职，夙夜操劳，多有建树。思及炳灵寺石窟研究由来雕塑、壁画繁多，文学、书法阙如之状，拨冗理繁，数邀钱默君，李雅成二位先生并余，以钱默君先生之炳灵寺石窟佛形印，辅以李雅成先生，焦玉洁书写之历代吟炳灵寺诗词书法，结集《炳灵寺石窟篆刻书法》，传播海内外，弘扬炳灵寺石窟艺术。丙申夏至，钱默君先生携新治《炳灵寺石窟佛形印》印蜕四十余方，联袂李雅成先生来我小镇，约余往赴炳灵寺，以践贺君延军所长之约。抵寺，值甘肃省文化馆姜福海先生流连其间，挥毫作书，遂邀之联手，共举《炳灵寺石窟篆刻书法集》。

呜呼！书法之道，源远流长。千载传承，功在不舍！何为不舍？前贤必曰，守其操，持其文。纵观今世，人人自谓握灵蛇之珠，持荆山之玉，书坛其狂躁若是。然几人尝以书法篆刻为文章之余事？几人尝以书法篆刻为社会之所用？此乃余殊为之浩叹者也。炳灵寺石窟亦书法之圣域，壁间有西秦“建弘题记”存焉，有“佛说未曾有经”存焉，亦有西秦“供养人题记”存焉，更有“大代延昌二年曹子元造像记”存焉，书画纵横，麝墨犹香。余垂髫读书，执笔有年矣，数十年能徘徊于炳灵寺石窟下，喜其墨香，醒我俗梦，助我文翰；有生之年复以拙作书法为炳灵寺石窟写形，虽属附骥，实亦幸甚。此乃余殊为欢欣者也。

谨为跋。

2016 年 7 月

黄河三峡赋

黄河西出昆仑山，滥觞星宿海，曲折逶迤，始抵积石。越岭贯峡，决堤而出，乃至永靖。昼夜不舍，千里万里，终归东溟。积石峡至金城，二百里许，地处古道，关塞烽堠遥望，兵寨渡口杂陈，蕴炳灵、刘家、盐锅诸峡，故谓黄河三峡。

黄河欲出积石，怒涛奔腾峡间；浊浪冲击苍崖，回响震荡炳灵。波回流舒，初阻于刘家峡之坝，澄沙堆泥，徜徉丁头二坪之地。沟壑横出，坡田斜挂，远古先祖，狩耕于兹。偎积黄土，掩祭坛而依重崖；涣涣浊波，澄陶器而聚清流。一朝显露，九州注目。耸肩丰腹，赞规制乎惊奇；图妙色艳，叹绝世乎无双。因奉为彩陶之王，故藏于华夏之都。河水扬波，回旋于扎地浪之下；揽缰稍驻，徘徊于炳灵寺之侧。仰开元之大佛，妙像庄严；荡深沟之花香，幽芳被野。群山诡异，或坐或卧，高峰有衔日之姿，空谷作吞云之状。悬崖若剑斩刀削，可龛可窟；深洞藏飞天乐舞，百代若梦。回步未几，水逼山退，峰束河怒，豁然出峡。吞千家之祖业，聚万顷之碧波。浩荡缥缈，初无际涯。山外鸣笛，破浪时轻舟画舫；水上浮影，点缀处片帆渔火。鳞潜鱼翔，影随朝暮层云；浪拍长堤，声撼午夜幽梦。坡前有桃李之重荫，农舍无旱燥之酷暑。存繁华于旧梦，开盛业于今朝。远引漓水，陡阔长湖。复越数十里，石峰对峙，绝壁相映，榛草攀附，怪怪奇奇；悄纳洮水，静澄沙泥，碧波黄涛，二龙缠绕。双水呈戏珠之姿，峡谷留风雨之声。溯波而南，洮水绵邈，石峰嶙峋，夹河耸立。崖间挂揽云之古柏，峰侧排遮空之长松。狮象盘踞，双岭环拥，黑山独尊，涧水琴鸣。山门云吧咪宝山，庙宇曰带雨修行；岩洞留金花仙姿，清泉含疗养神力。复至龙汇之地，石峡曲折，绿水萦索，数受其制，返流回波。巨坝承万斛之碧水，长缆输亿兆之电流。泄水喧嚣，出峡而西。远窥牛鼻之狭道，跃高台于月川之首；近阻盐锅之长坝，荡清波于太极之间。探允吾之古地，存两汉之遗韵；润永靖之新城，开今世之盛业。护岸长堤，掩柳槐而留翠；依坡高楼，夹直道而峥嵘。似坻平道，环湖而跨岸；如虹索桥，高引而卧波。南岸禅院，深供典确真身，殿宇巍峨；北山长云，时蔽雾宿诸峰，云雾缭绕。阡陌纵横，接水次之连天蒲苇；菱葧聚散，尽渚头之蔽波藕荷。莲萼长承夏露，芦花最宜秋风；蒲炬悄染晓红，藕蕊竞夸晚香。环岛僻观景之斜径，可纵览渡口落晖，独步芦花深处；湿地做赏花之旷野，宜尽观九色嫩瓣，漫游多彩花海。既出峡口，山环岭回，略无阙处，水若游龙，未见首尾。其左沙径，直通南谷。山崖舒展，恍然鹏举；奇峰并列，宛如壁立。野花扬芬，勃郁深涧；群禽竞唱，响彻幽谷。初日照旧时之佛影，斜雨探新殿之帷幕；泉水极西域之灵山，秋露染岗沟之名刹。复回河上，再越重岭。平岗长谷，空山隐巨兽之吼；剖土曝岩，阳坡留恐龙之迹。望谷暗思，嘶号低昂；抚痕静听，足音撼地，固远古之遗响，亦兴替之佐证。巨声未绝，抱龙梦惊。虽藏童山，所处秀绝。松揽风雨兮岭润，榆留云雾兮山暗；花织锦缎兮坡秀，草铺绿茵兮滩蕴。怒龙奋鬣，欲腾身于九霄；垂尾排云，将遨游于汗漫。河水东归，轻携湟水，越八盘峡而下，欲揖皋兰，始剖兰州；当寻孟津，怒悬壶口，终成大河之豪举也。

黄河三峡，古道悠长。丝绸南路，临津凤林，渡口五岸竞输；唐番要津，文成金城，宗室二女跸临。非独山川奇秀，人物流经，亦英才辈出，为陇右之胜。张心一挺身河湟，卓然独立。发奋攻读，伴孤灯而更残，终成饱学；留学欧美，挟硕智而自强，归报华夏。尝执掌三陇之水利，造福黎民；更荣膺农学之会长，服务国家。斯人虽归，德泽长存。朵英贤高蹈其后，亦抚河启蒙，金城再造，京都成就。饥寒兵乱，未阻当年苦读之心；内斗浩劫，难坠今朝报国之志。研制九五之枪族，扬我国威；列装华夏之劲旅，壮此军心。世称中国之枪王，国聘工程之院士。建功如晖，光我乡土。山川灵气，亦钟秀于文人，江河柔情，更蕴才于书生。罗锦山降生南村，罗家川犹存故舍；老贡生主讲山场，凤林院倘留旧址。案牍之余，挥毫作书；批阅之暇，随意染翰。榜书具飞腾之势，云阵起千丈蛟龙；草字带迟滞之意，高崖悬百岁枯藤。诗吟枹罕八景，字字珠玑；词填落魄半生，阙阙美玉。墨迹染河州，家家竟藏罗锦山；足迹遍山乡，处处争颂真文人。孔德良亦生北坡，孔家村尚存族亲。高讲师育才师范，域内外殊多桃李。陡坡平岗，曾作牧羝之处；河湾水次，多有写划之痕。圣门宗子，庭训更继省训；耕读之家，劳声且伴书声。村学启蒙，师范得道。茅屋频添灯油，解书卷而心读；传舍数应催眠，存粉本而手绘。山水树石，画遍山魂水魄；人物花鸟，写尽人间春意。

黄河三峡，非唯山川奇佳，人物俊伟，亦民风淳朴，物产丰厚。傩戏演古，人神舞于台场，拟俏古时耕猎；花儿唱新，男女诉于野地，道尽当下情怀。白塔川养育掌尺木匠，庙宇殿堂，皆出其手；设制奇工，称雄西北。王家村聚居铸铁师工，钟鼎神器，多出其门；翻制精妙，享誉金城。滋补之物，东山产百合，润肺安神，名满域内。川塬出红枣，阴阳俱宜，康身健体。养人食粮，西山多薯芋，沙瓤细质，可烹可煮，顺和百物。川塬植黍麦，茁壮田亩，富含营养，最能养生。复有旱坡花椒，色纯性烈，善调诸材。山地豆菽，胡麻油菜，汁味清香，厚我三餐。草莓河鲤，唯此为是，名播远近，传声陇上。

黄河三峡，景色秀丽，神妙如是。奇峰秀水，独属天造地设；物阜民乐，皆缘海晏河清。非华夏自强，物华何以繁荣九州？无中华崛起，民族岂能屹立四海！收望域内，颇多新政。广厦如林，遍覆庶民士子；坦途似织，尽接乡镇村社。电输荒村敝壤，家家耀彻夜之明灯；水流高山群岭，户户饮无尽之清波。良畴连云，果林承雨；新舍联肩，陈粮屯库。乘舟游人，梦入曲峡长湖；携手访客，心息花海芦荡。群扶贫饥，旷野少潦倒之人；公度困苦，城乡无绝望之士。免赋赠补，拓路献策，户有盈余，野多欢歌。主政者一心谋国，国运亨通；守职者全力谋业，业绩丰硕。诸士同德，百姓同心，万物尽用，以至于此。唯愿和风细雨，蓝彻河水，绿遍群山；家事遂意，人尽其乐，国享永年。

2017 年 8 月 16 日

吧咪山赋

大明初年，金城善女金花割弃尘累，来此山中，隐身石洞，静心修行。几度寒暑，功德圆满，羽化登仙。带雨济世，润土泽民。世尊金花娘娘，册封带雨菩萨。因之赋曰：

雾宿之东南兮，有村曰塔什波罗。南屏黑山相簇拥兮，高峰耸为三重。山右绕象鼻之梁兮，山左掬玉兔之岭。明月朗照于清风兮，狮象雄踞以却尘。幽谷长聚宝气兮，神泉潺湲而晶莹。金花坐化以成正果兮，山川犹沐其仙氛。

山间之春至也，草萌而花发。和风遍拂，群山色变，春日轻暖，众禽相鸣。望洞外之繁华，惜寸阴而精进。长夏之渐来矣，阳坡草长，阴崖树深。日长似年，月悬若璧。白云封谷，万籁静寂，顾朝露之轻盈，正道业之沉坚。凉秋之拂山哉，时雨如约而缤纷，洗沟壑之俗氛，复振河而振林。边草亦渐绯，木叶尽脱落。山溪水凉，野径风清。守洞中之寂寞，欲道业之大成。此地之隆冬者，冷风射目，寒雪透衣。百草枯萎，孤松冷翠。万物凋谢，冬霭沉沉。阴崖积雪，深涧封冰。凝深洞之寒霜，得仙寿而无穷。

仙界之永恒兮，哀瞬息之红尘；仙路之崎岖兮，悲凡骨之难登。春秋之寂寞兮，夏热而冬冷。唯仙娥之苦修兮，逾慈慧而坚定，成妙道其高超兮，辄济民以甘霖。

2017 年 8 月 25 日

祭父母文

岁在丁酉，序属仲秋。不孝男玉章、玉洁，谨以清酒时蔬，祭父母于雾宿之阳，黄河之侧之阴宅前：

吾祖上大明正德年迁自陕西三原焦麻镇，初入三江口黄茨滩，枝繁分蘖，终归碱土川。斯地虽地土肥沃，然匪患不绝，吾曾祖父不敢治家业，以致家徒四壁，无以为生。吾祖父奋起犁耙间，贩烟于安多，数年之间，家赖以稍安。吾父立志读书，日午吟哦于耕牧处，朝夕持卷于草堂间。及长，毕业于国立西北师范。襄理其父，与商贾计铢逐利。毕竟腹有文墨，数年间大有斩获，以所赢黄白，广置田产，吾家遂为小康。鼎革后，百废待兴，用人之际，吾父留用夏河，执教藏乡，授业多有俊才，故能留誉番地，数年不绝，终以牧区干部致仕。更可道者，吾祖父当年誓不受辱，赴河而逝。吾父肩负其任，赡养母亲，提携弟妹，殊有成果：吾仲父毕业于西北师大，季父毕业于临夏师范，姑母毕业于夏河师范。其下弟妹，皆受教育，执有文凭，供职院校，家道复盛，为吾乡之罕见。惜乎吾父，所生匪时，身处浊世，难免清白。运动频至，辄当其冲。忠厚之人，难辨其冤。更加天灾人祸，家口十余张，寒侵饥苦，衣食无措，万千困顿，难以言表。唯以故乡老母、弟妹，贫舍妻子、儿女是念，忍辱负重，百般担当，终生不渝。吾祖母生性恬静，然不喜治家。吾母自入焦家，便摈弃脂粉，昼间粗服操作，田垄所获，皆得其用；夜间运筹谋划，舍外所得，尽补家阙。善待乡党，周济孤寡，诚为天性。且助吾父以薄薪供养高堂，抚育弟妹，教育子女。女红足以阻褴褛，毫厘足以致温饱。贤淑之名，传颂乡里。

而今，吾兄妹皆已退休，绕膝子孙，均能忠厚处世，自食其力，亦多有睿智者，吾知此皆赖父母荫助也。吾及后辈当克勤克俭，宽厚做人，不负教诲。

吾铭父母碑阴曰：

“葬我父母于雾宿之麓兮，雾宿峰高而苍茫；吾父母慈惠以仁兮，抚其弟妹而期昌。葬我父母于黄河之阳兮，黄河波清而流长；吾父母慈惠以德兮，哺其子女而期祥。

哀父母此生之匪时兮，灾难殊频而动荡。幸晚岁之河清兮，九州繁荣而兴旺。恨天年之不我假兮，悲双亲永逝而弃养。

雾宿嵯峨，黄河浩荡；父母恩德，山高水长。”

呜呼！尚飨。

2017 年 10 月 5 日

父母亲墓碑碑阴文

葬我父母于雾宿之麓兮，雾宿峰高而苍茫；吾父母慈惠以仁兮，抚其弟妹而期昌。葬我父母于黄河之阳兮，黄河波清而流长；吾父母慈惠以德兮，哺其子女而期祥。

哀父母此生之艰辛兮，灾难殊频而动荡。幸晚岁之河清兮，九州繁荣而兴旺。恨天年之不我假兮，悲双亲长逝而弃养。

雾宿嵯峨，黄河浩荡；父母恩德，山高水长。

2017 年 10 月 5 日

寻求先祖石像记

唯焦氏宗子焦兴善，念西迁始祖当年自陕西三原石桥焦麻镇千里所负亲像阙失，祭祀良难。昼夜思虑，辗转难眠。后遍询族人，无果。一日偶于一长者处闻悉，焦氏亲像值“文革”动荡初，与享堂推坠于某禾田，复遭掩埋。遂拏币假机械，于戊戌年三月二十三（公历 2018 年 5 月 8 日），邀焦黄茨滩宗子焦得哲、焦玉全、焦玉蔼、焦正高、焦保辉，青海磨湾子宗子焦世泰、焦世侠、焦世佩、焦兴林，如地寻求。是时也，焚香沐手，破土滤沙，细寻轻索，掘地数丈，深及本土，未见踪迹。

呜呼！亲像何遗之深，何逸之远也！抑或当日为血性宗子负之他方，以避其劫乎。虽然，宗子焦兴善及诸宗子寻求之为，亦可少补缺失之憾矣。是为记。

2018 年 5 月 20 日

西迁焦氏赋

始祖烈山氏炎帝，披荆棘，驱熊罴；拓田地，植稼穑；尝百草，除疠疾；引领百族，奋起江左。扩地千里，终至中州，为华夏始祖。

焦氏乃炎帝之后，神农氏之苗裔。三代之季，周封诸侯，聚炎帝之后于焦地。诏立焦国，封嫡为焦伯。

春秋之时，礼崩乐坏，诸侯相残，焦伯失国。子孙守地设社，以存宗祧，以延后嗣。以国为姓，始作焦氏。宗祧传承，期以万代。自兹以往，中原惠风，万物繁盛，焦氏子孙耕读乡闾，忠厚传家，代有贤良。边塞烽烟，四海蒙尘，焦氏子孙披甲持戈，忠勇报国，世颂刚毅。

光阴荏苒，世事沧桑，焦氏绵延，人丁兴旺。念焦国地不足以常耕，舍不足以长苫，国不足以久恃。百无聊赖，有宗子始负囊挟书，赴远拓展。联袂奔走，不绝如缕。故焦氏子孙犹可北达辽阳，东抵渤海，南至丹徒，西越渭水。

唯大明正德年间，魃魔肆虐中原，田覆赤尘，道横饿殍。我始祖伯仲二人车载先考石像，携眷属，负行囊，辞陕西三原县高桥土门焦麻村，背井离乡，千里西行，漫寻繁衍之处，尽觅栖身之地。跋山涉水，风餐露宿，备受凄楚。终抵甘肃，始入金城，涉大河，徙苦水，至甘肃河州北乡大通堡黑台之湾，建祠定居。人或为焦家湾，亦称焦黄茨滩。伯始祖之伯系育子有三：曰梅，曰林，曰诠。为大房、二房、三房之祖。定居之初，仲始祖逐田产，再迁河州西乡，缘无子嗣，诠祖往依仲祖，续其之香火。复不举子嗣，梅祖之后更往河州西川续香火焉。

西迁焦氏托命黄茨滩，发轫三江口，植稼贩运，砥砺苦辛。百年间，人丁繁盛，家业复兴。遂远置田亩，壮其根基。遥筑房舍，增其财力。西迁焦氏即发迹于此，更北上新疆，西出青海，南下四川，东赴宁夏，足印遍于西北。当时是，临路回望，烟树苍茫，屋舍俨然。离别挥手，前途漫漫，族亲阙如。万般别恨，凄苦难言。吾族诸房宗子，俱尊是处乃焦氏西迁之故里。

赞曰：

炎帝起烈山，挥汗瘴疠间。狩猎五溪滨，植稼苍梧前。欲除世间疾，遍尝草辛甘。百族俱悦服，教化泽江南。引领诸贤氏，逐鹿至中原。五岳颂盛德，尊号称帝炎。伯仲失权衡，惜乎战阪泉。姬氏兴周礼，封地礼前贤。春秋多干戈，失国大河边。焦地即为姓，子孙自繁衍。贤才百代存，忠勇千秋传。天佑神农氏，后裔遍山川。独有吾始祖，避难复西迁。定居三江口，兴起数百年。宗子与族人，托此得蔓延。源远流当长，根深叶自繁。浩浩焦家风，悠悠绕烈山。嗟乎后来人，勿忘宗族贤！

2018 年 6 月 15 日

焦黄茨滩始祖西迁本末

迁始祖伯仲二祖于大明武宗正德年间（1506—1521 年），因在原籍徙居之际已不能守先人之坟墓，哀戚之余，无以自慰，于是刻亲像于石，其高三尺许，置小车携眷推载而行，跋涉千山万水，不远数千里之遥，一路含辛茹苦，维匍匐怆悴之间，朝夕起居，若同生父而侍奉焉。及抵甘肃河州所属北乡大通堡黑台之湾，度其山川之秀，此地东绕黄河之水，西抱人通之流，地接庄浪之美，背山面水，地势平坦，气候宜人，土地肥沃，又是双龙交襟止气之处，遂名此地为焦家湾，即建家立业，课子训孙，潜养生息，遂为土著。

田海斌印说

篆文记事，起于三代。古人治印，始自秦汉。传云元末王冕刻花乳石作印，一改古印冶铜为质，铸凿为法。其法简捷，尤能尽人心曲。传之士林，天下效法，遂有篆刻之艺。

同道田海斌习书凿印久矣，而立之初，生计之暇，每每临习碑帖，揣摩印拓。历十数年寒暑，渐知其味。既解古意，遂于诸书艺间择篆刻为终身事。未几，幸逢陇上治印名家薛虎峻先生，拜于门下，以为业师。先生知其浸泅楚人邓散木氏《篆刻学》颇久，悉授汉印之法，今印之制。田海斌因之深入汉境，临摹汉印；遍览今印，度其意趣。凿石成垒，磨石为浆。朝夕批阅，挥汗操刀，尽解古印平正、质朴、有巧思者之正道；避板滞、乖谬、过巧之歧路。发微钩沉，几尽心力，尽习治印疏密、轻重、增损、屈伸、挪让、承应、巧拙诸法。如是数载，海斌治印，焕然有我，卓然成家。

观其治印，师古为徒，劳心为径。阴文之制，滥觞于汉之铸印，浑厚质朴，杂以新意。阳文之制，栖心于明之文彭，不激不厉，圆润自若。吾赞之曰："古人云观千剑而后识器，田君治印如此，无千印之磨砺，断难至此，岂非力行者乎！"驰驱文道者必当激赏也。

2019 年 5 月 6 日

长湖北岸雅集序

碧树荫翳，村舍绿暗，嫩草蔽野，新禾覆田，此河湟农家五月所见者也。晓鸡互答，暮蛙相催，杜鹃孤啼，群禽乱鸣，乃炳灵湖畔仲夏所闻者也。至于湿风送爽，涛声远播，孤舟横斜，渔火明暗，此数者皆为三陇之所罕见之奇观也。

己亥孟夏，祁君宪法谋于余曰："邀吾乡善丹青者，假此天时，聚于湖侧农舍，以为翰墨雅事，君其可乎。"余欣然应之，故有此举。

是日也，吾辈排画案于碧湖之侧，双亭之内。此处举首远眺可见喇嘛之川，五女之峰，苍苍茫茫，南接积石。收目近观，则有长湖万顷，推波而至，浪衔亭柱。亭上足以饮谈，烽堠旁临，古道蜿蜒，置清茶，设瓜类，随意古今：刘伯温当日遣将断此龙脉，唐公主旧年驻跸炳灵。唯恨岁月沧桑，时光如梭，人生如梦，犹白驹过隙，何遽乃尔！是处正可挥毫，湖光映纸，湖风拂襟，举一锥毛颖，临万顷碧波。耳侧唯闻林中山禽，檐间家雀，何患市声喧嚣，乱我心田。故是所绘山水，囊括远山碧波，村舍茅店，俨然有千里万里之慨。所绘花卉，自是蕊播香气，瓣弄微风，禽窥红果，蜂舞绿风，写尽庭院花畦之妙，百卉千叶之姿，卓然为百卉传神。

此间之朝也，晓鸡三唱，细犬遥吠，枕上尚留残梦。农夫启门声时起、村妇扫洒声未绝，揭帘迎风，绿意排闼，薄雾四逸，拂面而入。难禁最是鸟鸣，自庭树，自檐间，自北坡，亦自水次竞发，汇于耳中，争奇斗音，竟无稍歇。此时正宜三两结伴，披朝霞，冒晨露，穿薄雾，漫漫行散，或至坷坨烽火台下，或至向阳渡口之侧，阅尽万物，别无所觅，尽兴而归。

其间之暮也，骤雨潇疏，湿风缭绕，蛙声起伏，草虫细鸣，晚云渐收，明月东临。二三子正可洗盏排盅，烹老雉，烩赤鳞，杂以山肴，佐以村醪。初作互敬，遂及拇战，盘盏狼藉，盅坛倾斜，众客极尽其乐。论及时风日新，人心不古。温君生发慨然长叹，取紫檀洞箫，奏梅花阳关之调，曲折三弄，明月敛光，鱼龙窥听。散人与客大笑而歌，相扶而归，吾辈亦醉矣。

应约趾临者，车君玉琳、温君生发、李君洪州，引领群贤者，饮誉吾乡画坛之女史石兰英也。举事附义者，祁君宪法、女史淑分，野石散人也。

时在己亥年芒种之日也。

2019 年 6 月 10 日

《范宝平先生书法集》序

河州翰墨，起于上古，传承有序，不绝如缕。洎及有清，户悬翰墨，家列书札，儒生挥毫，市井钦慕，肆售人贩，官宣民藏，蔚然成风。善书者有罗锦山，苟炳甲诸贤。其书札卷轴遍行城乡，尝云“家家罗锦山，户户苟炳甲”，俨然为三陇文墨兴盛之地。

范宝平君，祖居古枹罕和政驿，乃风雅之士耳。幼习文章，及长，游学金城诸名校，学业既成，为吾邑名庠诸生师，执教十余载，复供职于政府。其间，传授学业，尽心竭力，泽及四乡畎壤，人口有碑。从政之暇，熟读书论，研习翰墨，初为清心，朝夕浸淫，探觅既深，四十余年光阴轻掷，遂为雅好矣。

观其翰墨之制，堂堂正正，厚重有庙堂气。行笔委婉自如，坦然存儒者相。若名家山水，即富丘壑，更著点皴，远非当今逐名钓誉者之怪奇为体，专事点画之辈所为。

余为邑人，与宝平君皆为河州喜弄翰墨者。同砚临帖，并案挥毫，十数载翻检碑帖，推助同好，予故颇知其书法翰墨之能如是者也。宝平君书法翰墨初可窥探书法门庭者，亦属聪慧之性也，自幼读书，具一目数行之能，且一经吟哦，数载萦怀。既能登书法之堂者，当得益于性喜力攻之志也，其书法创作，则积半生之朝夕临习，半生之枕上感悟，故能捻毛锥于砚前，挥长毫于纸上，人间以为书法。复可入书法之室者，唯其腹内所具之文章也，其工余小憩，杂事稍暇，则索笔寻纸，记此时之所为，旬内之所思，或省悟于千古文翰，或感慨于宇内风云，涓涓细流，汇为长溪，出山诸水，终成大河，知天命之际，《追梦集》付梓。洋洋洒洒，数十万言，尽道胸臆，为邑人所珍惜。腹内文章，胸间志尚，自是男儿立世之本，况腕宣翰墨，心枕图书，谁谓边塞穷主？苟能如是，下笔必有逸趣，作书当是佳品。

书之可法，盖具可法之法也。六朝以降，世人皆法羲献父子书札，至唐尤盛。然观览前贤所遗，得其神者众，故百卉繁盛，自具枝叶。复观今之书家，尽追其形，得其神者殊寡，故时风流传，往往以不读书者为书家，不解诗者之书为名作，流风所及，斯文扫地，真可发为浩叹矣。

吾与范宝平君颇有心契，喜其心志，乐其勤奋，正值书翰结集，遂跋其扉，以赞其行也。

谨为序。

2019 年 7 月 23 日

《李雅成先生篆刻集》序

篆刻一艺，源自商周，国铸钟鼎，辄铭其器以志兴。三代式微，世传符节，人谓之玺。及春秋，太史公云：苏秦佩六国相印，印章其盛可见。及始皇帝统御六宇，汉高祖分封四海，将军司马或率三军，诸侯内史或理郡国，冠盖相望，奏章递送，紫泥封函，唯此为凭，亦一时之行也。当时是，儒生士人，佩印于身，仅以封函，诚非印图章于书札。钟繇尊为太傅，羲之官居右军，传世墨痕，未见印玺。更后王冕游学于元衰之际，刻花乳石作印，风传海内，文人喜其古意新韵，群起效仿，遂开篆刻之先河，为印学之滥觞。再数百年，长洲有文彭出，精于篆刻，独步江左。门下分蘖，何震创皖派，程邃创歙派，纷纷繁繁，门派林立，恍若新开篆刻一大乾坤耶。

秦汉治印，或铸或凿，多以铜为质。有明以降，试取诸石，自此印质亦日渐归流矣。诚然，古之儒生士人佩印，尤尚玉质，盖取君子佩玉之意也。余尝询之名刀，答曰："青田寿山诸质，皆不及蓝田和田之玉，盖玉质坚洁温润，无复其上者耳。"世人爱其润泽，苦其坚脆，然弄刀刻制，最为难事。故遍寻今之印坛，治玉印者殊为寥寥。虽然，陇上有李雅成先生存焉。

李雅成先生，津门人氏，号闲斋，其堂号含章阁。早岁游学中原，壮年弄刀金城，近桑榆，置业皋兰山阳。先生幼喜读书，亦喜翰墨。尝投乡邑名绅，求学书篆，乡绅嘉其有志，纳之门内，倾心教授，遂入正途。未及不悔，怀报国之志，远辞家山，投身西北，终作斯地之民矣。

先生心许书艺，初以书法为终生志。立身金城有年，偶逢陇上书画篆刻名师韩不言先生，蒙其嘉赏，深入其门庭，学书攻篆。自兹，朝临猎碣，暮拓鼎铭，亭午弄刀。磨石淬刃，划石谋篇，日夜营营，华发渐霜。印章散入三陇习书喜翰墨丹青人家，印拓悬于海内书法篆刻展厅，世人亦尽知李雅成为篆刻名家矣。

先生之攻玉，出自天性。入印坛既久，闻治玉印良难，篆刻者往往握玉缩手。由是，回首夙愿，自度其力，决然寄心之于此。先是，制攻玉之具，觅可攻之玉，年年岁岁，不舍昼夜。然先生治玉，独具其径，不欲与匠作为伍。初习凿冲剜诸功，臂、腕、指之力即具，深潜书海，觅三代钟鼎之拓片，秦汉之印玺之范脱，研习之余，探求路径。既入其途，复寻前贤治玉心得，虽片言只语，亦手抄珍藏，朝夕咀嚼，品其深味。如是数十载，先生心胸豁然，顿觉昨非，集半生治玉所感所悟，引古延今，探微钩沉，著《管窥玉印》，行之于世，尽道治玉曲折。先生所凿白文巨章，堂堂正正，苍劲古朴，自我之外，俨然蕴秦汉之意。刻朱文小玺，圆润婉约，简洁修长，新意之中，卓然存古人之想。

吾喜其印拓，仰其苦志，相随数载，尤敬其宅心仁厚。故缀数语于先生印谱，赞其生于鼎革之际，贫瘠之地，发奋于草莽间，弗顾岁月，百折不回，尽平生之力而搏一艺，刀痕精妙，意尽方寸，终至不悔。虽然，华发苍颜，孑然独立，竟不知老之将至矣！呜呼，人能如是，何事不可为哉？

谨为序。

2019 年 7 月 30 日

安盛赋

金城巍峨，黄河蜿蜒，一代人物繁盛；俯掬洪波，仰倚苍峰，千载兴壤隆然。左邻旧郡之关隘，浩浩乎皆东迎之紫气；右通古道之驿站，洋洋乎尽西接之景云。福地旺财，人脉聚气，真可揽云摘月，安盛卓然矗立。

安盛之盛业也，初兴于机械制造，复兴于精密研创。装备化工，驰誉业内；收益笃德，反哺桑梓。男儿励志，报效华夏；乡党传颂，政府嘉奖。时雨润三陇河山，繁华映四季城郭。

安盛之别举也，开辟国际酒店，广拓业务新域。闲览厅堂，宽旷庄重。寄目藻井，彩壁高悬书画。漫步回廊，长案漫列珠玑。静处憩室，卧具雅洁。细品餐厅，佳肴杂陈。广厦纳往来之嘉宾，椒房宿流连之游客。

畅想往时，挟两山之长风，寸土寸心，殚思竭力，成就基业。回眸今朝，捧三川之厚土，百事百善，树德尽心，开拓未来。自兹愿逐江河激流，击水博浪八万里；更航湖海碧波，鼓帆劈涛五大洲。

2020 年 1 月 13 日

古体诗词

马年元旦感怀

归来岁尽心更惊，回首六十余征程；
夜半梦寻天涯路，几多细琐慰平生；
黄髫稚语犹依依，霜鬓浩叹复频频；
长掬明月挽韶华，指间空余百年身。

2015 年 1 月 1 日

夜宿无眠咏怀

长悲韶华催年衰，书生老去寸心哀。
趔趄河湟鬓毛稀，夜夜中厅独徘徊。
柳堤风淡人语细，苇滩浪高山月白。
故国千里河山暗，半抹斜晖云路开。

2015 年 1 月 7 日

乙未年贺新春

春风又到枕波楼，楼下碧水拍岸流；
推窗举杯颂年华，遥祝康乐似浪稠！

2015 年 1 月 10 日

乙未新春赋怀

萱枯椿萎雾宿沟，幽明长隔真可愁。
孟郊沐恩叹春晖，王阳遭险悲宦游。
大河悠悠蚀岁月，重岩叠叠老河州。
三更空斋烛浩叹，亦哭亦笑六十秋。

2015 年 2 月 18 日

春堤晓行二首

其一

晓行归处几回首，隔岸探春似招手。
堤上何物最可意？鸭头河水鹅黄柳。

其二

柳筐嫩菠染晨露，竹篮细韭新剪葱。
且寻河湾老钓徒，一尾赤鳞饷春风。

2015 年 3 月 18 日

春分

河畔烟柳笼长堤，峡口清波护青泥。
群禽杂鸣声远近，春在草花浅浅溪。

2015 年 3 月 21 日

旗亭小聚，喜听新雨二首

其一

川上雨细听乱莺，河湾嫩柳伴落英。
芳草如梦萦远道，清谈声里听雨声。

其二

檐头滴雨断续声，玉盘落珠敲纷纷。
我欲狂呼山中去，披风披雨披野云。

2015 年 3 月 22 日

春夜雨

断续山雨断续风，一夜春水万涧空。
推破晓雾步旷野，枝枝叶叶滴露红。

2015 年 3 月 24 日

清明乍寒

嫩寒锁烟柳，晓雾凝碧波。
长堤鸟声稀，画桥新燕多。

2015 年 4 月 5 日

山庄梦觉

昨夜梦回五更迟，晓月浥露正此时。
杂花溢香纤尘绝，满院野鸟闹春枝。

2015 年 5 月 6 日

晚行河堤

绿杨堤下一苇风，拂花托絮入空蒙。
中流轻舟戏渔翁，学童纸鸢牵阵云。
踮水河乌乱滩里，掠波雨燕晚风中。
芳草迷离石径深，野老幽兴与谁同？

2015 年 5 月 8 日

广河探夏都

大夏荒都犹可寻，苔花暗绿禹王宫。
傍水筑墙禹筹策，依山建堂启神功。
蕴彩豆鬶享天地，含润琮璧祀苍穹。
漫思先民狩耕日，涛喧松鸣绿野风。

2015 年 5 月 13 日

五石轩歌

石髓岩根凝墨玉，上有远古仓颉字。
似诉当年天宇裂，长夜沉沉无星戏。
炼石补阙云阵外，西北奋起女娲意。
五彩霞光染苍穹，留此一璧志天器。

2015 年 5 月 18 日

杂兴

拙作诗文集《月朗太极川》抵京，朵英贤先生电话致谢，健谈良久，殊感亲切，因之赋。

初日光照雾宿山，大河浪拍西流川。
长夏柳花香风远，绕堤榆槐鸟鹊喧。
万里京华乡音谙，一路高蹈步犹坚。
冲折回旋终归海，沐手东向揖高贤。

2015 年 5 月 18 日

端午吟

雾宿苍茫逝水长，连宵好雨润北乡。
人人笑语捧白蒿，家家庭户垂绿杨。
童叟颈腕花索鲜，姑嫂厅厨粽糕香。
高举村醪颂大有，遥祝亲友寿且康！

2015 年 6 月 20 日

暮雨大作二首

其一

岭上乌云暗，峡口起狂飙。
沉雷撼山河，人间泻琼瑶。

其二

千峰雾沉沉，万壑水迢迢。
风来天欲暗，雨过屋似漂。

2015 年 7 月 1 日

晚行河湾

悬索桥下水西流，青石矶畔鱼虾稠；
夕阳斜风河乌闲，草花红遍荻芦洲。

2015 年 7 月 2 日

伏天雷雨

云暗峰壑长河回，一声惊雷天门开；
疾风摧树树欲折，山雨如潮卷地来。

2015 年 7 月 27 日

晓行闻笛

大河西流复向东，临津夹岸高树丛。
石峡白滩千里水，长堤绿杨一笛风。
鱼戏浅川聚细浪，鸟隐深树啼残红。
群峰竞立迎初日，多少物华晖光中。

2015 年 7 月 28 日

河州醉酒

酒阑梦断五更许，香汤轻浴梦半迷。
北地暑尽风剪剪，南乡秋来雨凄凄。
半生文心诗数篇，三年欢歌酒一醒。
阿卿笑问郎何在，漓水河干画楼西。

2015 年 8 月 9 日

辽东书画行杂吟

别家

故园秋热黍半黄，长沟日暖塞草长。
我欲结伴辽东去，松花江畔寻墨香。

2015 年 8 月 29 日

抵长春

辽天风静层层云，关处野旷堪耕耘。
当年何处起归鹤，千载丁令说纷纷。

2015 年 8 月 29 日

步长春森林公园二首

其一

曲池藕花溢湿风，露垂寒珠山花红。
群禽乱啼尘梦远，闲行草地草葱葱。

其二

高树矮花遮画楼，藕叶浮萍流长洲。
晨鸟声乱草露晞，漫行石径步步幽。

2015 年 8 月 31 日

入长白山遇雨

海风排云辽天暗，猛雨泻地传轻雷。
人间草木被润泽，我重抖擞入山来！

2015 年 8 月 31 日

晓行松花江畔

独步长堤上，鸟啼江干声。
雾重楼疑失，水阔海似横。
旷野人独立，碧波凫双并。
人生真过客，匆匆万里行。
村醪佐苦乐，烟霞留本性。
何当绝孤寂，一醉酬君诚！

2015 年 9 月 1 日

松花湖

千岩绿树秀，万顷碧水清。
群禽啼野田，木舸弄游情。

2015 年 9 月 1 日

松花江歌

长白天池池水清，冲出悬崖百丈声。
奔腾深涧喧高树，漱石长绕老松横。
山外良畴三万里，稻黍自与暮云平。
野老不愁汲水苦，汩汩细泉畦头生。
润禾催谷无昼夜，接天稼穑仓廪盈。
聚流汇水成长河，夜半风起松涛鸣。
曲折回绕三川外，犹带松花透骨荣。
辽东儿女足衣食，绕岸大道类江行。

幻彩长街作阡陌，竞奇楼台半入城。
悬索虹桥卧清流，越水踏浪纵横行。
矮榛高树护长堤，杂花碎草遮团泓。
江畔风物万般好，耕种滋养岂上京！

2015 年 9 月 5 日

长白山杂吟

长白山杂吟二首

其一

榆柞桦松依次生，草甸漫留登峰程。
俯瞰人间流绿波，万顷毯上点长松。

其二

深浅高低数层云，游客指点暗自分。
九霄频频布新阵，静看天公舞长裙。

天池

苍岩环耸孤峰迎，万眼玉泉池底生。
仙娥宫里倾妆台，宝镜跌入世人惊。

瀑布

万斛琼浆泻悬崖，十里绿风飘长纱。
深涧耸赶遏云树，长坡开遍晚秋花。

地下森林

苍松树树高，白桦叶叶并。
曲径行愈远，山深野鸟鸣。

2015 年 9 月 2 日

松嫩平原二首

其一

千里沃野勤耕耘，参差良畴起波纹。
三两人家绿荫里，炊烟牵出江畔云。

其二

树掩村舍处处同，平畴万顷交野风。
天际偶有行车过，斯须隐入绿云中。

2015 年 9 月 4 日

阿城怀古

完颜上京草萋萋，阿城落日照废堤。
团镜犹绕宫娥梦，钩枪长啸铁血蹄。
荒丘石兽立枯木，薜荔土花卧残泥。
青铜坐龙髯须动，江山未稳惊鼓鼙！

2015 年 9 月 5 日

沈阳怀古

雄主提卒入盛京，帝王兴起辽阳城。
牛录驱兽奔旷野，八旗列阵窥大明。
七项并罪寻仇远，百年争战朝野惊。
兴衰费尽子孙力，何如江畔牧羝氓？

2015 年 9 月 5 日

乘船游鸭绿江三首

其一

江水泱泱山苍苍，隔岸茅屋立斜阳。
几处白鸟掠碧波，一网渔舟荡轻桨。

其二

江风无力江云低，缓步水次动远思。

辽东鹤归更千载，隔岸已是高丽西。

其三

牛牵木车缓步行，薄田疏苗道未平。

村姑浆衣踞矶石，隔江正是丹东城。

2015 年 9 月 6 日

平安抵家

一翅归羽掠云霄，九万里路征程遥。

笑拂征尘入柴门，辽东归来学鷦鹩。

2015 年 9 月 8 日

乙未中秋杂兴

晨风浥露醉秋宵，秋云列阵残火烧。

清辉一轮人千里，碧波万顷酒半瓢。

微黄槐叶老年华，涨落河水绕画桥。

空望关河怅寂寥，乘槎何问天路遥。

2015 年 9 月 27 日

旗亭小饮

旗亭饮罢落日圆，滩头疏林遮远山。

长河推浪波声碎，朔风吹襟酒心闲。

席上笑语胆微张，世外故人事半艰。

黄叶枯草暮霭沉，尘梦未断鬓毛斑。

2015 年 12 月 2 日

中秋远足郊外

秋江波寒惊宿鸥，蒲苇半黄老渚头。
渔翁醉抛钓丝远，漫驾轻舟泛中流。

2015 年 9 月 27 日

早行宁河途中

远赴宁河驿，驱车路飞尘。
阴崖余残雪，荒村入斜津。
滩头灯数盏，湖心月一轮。
晓鸡促旅愁，乱山若峨岷。

2015 年 12 月 20 日

雪后偶行

雪掩苍岭白满川，关处正是猎虎天，
旷野浮烟人迹稀，雪气透骨破重绵。

2016 年 1 月 20 日

丙申春节

一夜寒意薄春风，长峡绿波初日红。
年来家国人安好，祥和时借造化功。

2016 年 2 月 7 日

晚行郊外所见

青石矶畔冰护泥，太极川头晚烟低；
荒村寥落疏林远，归巢群鸦接翅啼。

2016 年 2 月 9 日

饮茶无眠吟

苦茶惊梦滞高楼，窗外春水拍岸流；
时有好家燃爆竹，一夜壁月照闲愁。

2016 年 2 月 23 日

忆若雨

旷野寂寞叹孤行，风寒雨冷悲远征。
相逢片言慰寸心，前生有盟旧魂精。

2016 年 3 月 14 日

晨行河干

三更春水涨长川，凫逐清波鸥回旋；
夜露润物草生些，绿杨隔岸又一年。

2016 年 3 月 18 日

枕波楼 · 望雪

其一

胡风扬暮尘，夜半雨雪稠；
清晓柳堤暗，平明雪明楼。

其二

雪风扬余烈，犹自透重裘；
长堤柳束腰，群山雪缠头。

2016 年 4 月 17 日

与淑彦旗亭忆旧

其一

三棵柳外留断虹，树阴旗亭尽日风。
微苦清茶涩岁月，溢香佳肴酬途穷。
飘落飞絮梦千里，断续旧话忆亲躬。
笑约业就早归来，一书长卷索桥东。

其二

卅年旧事半朦胧，夜夜梦惊万事空。
殷勤百端逐流水，敦厚一腔付龙宫。
碌碌俗情掩琐梦，劳劳控缰心奇雄。
闻道玉关春光好，故园何处无和风。

2016 年 4 月 22 日

马永澜书法歌

积石蜿蜒河水长，百代枹罕文脉香。
建弘麝墨耀佛窟，锦山炳甲帜复张。
先生习字书案间，摩碑抚帖开疆场。
朝夕细揣逸少意，衰年几度窥其堂。
半生丹彩染澄心，抛向人世看流光。

2016 年 5 月 10 日

小饮莲花台

漓水依河澄沙流，湖风吹凉满画楼。
三两渔舟刺波过，雨湿莲花古渡头。

晚眺村舍

荒村暮烟尚依依，落日倦鸟犹飞飞。
四月野田豆禾稀，荷锄翁媪戴月归。

家事

肴蔌兼味伴肉香，村醪熟煮引杯长。
同胞相避积新怨，更诉旧隙各断肠。

老庄

南山椒林郁苍苍，长湖宿水绿葱葱。
村舍零乱故人稀，乡音犹在残梦中。

披雨夜归

夜雨润禾野田宽，湿风拂柳归路寒。
零落村舍旧人家，乡音犹在残梦中。

河州，与玉魁兄话旧事

耳顺鬓白悲长叹，百年回望一梦间。
房杜始铸贞观币，故家五铢锈斑斑。
市井人老旧义薄，凌烟路绝新梦艰。
可惜筹拙胜算少，空将寥落怨家山。

2016 年 5 月 24 日—5 月 25 日

端午杂兴

晓行河堤上，浣手采杨柳。
绿掩红蓼岸，翠映荻芦洲。
花索绾童梦，粽糕忆湘流。
高擎村醪樽，美意若珍馐。

2016 年 6 月 9 日

炳灵寺游兴四首

其一

岭环崖回幽谷暗，沙白石净绿氤氲；
野鸟枝头声未歇，翠峰斜挂百丈云。

其二

断路幽谷寻有路，才别旧天复新天；
奇峰时掩修禅窟，枝头鸟虫响琴弦。

其三

晓露清冷鸣细虫，草花香滞幽谷风；
行到长桥惆怅甚，卿卿人去乱山空。

其四

峡口晓雾梦样横，出山溪水在山清；
长谷花草百般色，岩头凌霄举红英。

2016 年 6 月 17 日

炳灵杂兴三首

晓行

鸟啼翠谷传梵音，蛙聚崖荫苍苔深。
笑逐草香入山去，当年仙踪何处寻？

品茶论道

春茶味深思细泉，璧月影淡掠山川。
说到三生修持处，空将清泪登仙禅。

离别

游仙沉梦数千年，至今魂绕离恨天。
观鸟听月清风夜，何时相携说前缘！

2016 年 6 月 21 日

还家忆山中二首

其一

山中归来卧北堂，襟袖轻散花草香。
犹期野鸟啼露枝，频倚画楼思佛乡。

其二

一轮璧月绕奇峰，数声野鸟晓雾浓。
花草香浓透帘纱，野风推窗见旧踪。

2016 年 6 月 22 日

晚行河堤忆人

堤上揖别离恨深，攀低柔条揉旧情；
信是相思泪未尽，楼外朝暮雨纵横。

2016 年 6 月 26 日

大雨

无雨润夏至，火云烧长天。
野田寸草枯，幽涧涸细泉。
黑云来峡口，怒雷撼峰巅。
雨洗赤陵岸，浪吞青木船。
半城擎伞客，盈耳人语传。
四塞绝暑气，好个清凉川。

2016 年 7 月 9 日

晨兴三首

其一

卧听急浪喧，独下枕波楼。
两日三风雨，滩头浊水流。

其二

北堂荒芜久，野鸟自为家。
园草掩曲径，门庭积落花。

其三

把锄北墙外，除草疏明沟。
年来骤雨多，常恐水滞流。

2016 年 7 月 10 日

晨兴所见

晓风吹浪拍蒹葭，堤柳深处鸣渡鸦。
儿童相逐滩沙外，竹马斜依树为家。

2016 年 7 月 15 日

别若雨独步河干

河风斜斜暮雨急，芦叶剪剪藕花立；
鹧鸪声断逝波远，鱼腥掀浪拍长湿。

2016 年 7 月 21 日

河干行散

峡口乌云若含雨，堤上槐柳似待风；
双燕相逐穿云去，河心绿暗波未穷。

2016 年 7 月 23 日

夜半听雨

夜半凉雨洗荻节，雨敲檐瓦撼高梧。
起伏心潮正排浪，万丈愁涛喧长湖。

2016 年 8 月 25 日

丙申中秋偶吟

年年此夜祈清辉，湖上樯倾风称威。
鱼龙幽壑传长吟，鸥鹭沙洲复远飞。
葡萄门户影沉沉，梨枣庭院果肥肥。
最喜行散伴秋云，朝暮疏雨送人归。

2016 年 9 月 14 日

拂晓听箫

五更谁弄紫玉箫，声声鸣叫关山遥。
晓风携凉笼沙岸，逝波载秋过山桥。
半生时洒歧路泪，衰年空吟梁甫谣。
何如前贤悲髀骨，男儿壮怀钱塘潮。

2016 年 9 月 16 日

春日怀人

其一

河州沙尘尽，晓风引浅潮；
春在灞桥头，逐水拂柔条。

其二

北岸旗亭里，把盏细论文；
一时风涛歇，潜龙野对云。

2016 年 9 月 22 日

晓吟吧咪山

奇峰环立石嶙峋，松风一壑月半轮。
万籁无声虫鸟静，夜夜谷口封白云。

2016 年 9 月 22 日

晓登东池岘

杂树雕月漏碎影，石径曲仄入幽境，
谷底灯火半阑珊，一声山鸟清夜永。

2016 年 9 月 22 日

霜降后一日雨晨行散

闲步槐柳道，清晓绕堤行。
滩外西逝水，枝头东飞莺。
洒落三更雨，净却百里程。
长河流寂寞，碎禽润枯情。
漫云大鹏鸟，奋翅击南征。

2016 年 10 月 25 日

敦煌杂吟

车上偶吟

其一

浅睡半醒半未醒，夜车似行犹无行。
百无聊赖揭重帘，玉门关头残星横。

其二

晓寒侵被梦初醒，蒙眬睡眼对玉门。
人稀灯暗沙道远，风撩枯草悲荒村。

忆朱先生

先生吟啸汉家城，长幅短篇挥豪情。
一砚清泉墨犹醉，数管紫毫诗纵横。
帝乡梦回人千里，瓜州书成情自贞。
何日轻斟野老酒，枕波楼上说远征。

2016 年 9 月 28 日

过大漠

黄沙万顷西接天，绝无鸦雀并山泉。
车行半日犹扬尘，唯有转蓬逐风旋。

千佛窟沟杨树

千佛洞前杨树林，躯干入云对长亭。
肤似留霜冷月白，叶若含露野石青。
祁连春尽风漠漠，玉关秋满雪丁丁。
懊恨归燕渺无迹，年年细沙掩土腥。

归途忆月牙泉

沙峰环峙阻胡天，捧出一掬月牙泉。
千劫流沙作雷鸣，不解何年朗月圆？

归思

车穿疏雨三千里，梦绕归路一夜程。
看看又过平番地，板荡漂游身亦轻。

2016 年 9 月 29 日

年关感怀·偶兴二首立冬前一日作

其一

芦花轻软苇草齐，秋水夜涨暗长堤。
枯叶遍径岁月老，又到雨寒雪掩泥。

其二

晓风寒拂草萋萋，秋波冷绕青石堤。
南来鸥凫争渡罢，隔岸歌在枣林西。

2016 年 11 月 6 日

峡口偶见

槐叶枯尽草萋萋，呼晴河乌石上啼。

一川寒波流日月，群山拥攒自向西。

金城西郊

夹岸嶙峋鸟当空，出峡河水复向东。

堤外长柳蕴绿意，孟冬犹有三月风。

2016 年 11 月 17 日

忆若雨二首

其一

五更空庭暗，窗外片月明。

坐忆梦中人，情若春潮生。

其二

夜半独徘徊，梦断我惊心。

万籁俱静寂，空余长叹声。

2016 年 11 月 18 日

无眠诗二首

其一

卷地峡风朔天寒，夜半梦回鼾声匀。

独坐静思欢愉事，离愁和泪湿丝巾。

其二

高唐梦留君王心，神女随意作行云。

至今楚宫留望台，烟雨空蒙若舞裙！

2016 年 11 月 19 日

宿定西城三首

其一

传舍梦回心未平，窗外寒风喧车声。
半生岁月余浩叹，轻拂华发定西城。

其二

百年雨断泛赤尘，泉涸岭音怨生民。
近岁天意遂人愿，处处弦歌去民贫。

其三

古来狄道胡马鸣，戈影洮水血波汹。
文脉不绝炎黄意，如今斯地犹蟠龙。

2016年12月19日

年关感怀

朔风清寒画楼西，绕堤长河绕长堤；
鸥凫轻呼落叶尽，流年光阴真叹奇；
剧怜时花耀新春，独恨东君归有期；
且捧玉尊祝亲友，寿康安泰赋新诗。

2016年12月31日

丁酉元旦偶吟

河水清苦绕远滩，冬云冷凝晓天寒；
几人曾是经纶手，闲登重阁拍栏杆！

2017年1月1日

冬日河堤行散

长河波凝似镜平，日暖风和碧天晴。
几处鸥凫争鱼虾，红掌点破翡翠泓。

2017 年 1 月 4 日

新春诗二首

其一

霄汉列繁星，长河流花灯；
九州云锦地，处处垂春绫。

其二

去岁渐渐旧，来年看看新；
且举紫薇杯，遥祝春风人。

2017 年 1 月 27 日

答王生福先生

其一

垅头草下弄细筝，闲观兴衰意不平。
音哑无志唱远志，朝暮自鸣三两声。

其二

半生荒斋学诗书，浮名流世逐江湖。
惭愧良朋远相访，茅舍茶淡味也无。

2017 年 1 月 27 日

丁酉元宵节晓行

千家楼台列星，万树碎玉耀晶。
官亭璧月初圆，一堤晓风春情。

2017 年 2 月 10 日

春分堤上

柳芽半展丝丝青，柔条斜垂些些缨。
日午堤上游人少，河山留于鸟鹊声。

2017 年 3 月 22 日

桥头柳·怀人

嫩芽半展初开眼，柔柔舞风弄媚姿。
春水无情离人远，攀尽枝条何谁知。

2017 年 4 月 1 日

春吟

山杏红褪柳絮毵，芳草如烟入梦田。
半生佳景愧韶华，梨花春雨又一年。

2017 年 4 月 10 日

枕波楼 · 春望

楼下春水作碧涛，隔岸河柳荡柔条。
鸥凫相逐野鸟啼，掩卷静看起新桥。

2017 年 4 月 12 日

夏游漫路

其一

远峰凌霄雪丛丛，千秋寒气锁长空；
平岗树榛留人家，草色染绿四月风。

其二

林间平畴一抹平，细草如茵杂花生；
空山无人万籁寂，云外幽禽送琴筝。

其三

草长苔老幽径深，枝柯横出作斜林；
几处细泉汇坡前，自聚自散潺湲吟。

其四

林檎树高屋檐低，重重枝柯叶掩溪；
猧吠知有远客过，闲听野鸟绕人啼。

红泥泉品茶

平岗野田豆禾生，荷笠姑嫂锄野耕；
漠漠柔风疏雨过，淡淡落花山溪清；
鸳啄枯树声似远，猧吠茅舍人若惊；
柳荫村茶话旧事，陶然不知在晒倾。

2017 年 5 月 16 日

忆河州赏牡丹

尽道河州牡丹好，相对更知堪独尊。
卷卷粉瓣呈妙色，疏疏新叶出陈根。
十里香气绕漓水，百年盛名在野村。
蜂蝶游人半欲狂，芳姿几度入梦魂。

2017 年 5 月 19 日

丁酉端午

人生斯世若奔羊，岁岁五月有端阳。
新制荷包散药馨，悬我书斋思松岗。
河堤柳枝初染绿，荫遮门户留新凉。
艾蒿煮汁浣旧尘，粽米蒸糕溢清香。
最喜吾乡处处好，一饮雄黄滋味长。

2017 年 5 月 30 日

若雨游燕蓟未归

端阳疏雨洗艾风，杂树花褪荫荒村。
帝乡渺渺双眸酸，桐花满径立衡门。

2017 年 6 月 1 日

与良云晚行古城桥湿地三首

其一

蒹葭浸湖湖浸天，古柳日晚鸟雀喧。
时听长笛吹浪过，绿杨疏处见画船。

其二

傍林新筑曲曲夜，平岗杂花丛丛生。
湖畔斜晖度归鸟，啼声犹自唱晚晴。

其三

灰鹊长尾拂林梢，山雉彩翅入丛草。
白鹭不管游人近，青石矶畔若渔老。

2017 年 6 月 9 日

咏夜阑女人香主播李娜医生二首

其一

抟土作人幻亦真，疏留残灰散入身。
千载风霜侵肌骨，百代针汤宗医津。
病欺草民心茫然，药恨庸术眼蒙尘。
一旦顽疾入膏肓，回首唯见墓木春。

其二

悬壶星霄十年中，夜语轻软语由衷。
人间谷蔬巧调理，山中草石造化功。
明辨病理有仙术，深挽溺人与佛同。
教得黎民护一身，陇上处处生春风。

2017 年 6 月 13 日

瞻远亭志兴

数日雨晴薄云天，草树新色绿月川。
清风鸟语蛱蝶舞，瞻远亭上说旧篇。

2017 年 7 月 8 日

晓行感怀

十里长堤曲栏新，栏外大河隐赤鳞；
林间春鸟啼绿意，滩头秋蒲荡浮萍；
曲折流月复向西，几回耀日归晋秦；
世事人生元如是，且披晓露思负薪。

2017 年 7 月 17 日

偕诸友吧咪山行感怀四首

其一

遏云石峰峙两岸，洮水浊浪流浅滩。
轻舟三停叹曲折，何时系缆吧咪山。

其二

山中日午鸟雀喧，树绿风清白云闲。
一瓣心香寄远怀，尽洗征尘有神泉。

其三

绿荫重幕藏深院，李黄枝下歌喉圆。
风骤雨急天欲暮，半轮彩虹耀月川。

其四

山中归来意慊慊，寸心犹在白云间。
夜半梦断对逝水，东望金城忆流年。

2017 年 8 月 4 日

雨夜与若雨清谈

凉雨送秋湿河干，逝波朦胧归梦残。
说到世外茫渺处，隔岸灯火已阑珊。

2017 年 8 月 13 日

康县吟草

（2017 年 9 月 4 日—9 月 8 日）

祁山吟

祁山高处点将台，古木森森鸟声哀。
一自诸葛六出后，千载可有英才来？

赴汉中

千里赴汉中，长谷雾蒙蒙。
近村炊烟低，远峰气势雄。
山田野老稀，平岗树丛丛。
石峡逼直道，快车如乘风。

山间所见

三间农舍半山中，野雾深处舞山风。
儿童散学入山去，一路长歌追晚虹。

黑马关

黑马关前岭千重，云深雾暗气森森。
日暮古道行客少，恐有山魈抉人心。

康县旅思

其一

危岩夹道又一关，关前孤店三两间。
雾掩瘴疠山雨急，戍客行商几人还！

其二

泉水入溪复入涧，燕河推波欲出山。
碧樟翠柏三千峰，梦到桃源心自闲。

长坝农舍

村桥低低涧水清，门前溪流素琴鸣，
推窗放入竹雨来，随风长短山禽声。

幽梦谷农家

村外翠竹伴荆棘，青瓦山楼传素筝。
犬声吠断行客路，雄鸡墙头唱高声。

花桥山村所见

蔼角芭蕉山泉浇，溪流叠落喧画桥。
时有山风掠水过，化作凉风入梦遥。

三潭印月农庄独步

幽涧叠泉约三盟，空潭细鱼喋落英。
邻家金桂花事繁，隔篱香笼春梦生。

农舍饮桂花酒

石榴籽圆颗粒晶，金桂酒露盏盏清。
山果累案野蔌嫩，满庭花气却世情。

月牙泉

石壁苍苔印古字，细石游鱼清潭南。
蝉鸣蝶舞人欲醉，竹林无路人渐迷。

阳坝河景

鱼梁阻溪一潭玉，竹后翠屏绿云生。
河鸟白鹭相伴呼，不管林外是山城。

无眠宿兰州

传舍一夜浑无眠，窗外寒雨自缠绵。
来时山中日正高，真个十里不同天。

朝行河道赴双城书展

漫行溯河道，征衫着霜行。
长河寂如夜，渔火似繁星。
野村六七家，荒鸡两三声。
我亦动高咏，墨香在双城。

2017 年 10 月 13 日

感时

余缘愚笨，数遭戏弄，舔创疗伤，痛定思痛。

十年苦读身，一掬辛酸泪。
运通当道喜，途穷书生累。
萧疏鬓毛残，支离春梦坠。
空怀居士心，留得日日醉。

2017 年 11 月 6 日

宿长安传舍

传舍梦醒已三更，长街横斜灯犹明。
行车奔逐竞往来，宿客起伏鼾息鸣。
一川楼台抵咸阳，十朝繁华继旧声。
羯鼓笙歌今何在，萧萧朔风长安城。

2017 年 10 月 13 日

西流川畔送俞兆忠先生

莫高佛窟留残经，龟兹伎乐入汉营。
举世尽思张芝书，几人解得索靖贞。

俞生瓜州揉长毫，毕竟文脉当雁行。
满纸风烟笔力健，纵横勾连神骨清。
进退合度传古法，挥洒飘逸溢新情。
墨染檀宣图书鲜，伴风堂上有高鸣。

2017 年 11 月 15 日

河行偶见

长堤曲折护寒流，疏林叶尽暗滩头。
蒹葭穗老西风紧，青石矶畔泊孤舟。

2017 年 11 月 16 日

宿北塬内弟家

酒醒五更后，倚枕忆荆溪。
老树横南墙，星宿压檐低。
荒鸡振远风，良人曾相携？
长川流日月，寒鸟真独栖！

2017 年 11 月 25 日

晨练所见

八楞山头晓月悬，罗家川外鸥凫眠。
疏星影稀桥索远，青石矶下泊画船。

2017 年 12 月 27 日

咏风帆桥

帆悬九索绾长桥，斜映碧波影逍遥。
一济南北通广途，朝夕迎送往来潮。

2017 年 12 月 27 日

观若雨时装照

谁家女子着时装，承露藕花艳群芳。
添得三两鸥鹭影，陇水幽境胜河阳。

2017 年 12 月 27 日

冬至口占

序呈冬至又一岁，光阴流水似星坠。
且叹诗稿未盈箧，华发新添使人悲！

戏答朱明山先生

少年增岁乐，老来添岁愁。
且看太极川，空有逝水流。

2017 年 12 月 27 日

贺新年

雪霁日暖朔风轻，岁月将尽春相迎。
事事且如大河水，程程更向阔处行。

2017 年 12 月 30 日

杂兴

陈君克义邀余观赏我县迎新晚会，缘事未果行有感。

岁末瑞雪落荒村，佳帖清雅叩衡门。
无奈山人多俗事，桥头一揖知遇恩。

2017 年 12 月 31 日

早发赴台湾，遇雪有感

夜雪覆旷野，揭帘天宇开。
山人卸行囊，寒斋独徘徊。
空望关山道，辄绝无客来。
何处有沙径，轻步寻古梅？

2018 年 1 月 3 日

夜半起身料理行囊

梦断金城残灯明，空厅滴敲时时惊。
慵起闲翻诗书箧，白首游学欲骑鲸。

2018 年 1 月 4 日

野柳偶见

山溪入村水浸花，蕉叶掩户绿窗纱。
野云带雨欲来时，白鹭伫立南墙斜。

2018 年 1 月 4 日

龟吼寄内

海浪拍礁峰接天，绿草庵外龟背连。
闲来最堪卧皂石，轻倚卿卿听雨眠。

2018 年 1 月 4 日

感时

云路迢迢万重山，中原北望七十年。
岛留椰蕉四时绿，峡阻波涛往来船。
故园旧树展新叶，海天游子欲回旋。
倘期长风卷沉霾，时雨滋润好山川。

2018 年 1 月 5 日

台北所见

人言寸金地，当是居行艰。
环望少广厦，何处野田闲？
盈耳皆汉音，怡然若乡关。
话及当年事，遥指阳明山。

2018 年 1 月 5 日

有感中正二十四行宫

二十四宫栖真身，处处龙腾暴赤鳞。
沧桑原本是天道，千载长幸有何人？

2018 年 1 月 5 日

中国文化大学

三水经略地，万树护长冈。
樟橱图书鲜，素壁翰墨香。
礼乐溯春秋，文章宗汉唐。
洙泗润九州，余波及海疆。

2018 年 1 月 6日

冬雨二首

其一

清晓枕上听雨悬，日午犹在高树巅。
洗尽纤尘枝叶鲜，泻入山溪声震天。

其二

洗尽万壑枝叶明，舞罢千山溪更清。
渔翁煮出新茶后，独坐篷底听雨声。

2018 年 1 月 6 日

宜兰所见

海风吞浪浪摇天，碎珠直上白云边。
始知九霄留不住，散作豪雨昼夜悬。

新城田家

围海作田池池水，依道筑舍户户楼。
时有带云绕高树，无那生涯难说愁。

2018 年 1 月 6 日

雨中独行花莲荣民村

寒月风暖碎花开，细雨陌上独徘徊。
路旷人稀鸟传声，圃斜苗薄悄铺苔。
雾遮翠岗远峰暗，草拥榕树乱石回。
前朝事远空留影，一动乡怀夜夜哀！

2018 年 1 月 6 日

太鲁阁山中

翠岭重重树层层，云锁雾掩山势雄。
几道瀑流落溪涧，一径石阶入云中。

2018 年 1 月 7 日

淡水湖

淡水湖色压山危，岭树环绕翠欲滋。
游艇横卧细雨斜，绿茵堤上堪寻诗。

2018 年 1 月 7 日

梦海

鲵鲸吹腥浪，万里传长风。
裂岸作雷怒，推波疑海空。
渔舟遗何处？飘零苦雨中。
三更梦欲时，犹听吟龙宫。

2018 年 1 月 8 日

往高雄道中遇雨

山中雨来弄哀筝，戴水翠树叶叶惊。
天外斜阳未收尽，早听穿林打叶声。

2018 年 1 月 8 日

高雄道中咏雾

轻绕翠峰觉山远，幽谷深涧舞素裙。
参罢平岗息散去，蓦地化作行雨云。

2018 年 1 月 8 日

晚眺台湾海峡

峡口落日镕金红，半染海涛半染嵩。
滩头一望水天阔，几多渔船借长风。

2018 年 1 月 8 日

宿高雄

朝登台东道，暮投高雄驻。
百里佳山水，欲著穷游赋。
夜半寻传舍，煌煌灯火路。
高楼数十层，流云度朝暮。
疾风彻夜吼，梦里鱼龙怒。

2018 年 1 月 9 日

往南投山中

高树蕴寒绿，丛花作艳红。
白云推不去，深涧唯清风。

2018 年 1 月 9 日

车行日月潭道中

掩路雨滞雾，遮山天接岚。
绕岭三五匝，始是日月潭。

2018 年 1 月 9 日

日月潭

碧波沉沉暮色中，灯火阑珊出梵宫。
借得稠雨洗山水，恍然忽与灵隐同。

2018 年 1 月 9 日

赴桃园机场返中原

寒逐夜雨去，晴在初日东。
芭蕉掩近陌，椰林招远风。
油葵充畦黄，叶花探篱红。
轻飏欲归去，天地一老翁。

2018 年 1 月 10 日

抵上海

一翅穿云道平安，归来日落海风寒。
闲听黄浦江头潮，万颗珍珠在外滩。

2018 年 1 月 10 日

宿兰州

万里长啸别台湾，敛翅灯繁归兰山。
传舍高枕梦正好，毕竟金城近乡关。

2018 年 1 月 11 日

平安到家

长峡朔风推雪痕，鸥凫掠岸呼荒村。
寄语金城诸师友，山人平安入柴门。

2018 年 1 月 12 日

腊月初八记梦

冬日惨淡雪未消，控缰莽原朔风骄。
强弓高挽镞光寒，胡天云薄怒射雕。

2018 年 1 月 22 日

记梦

昨夜梦断小桥东，双绾素手步晨风。
山雀不啼水禽眠，行人无语初日红。

2018 年 2 月 15 日

丁酉除夕早吟

波清风淡岁月好，瞳昏齿摇书生老。
塞横道远尘犹暗，马衰裘裂梦远道。

十载吁汗耕砚田，一夜揾泪检书稿。
大河历劫流中土，沧桑荣枯岸头草。

2018 年 2 月 15 日

咏蝶

脱茧湿翅初着风，半抹初日小桥东。
偶逢西园鼠姑艳，短吻轻入花蕊中。

2018 年 2 月 15 日

元宵夜吟

璧月悬西窗，凝光逐波漂。
披衣步中庭，碎灯流长桥。
举世犹梦酣，儿人知夜潮？
万籁承闲适，倦客叹路遥。
隔岸鸣爆竹，方悟节元宵。

2018 年 3 月 2 日

为儿完婚

其一

新柳染河干，清波绕画栏，
山鹊逐高枝，相和正翠峦。

其二

嘤嘤渚头鸟，青青堤上草。
亲友遥相聚，同歌秦晋好。

其三

翩翩两儿女，携手拜高堂。
不欲颜色好，唯愿来日长。

其四

绕堤河水流，开筵酒家楼。
今朝得比翼，相期共白头。

2018 年 3 月 25 日

朔方吟草

银川所思

连天平畴暮云横，塞外晚春花始盛。
蓦地霾起天欲暗，一夜风怒赫连城。

朔方忆张生武先生

一别乡关三十年，控缰朔方踏烽烟。
押饷解危酬知遇，运筹续粮登峰巅。
势去聊赞弃戈议，河清正欲故园眠。
人生沉浮悲云泥，漫叹遭际对逝贤。

朔方旧事

金戈销蚀散硝烟，闲寻野老话当年。
马嘶硝烟朔方道，十万铁骑猎寒川。

过靖远

岭退险峻退远天，平芜长岗半入川。
野田树稀村舍远，天旷地老思逃禅。

2018 年 4 月 9 日

醉酒口占

酒阑人散复夜半，新桥长索绾逝川。
梦断酒渴推南窗，饮断长河润燥田。
旧情漫漫百年事，心路悠悠五更天。
尚思携杖阡陌上，杏花春雨七尺船。

2018 年 4 月 19 日

堤行口号

故人茅舍长堤外，涛声喧窗树荫中。
市远终日无人过，钓叟牧童弄野风。

2018 年 4 月 28 日

无眠

酒阑人散更已残，传舍孤灯独倚栏。
无端忆得年少事，破衫赤足嬉浅滩。

2018 年 5 月 2 日

大墩峡游兴

大墩峡口

雪山西渐天尽头，暑风寒意交相流。
千秋禹王运巨斧，冲峡大河意悠悠。

大墩峡

长林矮榛翠岭巅，犹有绿意染山川。
涧水绕石幽鸟啼，一重碧云一重天。

车过肖红坪

长坡绿暗涧水清，峰头雪山耀眼明。
峡口赤霞燃天半，一湾碧水落花轻。

大墩峡晚归

林梢斜照留鸟声，南坡碎花恋残英。
几缕炊烟笼断崖，归鸦几与暮云平。

2018 年 5 月 15 日

愁离

长亭挥手罢，离愁上心头。
独恨大河水，日夜向东流。

2018 年 6 月 7 日

与若雨步金城河堤

大河西来推浊浪，绕堤沙柳溢清香。
诉尽此生玄妙事，暗祈岁月如愿长。

2018 年 6 月 8 日

定远镇纪胜

定远风柔斜雨稠，草木绿暗掩高楼。

林间列石错仄径，层池叠翠拥芳洲。
朝云人语香樟道，晚霞鸟啼画桥头。
葛巾归来读东窗，野蔌流年复何求？

2018 年 6 月 8 日

湖村所见

高树群禽噪野田，长滩水落留渔船。
日午暑深行人少，野老独卧学逃禅。

2018 年 6 月 12 日

宿湖边小楼

闲居知昼永，醉卧觉梦长。
鼾声催曙色，徘徊扰邻床。
荒鸡唱远村，群禽喧草堂。
念此野幽意，归去空悲伤。

2018 年 6 月 13 日

科妥杂兴

其一

烽火台下旧人家，三两小院近水涯。
山鸟飞来呼野穗，胡羊归去穿碎花。

其二

层楼南望水如纱，墙头篱角绿树斜。
小舟无风渔家乐，长网抛向天之涯。

其三

杜鹃唤雨穿层林，山雉引子呼野穗。
日午湖畔游人稀，柳荫疏风渔父醉。

2018 年 6 月 13 日

夜饮炳灵湖侧

湖风润暑夜，一饮枕水房。
村酒意深远，野蔌味悠长。
故人多嘉言，我亦洒意狂。
何处荐黑甜，林间有北堂。

2018 年 6 月 13 日

夜宿金河湾

蛙鸣觉夜静，潮打知梦归。
两湿细沙路，林外野鸟飞。

2018 年 6 月 13 日

观农人盘场

茅舍拥树树倚墙，豆荚半绿麦未黄。
布谷呼雨雾绕湖，早有农人筑野场。

2018 年 6 月 13 日

吧咪山暴雨后感怀

山雨野水冲崖根，乱滩碎石势纵横。
沙路断续无旧迹，壑底踮足立绿风。

2018 年 6 月 29 日

吧咪山途中偶见

苍鹰盘云起，山鸦掠崖飞。
水禽滩头立，胡瓶岩边归。

2018 年 6 月 29 日

重逢魏振昌、吴建洲、齐立臣诸师兄

一别金城四十年，几回梦里泪泫然。
季鹰洛中思鲈鱼，恺之江左诉归船。
华年交游意犹在，几多故人已调迁。
暑雨频洗桥侧柳，路口挥手邈山川。

2018 年 7 月 8 日

星君南行

河湟云重暑雨稠，日日湿岸看浊流。
晓堤知音归何处，远携馨儿海上游。

2018 年 7 月 8 日

雨中游兴

是日陪王晓琴、徐莉、朱黎明、胥晓晴诸君雨中游炳灵至科妥烽火台，雨境奇异，令人感慨，因之赋。

导河骤雨冷薄暑，琼珠万斛洗新程。
驱车欲作河山游，急雨声接细雨声。
眺远亭上眺佛域，揽云阁前揽幽情。
暝邈层云笼长天，苍茫重雾罩野耕。
紫燕无语野禽绝，空山翠谷湿紫荆。

恍惚斑斓虎豹斗，仿佛连臂猿猴鸣。
漠漠草香袭人衣，炼丹炉旁有长庚。
九转丹就脱凡骨，苒苒孤雾相送迎。
蓦地山风破云阵，怪岭奇峰露峥嵘。
窄涧广壑竞绿意，慢坡陡滩斗芳名。
杂榛高树护古寺，石梯逶迤度梵僧。
披雨穿雾寻归路，千顷碧波椋苍鹰。
倚山人家响鸡犬，傍水山杏惹佳兴。
聚得鱼龙舞深渊，龟虾吐沫疑白鲸。
轻舟时绕烽火台，波涛长撼旧城崩。
一日尽览山川貌，几回传说对青灯。

2018 年 7 月 10 日

感事二首

其一

悠悠长河水，不舍流死别。
人生若春花，红褪残枝折。
清晓犹奔竞，日暮力已缺。
高堂呼苍天，肠断声已噎。
妻子头抢地，泪尽续以血。
空见华屋内，凄凄残烛灭。

其二

人生若蓬草，逐风行千里。
长夏郁苍苍，入秋竟半死。
寒霜啮根裂，飘飘何所倚？
旧地孰可恋，黄土掩藻梓。
生死皆类此，终当长归去。

2018 年 7 月 15 日

康县秋行

（2018 年 8 月 14 日—8 月 15 日）

途中遇雨

雨洗官道绝纤尘，道旁高树碧森森。
长雾笼野失远山，孤村茅舍半依林。

康县剪子村

斜照依依恋苍穹，三五人家掩绿风。
暮蝉远近蝶轻舞，长鸡一声万山空。

杂兴

峡口乌云久不开，长谷风飒树徘徊。
蓦地车窗晨光暗，却是北岭豪雨来。

途中遇雨

众溪汇流奔未休，孤车碾水车似舟。
幕天席地白雨里，前路茫茫游子愁。

夜宿花桥传舍二首

其一

夜半入传舍，林间细灯明。
数窥天外雨，檐头滴雨轻。

其二

夜静若太古，万籁寂无声。
梦断无余事，传舍听蝉鸣。

再别若雨

秋风初歇杂花馨，手绾柔条对长亭。
离恨更似拍岸水，流急不管暮山青。

2018 年 8 月 15 日

河湟秋兴

孤城三五夜，璧月照高楼。
远山留残影，大河拍岸流。
荻芦穗初吐，谷菽香溢洲。
归雁唳长天，去程万里秋。
怆然吟逝水，华发笑白头。

2018 年 8 月 28 日

金城别若雨

陇上八月秋水凉，雁抹阵云塞声长。
寒鸦绕山边草绯，骊歌一曲空断肠。

2018 年 9 月 16 日

戊戌重阳吟

夜半冷雨洗楼头，霸风黄叶满江洲。
晓来结伴登堤看，数峰红树夹寒流。

2018 年 10 月 17 日

戊戌初冬无眠

三更梦回夜无际，风绕寒水冷月霁。
空斋枯坐了无趣，拈韵排句真鱼祭。

2018 年 11 月 8 日

雪降三日有感

河湟地寒积残雪，峰壑半没人迹绝。
揭帘疑入琼瑶境，掩门惊在银光泻。
边畴千顷迷荒村，朔风万里冷关阙。
长愿五更怒控缰，神骥长嘶蹄如铁。

2018 年 11 月 16 日

甘肃省书画研究院雅集

栖身文艺事，数到金城游。
诗文吟素心，翰墨写春秋。
魂绕三家村，梦逐百尺楼。
东隅思投笔，桑榆笑白头。

2018 年 12 月 13 日

戊戌冬至

夜来雪打灯，风紧晓窗晴。
时节又冬至，增岁我心惊。

2018 年 12 月 22 日

山城雪中独步

四顾皑皑峰崖嵬，彻骨寒气入面来。
冻云惨淡笼荒野，呵手攀上凌云台。

2018 年 12 月 28 日

宿酒戏旧友

鸳枕芳衾半偎怀，残酒留红醉香腮。
长堤碎雪乱晨灯，犹梦檀郎扶金钗。

2018 年 12 月 30 日

应存仁兄悬壶金城，为余却疾有感二首

其一

草伏河湟六十春，露凝霜冷湿气烹。
单衫着雨未觉寒，赤足踏雪夸童贞。
华发稀疏老齿豁，腿酸腰疼梦数惊。
三更倚枕悔垂髫，半生不解是养生。

其二

闻道岐黄存大仁，敦煌遗经度疾民。
一笑病魔皆远遁，先生高蹈入金城。
问切自有扁鹊意，医案犹存仲景身。
我愿济世悬壶久，奇术千方静瘟尘。

2019 年 1 月 8 日

题洪洲先生《携琴访友图》长卷

溪山正苍翠，骄阳欲西归。
花气醒午梦，卧听野鸟飞。
夏昼长胜年，行散心不违。
何以抒胸臆，何以振征衣？
携琴溪山间，为友手一挥。
相对鼓古曲，恍若复采薇。

2019 年 1 月 12 日

病愈杂兴

腰椎奇疼，年来几不能行，求教于陇上名医李应存教授，一剂良方，疼痛消失，旧疾顿愈，恍如一梦，赋诗以志。

湖海博浪五十年，水手老去频卧毡。
空倚柴门长捶背，斜扶藜杖度余年。
断脉依稀忆扁鹊，服汤恍然逢葛仙。
归来腰挺行步健，枯木复茂悦春天。

2019 年 1 月 14 日

戊戌年书友团拜志兴

尽将新作悬壁间，香洇墨痕印鬓斑。
跋涉我知前路遥，回看已越万重山。

2019 年 1 月 26 日

己亥新春诗

峡口湖风送残年，历日撕尽待春讯。
人事兴替知时促，山中岁长觉事顺。
野村疏林点鹊巢，平岗枯草排浅阵。
河清日丽人意好，长歌何愧染双鬓。

2019 年 2 月 4 日

己亥上元夜

己亥上元，余携山妻，往清河湾观烟火，时圆月行空，碧天如水，群星寥落，河汉若不胜孤寂，然人间上元，欢然团圆也，思之茫然，感慨岁月，因之赋。

三五上元夜，璧月流中天。
河汉叹寂寞，万古旧山川。
人世恋骨肉，九州借团圆。
岁岁倾香醪，百年颂福田。

2019 年 2 月 19 日

清晓赴金城

孤行河堤伴残星，山城灯残似空庭。
春风尽在河湾里，晓莺声里人娉婷。

2019 年 2 月 28 日

唐汪川赏杏

（2019 年 4 月 6 日）

上东岭

驱车九转上董岭，荒坡草尽掩轻尘。
河湾春早花渐尽，峰巅枝枯怀采薇。
长岗日暖草犹绿，废村墙颓人似贫。
记得六月控轻缰，晓雨初湿豆薯春。

往唐汪赏杏

唐汪探杏动晴宵，山道长短去程遥。
同行轻歌解寂寞，闲倚车窗指山樵。

观丹霞

万仞崖壁呼山鸦，舍掩粉杏千树花。
野径闲步穿疏林，半天碧天度流霞。

杏林观杏花

老树古柯红杏花，村舍横斜两三家。
游人陌上踏青归，春在大野染物华。

乘机往海南

萍踪陇头似逃禅，南望椰城又三年。
河湟春酣花繁极，椰岛暑来云半燃。
三代控缰万里路，一朝梦里千江船。
孰令苍颜砚边叟，频借好风度云边。

2019 年 4 月 17 日

南郊所见

河湾菰蒲宽叶新，老树苍果隔年醇。
鹅鸭缓步竹篱外，荷竿野老杖倚身。

2019 年 4 月 19 日

梦觉海口

五更暑气半阴晴，梦回枕上听鸟鸣。
揭帘欲寻山水趣，窗外芭蕉掩椰城。

2019 年 4 月 19 日

闲行偶见

蕉林椰树芳草地，长河短溪百花洲。
几径幽梦绕竹篱，一竿风月钓乡愁。

2019 年 4 月 19 日

将别椰城，归于陇上

数日南海行，朝夕蒸暑空。
蕉叶梦凉雨，椰树苦热风。
珍果留口涎，奇鳌出龙宫。
翰墨乏厚意，游学多旧翁。
敛翅归陇上，寒斋悲青骢。
晓露湿行囊，北望真朦胧。

2019 年 4 月 23 日

报平安

挥手海天指顾间，乱山荒远对颓关。
斜晖轻柔碧波软，平安入舍散人还。

2019 年 4 月 23 日

喜雨杂兴

其一

峡口一夜雨，尽洗万里尘。
醍醐饮初罢，我心白生春。

其二

只觉清晓雨，未知夜归人。
远山入眉翠，万里无纤尘。

2019 年 5 月 14 日

金城传舍偶吟

细雨疏疏薄衾冷，传舍梦回思远骋。
半生荒斋苦翻卷，一朝河畔度日永。
壮怀常羡班定远，胸襟终愧林和靖。
当时夜阑人尽散，华发苍颜对孤影。

2019 年 5 月 18 日

己亥夏记梦

寒雨疏疏三更许，故人杳杳家万里。
余生多少伤心事，话及旧情哭桑梓。

2019 年 5 月 27 日

潮淹永靖

年时泄洪，淹我城郊，几浸人家。今岁复泄洪，稼穑花卉尽毁。闲步河堤，日日叹息，赋此吊我乡民。

高坝泄余水，日夜闻涛声。
湿风逼暑气，河畔晚凉生。
清波侵绿地，长堤不可行。
四郊作泽国，空潮撼古城。

2019 年 6 月 3 日

己亥端午

芒种初过潇潇雨，端午方至款款风。
一自灵均赋怀沙，年年龙舟觅楚忠。
粽糕村醪饷亲友，等条柳枝户葱茏。
最是内舍绾花索，别样温情起心中。

2019 年 6 月 7 日

游官鹅沟

（2019 年 7 月 6 日—7 月 7 日）

榆中所见

出山涧水作浊流，村道东去复西头。
筑巢灰鹊呼野穗，绕花蝴蝶飞田畴。

过榆中

十亩山田绕方堤，土舍水塘似沧浪，
村路隐入树深处，墙外油菜黄花香？

宕昌往官鹅沟所见

两峰高耸夹浅滩，绿树深处炊烟寒。
鸡鸣南坡犬声低，日午野鸟呼河干。

哈达铺

万折北上人半残，百战师老心犹雄，
从此家国风雷激，宇华光辉九州同。

夜饭善如家

山间客栈绿云中，南北高峰作屏风。
出壑溪流带苍翠，绕湖野鸟掠暮空。
山肴腊肉含远味，细泉清茶佐姜葱。
但得文友多论诗，应是葛巾烟霞功。

夜宿宕昌官鹅沟

宕昌立国久，岁月半烟尘。
氐羌拓疆土，旧说听边民。
众泉碧长湖，草木绿峨岷。
我乐山水色，来寻西羌人。
千壑溢苍翠，万峰度野津。
涛喧疑山雨，碎铃传梵神。
钩月淡无色，细灯导远训。
传舍静无眠，幽鸟鸣荆榛。

贺兰雅集

其一

朔方风清田尽耕，河水折流济苍生。
九州群贤唱盛世，一聚暑月兴庆城。

其二

贺兰山下雨水频，纸柔墨润最宜人。
回望百年兴衰事，豪情尽在朔方春。

其三

长诗短词信口吟，群贤唱酬赞诗雄。
咏得时雨润百花，拈来佳句对春风。

2019 年 7 月 9 日

盐池怀古

万里北疆苦守关，千载南国悲护秋。
胡儿解得汉家礼，牛羊布野稼穑稠。
塞草漠漠接远天，敝垒迢迢连城头。
高树野花萧关道，何人更诉朔方愁？

2019 年 8 月 8 日

贺兰山观岩画

其一

上古先民结草衣，逐肉荒原疗群饥。
日月星辰共天老，苍岩留画存天机。

其二

贺兰嵯峨怪岩倾，涧水长作刀剑声。
岭头烽堠压云梢，山风残腥客心惊。

携眷重游官鹅沟二首

其一

岷峨千寻苍龙蟠，散泉万斛下云端。
翠壁限日知路窄，高树蔽空觉水獾。
时时杂树存鸟语，处处飞瀑点苔坛。
传舍夜半静无思，坐听野风拂长滩。

其二

前度山肴留齿香，重逢野老话短长。
儿女追随时光好，孙女相伴人寿康。
槛前绿池堪作镜，窗外野花漫遮墙。
湖畔行散意未尽，掠风紫燕送斜阳。

2019 年 8 月 10 日

己亥中秋

逝波悠悠依岸流，山雨疏疏绕楼头。
槐柳绿暗堤草绯，浅斟村醪吟清秋。

2019 年 9 月 13 日

步韵戏志文友

寒波浸浸落叶黄，枯草漫漫遍地霜。
心事寂寥寄何处，朔雪欲来无雁翔。

2019 年 11 月 16 日

杂兴——回母校

其一

椒林莽莽暗峰巅，新舍重重掩长川。
梦里乡校何处是，层楼巍峨峙霜天。

其二

五十年前旧家山，游子梦残身未残。
满目繁华忆苦辛，鬓斑刘郎倚栏杆。

其三

乡愁苒苒五十年，笑对童蒙忆前贤。
湖上波平长风劲，一帆高悬万里船。

2019 年 10 月 24 日

岁暮晓行河堤有感

长桥卧波波水寒，枯风败苇苇叶残。
渚头鸥凫传格磔，怅望逝川独凭栏。

2019 年 12 月 17 日

己亥腊八闲吟

渚头冰裂杂凫鸣，桥侧长索系远程。
败苇不留残雪宿，腊八豆饭香满城。

2020 年 1 月 2 日

晨练逢故友

淡云洇月划浪行，驻波依稀残冰声。
晓灯影里辩卿卿，似梦似雾我心惊。

2020 年 1 月 21 日

庚子新春吟

日辇扬征尘，万劫不老天。
光阴释轮回，兴衰演往还。
杂花散旷野，苇荷覆水湾。
谷黍实田亩，疏梅点寒山。

和风拂岁初，雪气掩残关。
人间乐春近，爆竹喧新年。

2020 年 1 月 23 日

庚子正月初五晓行二首

其一

滩头寥落水，堤上寂寞风。
野凫惊残芦，飞过长桥东。

其二

明灭水中影，断续冰下声。
繁华耀千树，寒夜照空城。

2020 年 1 月 29 日

赋王林海先生漓水文字石

王林海先生于灕水枹罕岸处觅得一佳石，其上字迹斑斑，殊有奇趣。为之赋：

漓水露骨石，上有远古字。
独凿岁月痕，犹存鸟虫戏。
苍颉使鬼哭，亱雨粟覆地。
倘刻战坂泉，似为导河志。
壮举销烟尘，留此空思义。
片石纪勋业，煌煌千秋事。

2020 年 3 月 16 日

奉和赵部长少智先生一行永靖踏青

清波浮双凫，群鸥啼群禽。
斜径留杂花，长杨绿成林。
芳草乡关道，村舍追童心。
行踪未处留，异碑苔间寻。
野蔌饷佳客，村醪频对斟。
何日更重逢，草窗酬知音。

2020年4月5日

附赵少智先生诗

4月5日春光正暖，承焦老师玉洁先生美意，我们一行四人赴永靖作一日游。情景交融，有感而发，吟成五言诗一首，聊作回赠。

春入太极川，花妍柳色青。
山高土厚重，水阔河清凌。
红崖佛寺旧，白墙客舍新。
亲朋游兴浓，主人雅意深。

庚子河州赏牡丹

嵯峨雪痕残露骨，漓水长依农家滩。
宿雨初歇野鸟稀，香风犹带透衣寒。

2020年5月10日

往官坊

野杏花歇梨花开，平岗长沟尽手裁。
杂树绿暗涧水清，天末雪山入眼来。

2020 年 5 月 10 日

齐家文化博物馆

黄土搏瓶鬲，彩石琢璧琮。
一川洮河水，万古齐家峰！

2020 年 5 月 10 日

河州途中所见

其一

碧湖夏水拍长滩，涛声朝暮寂寞还。
春花落尽遊人稀，柳荫深处画船闲。

其二

鸟雀争舌闹野田，鹊巢高低树间悬。
村妇携来新采蔬，分与行商攒细钱。

2020 年 5 月 17 日

渴望之令堂大人溘逝，吊丧东山

八楞山阳野草生，隔年百合叶自荣。
慈惠一世璧月悬，孝心半生残星惊。
故宅空旷证时迁，矮舍荒芜忆旧盟。
尘缘长逐流水尽，夜台寂寞鸟空鸣。

2020 年 5 月 19 日

喜得孙儿名啸苇

焦氏留枹罕，一脉自分明。
躬耕数百载，苦读传族声。
雾宿月如璧，长湖波似琼。
北堂山水客，行散若远程。
绿荷逸远香，苍苇啸秋荣。
天赐宁馨儿，知我举家清。

2020 年 5 月 22 日

有莲君引领诸友游陇南

太极川上湿湿雨，雾宿山头沉沉云。
我捧一掬黄河水，尽洗下辨旧尘氛。

2020 年 5 月 23 日

刘家峡别徐君

村酿三杯青山下，野蔬数碟碧水青。
我将半生飘零意，且唱骊歌对长亭。

2020 年 5 月 31 日

庚子端午有感

柳拂河水枝叶长，北坡艾蒿逸野香。
樱桃红透杏初熟，粽糕清酒忆潇湘。
老友遗馔高供案，稚孙绾丝低倚墙。

十年江湖思林泉，华发梦断忆楚殇。

2020 年 6 月 25 日

岭南行

（2020 年 6 月 29 日—7 月 6 日岭南行）

离家赴岭南

轻车穿林绕长堤，波浸荻芦水禽啼。
村舍横斜南山下，遥听云外一声鸣。

2020 年 6 月 29 日

平安抵白云机场

苍梧旧地留白云，衣襟染尘半欲焚。
玄鸟一翅八千里，黄埔江畔晚日曛。

2020 年 6 月 29 日

广州书画联展前夜

南国高卧雨蒙蒙，断续暑气断续风。
何人夜半弄竹笛，啁哳起伏绕龙宫。

2020 年 6 月 30 日

粤风陇韵翰墨情书画展

残简流沙汉书淡，旧壁积烟佛画香。
我愧枹罕步蹒跚，来伴苍梧凤翱翔。
三陇雅风延秦晋，百越时雨润闽湘。
借得九州艺苑春，催开墨花岁月长。

2020 年 6 月 30 日

赴阳江

高凉古国何处寻？细草成茵树成林，
偶有野塘举藕花，绿幕深处更重荫。

2020 年 6 月 30 日

南海一号沉船歌

百丈有艨艟，刺波狂涛中。
逍遥三十年，往来疾如风。
借问欲何之，万里造化功。
胡商碧眼客，龙涎香射瞳。
复持琥珀玉，九州夸奇雄。
易我中原瓷，还乡气如虹。
一旦恶涛起，狂吼震龙宫。
风掠五岳低，浪涌四海空。
愁雾日月暗，惊涛乾坤惊。
舷裂樯帆断，舵折巨船倾。
商贾悲船家，魂归乱礁城。
泣血苦骨肉，伤怀悲友朋。
忽忽千载余，恍然出水晶。
哀哉海之殇，生民若微氓。
绝怜宋之艺，今朝露峥嵘。
为我谢寰宇，虚生何足荣！

2020 年 7 月 3 日

宿肇庆

深碧浅绿千山树，宽水窄埂万顷田。
轻车随风渡西江，一夜残梦依归船。

2020 年 7 月 4 日

星湖

楼台巍峨依奇峰，舴艋起伏绕苍榕。
揭帘长湖泛鸥鹭，侧耳细泉响叮咚。

2020 年 7 月 4 日

阅江楼

烟消百年阅江楼，当年北伐真铁流。
志士终随逝波去，雨洗空庭使人愁。

2020 年 7 月 4 日

夜归金城

薄雾连山落日红，九霄茫茫天界穷。
敛翅回看人间路，万点银星千里风。

2020 年 7 月 5 日

平安抵舍

踏浪归来依旧村，海腥渐行渐无痕。
故山故水多笑意，山人安然入柴门。

2020 年 7 月 6 日

闲吟

野田人稀丹壁空，鸟呼斜日照梵宫，
村醪时蔌乡音好，河畔楼上尽凉风。

2020 年 7 月 26 日

秋晓行散

秋风冷冷白露寒，杨柳半黄蒲苇滩。
初日斜照逝波远，槐花满径人倚栏。

2020 年 8 月 10 日

感事

长峡雨歇落槐花，日午鹊喜入山家。
半生青灯一枝斋，换得七尺乘云槎。

2020 年 8 月 17 日

秋雨

长河雨脚乱如麻，槐花深处是吾家。
一夜檐声撼残梦，知他长桥度云槎。

2020 年 8 月 17 日

甘肃文史刊行百期歌

陇上繁兴岁月长，代有高贤遗墨香。
汇才聚士事述作，雁宿滩头立明堂。
一卷春风润群卉，百册秋实留芬芳。
堙导茫渺问鲧禹，拓土沧桑叹戎羌。
华夏鹰扬始娲羲，九州却疾溯岐黄。
细寻旧俗辨烽堠，深究玄道说敦煌。
史海钩沉发秦汉，文苑探幽追宋唐。
画法范宽绘古今，书宗张芝写西凉。

前贤手泽犹可见，后来挥洒意飞扬。
纠偏补缺多良策，运筹似有张子房。
翰墨丹青绣河山，佳诗妙文焕华章。
四季我愿常繁花，百鸟杂鸣竞高翔。

2020 年 7 月 25 日

庚子秋日赴金城三首

其一

秋水凝碧半滞流，芦穗轻拂浮洲头。
白首长笑出荒斋，欲登陇上最高楼。

2020 年 9 月 19 日

其二

百万人家栖高楼，接天云霞笼暖秋。
何人解得九霄寒，江郎老去尽闲愁。

2020 年 9 月 20 日

其三

传舍梦断五更天，唯祈秋月满山川。
揭帘远眺繁华处，一夜凉雨伴无眠。

2020 年 9 月 21 日

菩萨蛮

前日，永霞邀我河州赏春，遂与二三子赴宴耿家台，欣然终日，尽欢而归。

耿家台上留层云，深院人静春日曛。春曛花落轻，画檐听鸟鸣。　殷勤备肴蔌，佳酿慰书生。风雨河州路，多少故园情！

2015 年 4 月 13 日

鹊桥仙 · 渔父

白浪轻拍，碧波稳旋，钓丝悬在云际。河湾风淡平沙净，垂涛柳几缕新霁。　　醉倚薄伞，梦踞胡床，终日花香鸟细。且煮赤鲤佐野蔌，几曾管名利世势！

2015 年 5 月 20 日

鹊桥仙 · 酷暑

长河举浪，堤树掩绿，家在画桥北住。千里河山似汤煮，火烧尽多少朝暮。　　雨却酷热，风送新凉，清晓空翠拂路，犹记更残帘未卷，梦犹祈峡风撼树。

2015 年 8 月 3 日

菩萨蛮 · 夜饮松花江畔

松花江水浥清波，江干画楼倚山阿。江水连天碧，高树绕长堤。　　夜饮旗亭下，肴蔌滋味长。诉尽当年事，佳酿松花香。

2015 年 9 月 1 日

谢池春 · 空园杏花

荒草庭院，败苇水次，殷勤犹自徘徊。垂金柔条舞晓风，杏沙禽河畔谁来？　　无语紫柄，浅笑粉瓣，仙子颦眉细裁。百花思尽三春事，几人知佳人幽怀！

2016 年 3 月 22 日

鹊桥仙·寻探春

闲步河干，巧入曲径，来寻东君玉趾。滩外纤草窥枯叶，能几日绿萦千里。　　林间独芳，篱角曼舞，幽香只在闲畦。紫萼粉瓣惹蜂蝶，掠细乳多少燕衔泥。

2016 年 3 月 23 日

菩萨蛮·罗家川小聚

峻嶒赤岸绕晚霞，野田苗稀留山鸦。滩头两三家，门外山杏花。　　故人日边来，来时月华白。村醪佐野蔌，一笑尘氛开。

2016 年 4 月 2 日

临江仙·行散逢苇莺

雾宿山头初日红，长桥轻拂湿风。夜半疏雨洗苍穹，翠掩绿更浸，堤下有龙宫。　　湖海风老人归休，十年重似转蓬。依稀吴音绕云鬓，持手漫相顾，恍然娇容同。

2016 年 6 月 11 日

如梦令

边塞一夜秋雨，晓来几阵寒苦。河州八月暮，多少黄叶曼舞。惊起，惊起，梦断烟露故土。

2016 年 9 月 10 日

临江仙·堤上行散

小桥曲栏入帘栊，疏雨滞残云。溪流曲折绕蒲苇，长草横斜绿，碎花寂寞红。　　朝暮堤上叹逝波，几度吟啸秋风。闲来携酒湖海上，野茶色清远，村醪醍醐同。

2016年9月10日

破阵子·忆与若雨游炳灵寺

遥记夏至当夕，圆璧十六悬之。枕上断续梦初醒，一夜清辉去来时，帘外山鸟嬉。　　幽谷草长路曲，峰壑若踞熊罴。窟外杂花播远香，崖脚细沙泉聚水边，双蝶弄清姿。

2016年9月14日

清平乐·晨行河干

钩月淡云，晓行天未明。滩头沙禽栖未稳，堤下河河风清盈。　　家家楼映烟花，行行槐柳华灯。直疑龙族斗宝，绝世珠玉绸绫。

2017年1月26日

临江仙·无眠

旧程回望烟波横，夜夜梦断三更。双眸炯炯残明，掩卷时长叹，往事逐潮涌生。　　流年不管潘郎老，依旧流水落英！轻捻香珠忆旧程，江南复塞北，何处有旧盟？

2017年2月1日

渔夫辞·记梦

飘然出岫若云霞，绚烂浮波似荷花。
玉肤软，云鬓斜，一袭暗香在天涯。

2017 年 3 月 5 日

清平乐·瑞雪

满目新装，夜来梦一场。琼蕊玉叶逐风舞，万物犹带枕香。　　纷纷且展轻巧，漠漠尽说素洁，山川漫迎降萼，人间争夸瑞雪。

2017 年 3 月 12 日

河传·探春

河畔，风寒，云垂峡口，雪宿山峦。独立寂寞庭院，香淡鸟声残。　　南坡嫩芽细如发，料河柳，清晓舞残月。想初日生暖，正数枝漫曳，梦愈阙。

2017 年 3 月 15 日

鹊桥仙·山园玉兰

枝梢粉样，萼上冰妆，眉间百般亲切。盈盈小园笑寂寞，舞春风娇容如雪。　　玉瓣微启，粉蕊轻吐，最宜月淡香烈。蜂蝶梦断何处觅，尘寰外仙子堪折。

2017 年 3 月 31 日

鹊桥仙·春愁

平岗黄土，长河碧浪，春来山河清闲。含雨湿云自来去，遍大野寒草斑斑。　　独鸥唳天，双凫弄水，绿杨烟拢河湾 。柔条拂人堪攀折，难绾我愁掩乡关！

2017 年 3 月 31 日

清平乐·惜春

一夜山雨，匆匆春归去。落红染尽绿茵地，空庭几声燕语。　　独祈草色长新，绝怜时花满城。含泪悄问柳絮，可知春卿住行？

2017 年 5 月 3 日

清平乐·步玉洁韵忆宿炳灵寺

贾得梅

炳灵夜宿，清寂人无绪。水碧风轻柳丝舞，啼醒晨梦莺语。　　薄雾轻拢似纱，袭人香气繁花。禅院磬声入耳，万笏山峦披霞。

2017 年 5 月 3 日

蝶恋花·晓行怀人

晓风清凉疏雨路，沙柳花歇，暗香犹绕树。堤下逝水流残雾，苇梢群鸟呼野渡。　　衰年生涯伴鸥鹭，日日行散，今朝雨似露。蒹葭尽遮仙娥步，梦断帝乡心欲暮。

2017 年 6 月 3 日

临江仙·与诸友游湿地

野径绕岸柳垂波，柳下蒲苇婆娑。平岗花笑白头陀，山禽远近啼，雉鸡掠人过。　　年来生涯叹寂寞，笔墨文章蹉跎。友携杜康却伴我，酒渴欲吞海，阳骄奈我何。

2017 年 7 月 23 日

鹧鸪天·喜雨

凉雨骤至，一洗酷暑。

墨云翻空群山低，雷怒风号鱼龙悲。豪雨乍来天眼白，乱流急奔地宫滋。　　掠长风，披凉雨，高树倦叶如眉。千家楼台卷珠帘，伸手齐试凉爽时。

2017 年 7 月 24 日

鹊桥仙·冷雨

风掠黄叶，雨洗清秋，晓寒犹在楼头。蒹葭荻芦拍腥浪，鸥鹭宿河心沙洲。　　长堤人稀，疏林鸟稠，湿风逐凉残流。霜意渐浓边草绯，能几日雪暗人愁。

2017 年 10 月 3 日

鹊桥仙·初雪

山头雪冷，遍野雨湿，夜半乍聚寒气。掩城浓雾绕疏林，知多少坠叶枯枝。　　长川波冷，野径路迷，鱼雀何处可嬉？边地游子乏重裘，透单衫霜风乍欺。

2017 年 10 月 9 日

清平乐·重阳有感

清晓疏雨，黄叶飘湿地。深巷曲仄人影稀，路头绯草迷离。　　山外雨滞云暗，西游倦客梦断。前程千里万里，何日云间俯瞰！

2017 年 10 月 28 日

菩萨蛮·独坐度重阳

重阳雨后群山暗，风紧黄叶漫卷。空斋无语独倚晚，野鸟绕堤啼，鸥鹭逐波远。　　书案一叶西流川，帘外逝水清涟。暮年岁月如云旋，孤行长河畔，两鬓斑白残年。

2017 年 10 月 28 日

清平乐·乘机赴台湾

满目云涛，腾身游九霄，冲日掠风去程遥，欲寻南海孤岛。　　故园几多陈迹，七十年来风雨。年年北燕南飞，毕竟千里万里！

2018 年 1 月 4 日

清平乐·重阳

又是重阳，依旧落叶黄，楼外逝水日夜长，朝云千重霞裳。　　梦里缥缈仙姿，漏断夜夜独思，长叹流水年华，犹自攒怀何时？

2018 年 10 月 28 日

清平乐·探春

缀枝粉萼，篱边诉寂寞。堤下长苇拂水次，漠漠逝波无际。　　眼前轻鸥戏凫，梦里蝶飞蜂舞。一夜柳梢鹅黄，谁料春风暗度。

2018 年 3 月 15 日

菩萨蛮·闺情

新柳柔条舞桥畔，漠漠尘风漱晓寒。春花无尽愁，愁绪入高楼。　　莲步下妆台，蛾眉锁未开。数卜郎归日，应是燕来时。

2018 年 3 月 17 日

江城子·枕波楼春景

枕波楼上尽朝晖，堤柳绿，南雁归，长桥划浪，小径入翠微。　　几阵疏雨东君回，杏花繁，蜂蝶飞，篱边路头，处处斗芳菲。

2018 年 3 月 31 日

清平乐·杂兴

绿茵长堤，疏雨梨花泥。柔条拂水鸟鹊啼，篱旁落英满蹊。　　昨夜梦断更残，起看星沉阑干。记得桥头送归，披得一身春寒。

2018 年 4 月 12 日

菩萨蛮·落花

嫩枝不惯寒雨欺，粉瓣难禁东君逼。狂风揉繁花，乱落野人家。　　空逐流水碧，脉脉独归去。香销春已尽，往事恍如梦。

2018 年 4 月 13 日

望江梅·惜春

春已老，落红满画桥。晓风偷染桥边柳，夜雨暗助桥下潮，繁华逐梦遥。

2018 年 4 月 20 日

清平乐·戊戌端午

绿树繁阴，夹岸鸟雀鸣，绕堤碧波去无声，粽糕香绕新樱。　　柳枝斜插庭院，素腕轻绾花线，笑举雄黄佳酿，笑语一席家宴！

2018 年 6 月 18 日

鹊桥仙·晓雾

雨洗岸草，雾掩堤树，天粘一川重幕。湿风犹带夜雨骤，近三更鱼龙吐雾。　　柳下徐行，堤上闲吟，云霞深处独步。骑鲸欲寻蓬莱去，三山外云绕仙路。

2018 年 6 月 30 日

临江仙·与喜旺相逢

垂髫一别五十年，重逢华发苍颜。长恨当时刀枪乱，人斗苦未歇，残命天上悬。　　惆怅岁月梦里暗，破衫夜夜泪涟。谁令岁月逐逝川，风华逐云去，回首已如烟！

2018 年 7 月 2 日

浣溪沙·花桥行散

林间杂花丛丛红，山禽高低隔窗鸣，树外时有鸡犬声。涧水出谷自浑浊，白石滩头苍苔深，层雾犹在半山中。

2018 年 8 月 14 日

望江梅

秋已深，落叶满长亭。冷风夹雨山川暗，寒水鼓潮哀龙吟，荒城衰草侵。

2018 年 9 月 28 日

浣溪沙·小品展前小聚

漫步黄叶寻村巷，日暮归鸦接翅翔，小聚旗亭传飞觞。土灶鸡豚留佳味，青唐薄酒送远香，一席翰墨滋味长。

2018 年 11 月 25 日

点绛唇三阕

记春

暮雨轻飏，潇潇河上动琴弦。料峭堤边，残红暗长川。劳燕初归，晚烟起微涟。待清晓，雾掩云遮，山外有洞天。

又：记事

随云骤来，疑是天外行散雨。小驻芳程，飘然独归府。愁肠百结，诉尽别离苦。漫人间，知音难觅，何时伴君舞。

又：记梦

暮雨送寒，残红冷落春阑珊。寂寞芳洲，空忆花簇团。轻掖薄衾，依稀谁共欢。晓寒紧，一枕断续，欲诉梦已残。

2019年4月30日

朝中措 · 与夏河同学小聚雾宿山阳

西流川头诉离情，往事半分明。谁信浮萍生涯，暮年不忙峥嵘！　　安多故地，垂髫旧游，夜工梦惊。长叹魂断流年，空对同桌同庚。

2019年6月25日

临江仙 · 重游官鹅沟

杂树翠峰挂飞瀑，千里重游岷峨。羌寨木楼羊角多，山禽接翅归，野塘有新荷。　　青山如醉应笑我，白发何事奔波？村店旗亭酒债多，文章养浩气，诗书影婆娑。

2019年8月12日

采桑子·己亥重阳

秋风吹冷山鸟啼，积雨寒明，湿风清冷，逝波不舍撼秋城。　寥落江山梦初醒，叶落疏林，菊黄空庭，峰头望尽万里程。

2019 年 10 月 7 日

蝶恋花·孤行河堤

残灯稀疏黄叶路，晓风清寒，渚头眠鸥鹭。长河脉脉西流去，梦魂空绕野云渡。　曲栏依水曾小驻，蒲苇护岸，旁有迢递路。寂寞小桥谁与度，无力举却孤行步。

2019 年 12 月 19 日

踏莎行·记梦

墙阴残雪，堤边枯柳，射目酸风彻夜吼。长河寒波激冷岸，冰裂声蹦五更后。　朝为白云，暮作苍狗，高处笙歌夜夜酒。一扫宇内清尘埃，何人曾是经纶手？

2020 年 1 月 15 日

清平乐·夜雪

晓雪初霁，长堤无人迹。山川寂寞残灯里，空忆素娥仙姿。　作雾轻笼蒹葭，化絮漫遮岸沙。梦里梅萼初吐，春朝一路红霞。

2020 年 2 月 7 日

鹊桥仙·探春

柳缀细芽，榆举嫩苞，纤草试萦远道。晓风暮雨沙洲寒，陇山外春日初照。　　蜂蝶魂断，鸟雀梦好，簇簇紫瓣欲笑。群卉犹滞江南路，却探得东君奉诏。

2020 年 3 月 15 日

踏莎行·枹罕春景

粉白杏枝，鹅黄柳条，寂寞山川春梦遥。陌上新草淡如烟，野水绿暗绕小桥。　　云被雨欺，浪因风撩，朝朝暮暮起轻涛，山禽呼出清幽意，闲卧扁舟弄晚潮。

2020 年 4 月 9 日

蝶恋花·行散遇雨

暮雨潇潇洗暑汗，湿风拂襟，碎声响耳畔。堤柳路槐枝叶乱，山雀水禽犹低唤。　　词客老去依书案，吟哦低浅，朝暮独行散。信知明月梦频断，春风几度杨柳岸！

2020 年 6 月 16 日

渔父歌四阕——阳江海滩

咸风吹沙推细鳞，疏雨掠树掩纤尘。携芒鞋，束长巾，涛头尽处鱼龙巡。

又

云带疏雨留晓梦，风染鱼腥潮轻弄。拾蚌蛤，受海贡，且笑细软龙王送。

又

夜雨洗沙沙犹润，晓风推潮潮似阵，舒残颜，拂衰鬓，观海始知潮有信。

又

小酌偏逢沙如晶，举杯静听夜涛声。灯恍惚，杯相并，狂饮未毕玉山倾。

2020 年 7 月 2 日

西江月·秋晓

纤纤细润边草，漠漠漫洗堤树，夜半疏雨染沙洲，荻芦梦断清秋。　　滔滔水拍绿岸，茫茫雾掩赤壁，长河逝水日夜流，惹得多少忧愁！

2020 年 8 月 14 日

鹊桥仙·秋兴

宿雨积凉，新潮喧冷，夜夜梦断天涯。三更寂寞拥薄衾，吹檐间声悲胡笳。　　寒柯摇风，苍石激浪，秋入白露蒹葭。行到落叶稀疏处，空叹息多少芳华！

2020 年 8 月 24 日

采桑子·伴练友步菜市

白露垂野秋风凉，茄紫椒红，黄芦青葱，道旁卖菜多媪翁。聒耳相呼乡音软，谁论秤工，笑语盈充，槐花落尽步春风。

2020 年 9 月 8 日